David Conti

Don Cavelli und die Wege des Herrn

David Conti veröffentlichte bei dotbooks in der Reihe um *Don Cavelli* bisher:

Don Cavelli und der tote Kardinal – Die erste Mission
Don Cavelli und der letzte Papst – Die zweite Mission
Don Cavelli und die Hand Gottes – Die dritte Mission
Don Cavelli und das Sizilianische Gebet – Die vierte Mission
Don Cavelli und der Apostel des Teufels – Die fünfte Mission
Don Cavelli und die Wege des Herrn – Die sechste Mission

Weitere Bände sind in Vorbereitung.

Wenn Ihnen dieses Buch gefallen hat, empfehlen wir Ihnen gerne weitere Titel aus unserem Programm. Schicken Sie einfach eine eMail mit dem Stichwort »*PRINT: Don Cavelli 6*« an:

lesetipp@dotbooks.de

Wir nutzen Ihre an uns übermittelten Daten nur, um Ihre Anfrage beantworten zu können – danach werden sie ohne Auswertung, Weitergabe an Dritte oder zeitliche Verzögerung gelöscht.

Über den Autor:
David Conti wurde 1964 in Rom geboren und verbrachte dort – unterbrochen von einem mehrjährigen Aufenthalt in München – seine Kindheit und Jugend. Nach einem Studium der Theologie, Geschichte und Germanistik in Perugia, Yale und Tübingen, war er mehrere Jahrzehnte lang in verantwortlicher Position bei einer internationalen Institution in Rom tätig. Seit seinem beruflichen Ausscheiden aus dieser, verbringt er seine Zeit mit Reisen und dem Schreiben der »Don Cavelli«-Reihe. Er lebt abwechselnd in Castel Gandolfo, Zürich und Santa Barbara.

David Conti

Don Cavelli und die Wege des Herrn

Die sechste Mission

dotbooks.

Druckausgabe 2022

Redaktion: Ralf Reiter
Umschlaggestaltung: Wildes Blut – Atelier für Gestaltung
Stephanie Weischer unter Verwendung mehrerer Bildmotive von
© shutterstock

Printed in the EU

ISBN 978-3-96655-122-9

»Ich begann die Revolution mit 82 Mann.
Wenn ich es nochmal tun müsste, würde ich es mit
10 oder 15 absolut überzeugten Männern tun.
Es ist egal, wie klein man ist, wenn man überzeugt ist
und einen Plan hat.«
Fidel Castro

Prolog

Von der Stadt würde nicht viel übrigbleiben. Durch das Abschmelzen des Gletschers würde eine fünfhundert Meter hohe Tsunamiwelle entstehen. Diese, verbunden mit einem Erdbeben, das von Seismologen auf eine Stärke von 7,0 berechnet worden war, wäre das Ende. Irgendwann würde es passieren, so viel war sicher.

Barnabas Cole zog den Thermobecher aus der Getränkehalterung des schwarzen SUV und nahm einen Schluck Kaffee. Irgendwie klang diese Tsunami-Story unglaubwürdig. *Tsunamis!* Die gab es irgendwo am Ende der Welt, aber nicht in Amerika. Andererseits befand er sich hier zwar in Amerika, aber die Südwestküste Alaskas war gewissermaßen auch so etwas wie das Ende der Welt. Wie hatte die ehemalige Gouverneurin und frühere Vizepräsidentschaftskandidatin Sarah Palin gesagt: »Von hier aus kann man Russland sehen.« Eine Aussage, die in den Medien viel Spott ausgelöst hatte, aber sie stimmte. Trotzdem war die Vorstellung eines Tsunamis seltsam. Cole hoffte, dass diese Katastrophe nicht mehr zu seinen

Lebzeiten eintreten würde. Auch wenn er, fünfzig Meilen weiter in der FBI-Außenstelle Anchorage, wahrscheinlich nicht viel davon mitkriegen würde. Aber es wäre wirklich schade um die kleine Stadt. Whittier, direkt am Prinz-William-Sound gelegen, mit seinem malerischen kleinen Boots-Hafen und von schneebedeckten Bergen umgeben, war geradezu eine Postkartenidylle.

Cole gähnte und schaltete das Licht ein, während sein Kollege Abegg seine Sonnenbrille absetzte. Sie fuhren jetzt in den Anton Anderson Memorial Tunnel. Er war mit seiner Drei-Meilen-Strecke der längste Bahn- und Straßentunnel Nordamerikas, führte direkt durch den Maynard Mountain und stellte die einzige Möglichkeit dar, Whittier auf dem Landweg zu erreichen. Letzteres schien die kleine Stadt für gewisse Leute attraktiv zu machen. Barnabas Cole spürte, wie sein Mund trocken wurde. Das FBI musste selbstverständlich in den gesamten Vereinigten Staaten präsent sein, aber die Außenstelle in Anchorage war nicht gerade New York oder Miami. Hier ging es verhältnismäßig ruhig zu. Ein Anruf aus Washington, wie heute Morgen, kam nur selten vor. Sehr selten. Der Mann, hinter dem sie nun her waren und der sich in Whittier aufhalten sollte, war offenbar ein europäischer Geschäftsmann, den das FBI bislang zwar mit keiner Straftat in Verbindung bringen konnte, dessen Flugreisen an bestimmte Orte, zu bestimmten Zeiten, in bestimmten Abständen aber einem Algorithmus im Zentralcomputer des FBI nicht gefallen hatten, und der hatte den Mann infolgedessen als »Person of Interest« eingestuft und eine routinemäßige Überprüfung angeordnet. Barnabas Cole fragte sich, wann die Künstliche Intelligenz endgültig die Herrschaft übernommen haben würde, während Special Agents wie er und Abegg gerade noch gut genug waren, sich die Schuhsohlen abzulatschen. Lange konnte es nicht mehr dauern, im Grunde war es schon jetzt so weit. Dem Computer war es egal, ob sie hier ihre Zeit verschwendeten, ihn interessierte nur die mathematische Wahrscheinlichkeit eines Ereignisses. Die Realität sah allerdings oft anders aus.

Inzwischen hatten sie den Tunnel hinter sich gelassen, und kurz darauf lenkte Cole den SUV auf den Parkplatz hinter dem altmodischen Hafengebäude. Von hier war ihr eigentliches Ziel schon zu sehen: die Begich Towers, eines der ungewöhnlichsten Gebäude Amerikas. Anfang der fünfziger Jahre als eines der größten Gebäude Alaskas erbaut, war es für die Armee als »Stadt unter *einem* Dach« konzipiert worden. Seit den siebziger Jahren wurde das vierzehnstöckige Gebäude für zivile Zwecke genutzt, aber noch immer nach dem alten Konzept: Nicht nur die gesamte Stadtverwaltung und praktisch alle Geschäfte waren dort untergebracht, auch sämtliche zweihundertzwanzig Einwohner von Whittier lebten darin. Die Schule lag nicht im Gebäude, war aber über einen Tunnel zu erreichen. Außerhalb gab es nur noch einen weiteren Supermarkt, ein paar Cafés, ein Museum und den Bootshafen. Für Personen, die befürchteten, von den Behörden – oder schlimmeren Organisationen – verfolgt zu werden, war dies der ideale Unterschlupf. Wenn man es darauf anlegte, entging einem hier kein Neuankömmling.

Barnabas Cole wuchtete seine hundertfünf Kilo aus dem Wagen und machte sich mit Agent Abegg auf den Weg zu den Begich Towers. Die Luft schmeckte salzig, und ein eiskalter Wind pfiff ihnen um die Ohren. Abegg schlug den Kragen seiner Windjacke hoch. Cole amüsierte das immer noch. Abegg war nicht in Alaska aufgewachsen. Wenn es kalt war, fror er. Und da es immer kalt war, fror er immer, Cole hingegen genoss die Kälte, sie hielt ihn wach. Nach zehn Minuten Fußmarsch erreichten sie das Gebäude. Er zog sein Notizbuch aus der Jacke und versuchte, seine Notizen zu entziffern. Nach FBI-Informationen hielt sich der Gesuchte in Apartment 14-3 auf. Cole drückte im Lift auf »14«. Er registrierte, dass der Knopf gleich über der »12« war. Die vierzehnte Etage war also in Wirklichkeit die dreizehnte. *Natürlich.* Niemand wollte in einer dreizehnten Etage wohnen, daher die Manipulation bei den Knöpfen. Den wenigsten fiel das auf. In Passagierflugzeugen kam dasselbe Prinzip zum Tragen. Wer in Reihe 14 saß, befand sich in Wirklichkeit in Reihe 13. Die Welt wollte betrogen sein. Allerdings, vielleicht brachte es dem Gesuchten ja heute wirklich Pech, dass er das Apartment in der dreizehnten Etage genommen hatte.

Sie hatten die Tür erreicht, Abegg klingelte, und als sich nichts rührte, ein zweites Mal. Niemand öffnete. Abegg machte sich auf, um den Hausmeister zu holen, während Cole vor der Tür die Stellung hielt. Fünf Minuten später betraten sie die Wohnung. Es handelte sich offenbar um eine Unterkunft für Kurzzeitgäste. Sie war spartanisch eingerichtet. Nur das Allernötigste. Ein Bett, ein Tisch, ein Stuhl, Kühlschrank, Fernseher. Nicht mal ein Kleiderschrank. Ein typischer Mafiaunterschlupf, in dem man Personen, die von der Polizei gesucht wurden, so lange unterbringen konnte, bis man einen Weg gefunden hatte, sie außer Landes zu bringen. Cole und Abegg durchkämmten die Wohnung, sie war leer. Keine Kleidung, kein Gepäck, keine persönlichen Gegenstände. In der Spüle hatte jemand Papiere verbrannt. Im Kühlschrank stand eine angebrochene Tüte Milch, das Abfülldatum darauf war vom Tag zuvor. Also heute erst gekauft. Sie hatten den Mann offenbar nur um Stunden verpasst.

Während sie zum Wagen zurückgingen, fragte sich Cole, wohin der Mann wohl unterwegs sein mochte. Er tippte auf Russland und zwar auf dem Seeweg.

Mit der zweiten Vermutung lag er sogar richtig, doch der kleine Frachter, auf dem sich der Mann, der nur vier Minuten vor ihrem Eintreffen das Apartment verlassen hatte, nun befand, hatte eine sehr viel weitere Fahrt vor sich. In zwei Wochen würde er in Panama sein. Dann war der schwierigste Teil geschafft.

ERSTES BUCH

I

Sechs Wochen später

Don Cavelli saß an einen Baum gelehnt auf dem Rasen mit Blick auf die Rückseite der Casina Pio IV., einem seiner Lieblingsplätze in den Vatikanischen Gärten. Die Casina war Mitte des sechzehnten Jahrhunderts als Sommerresidenz des Papstes erbaut worden. Heute diente die reich verzierte Villa mit dem prächtigen Innenhof als Päpstliche Akademie der Wissenschaften. Ein Widerspruch in sich, wie manche fanden. Religion und Wissenschaft – wie passte das zusammen? Offenbar sehr gut. Dieser Ansicht war nicht nur die Kirche, die darin keinen Gegensatz sah, sondern auch Spitzenwissenschaftler wie der Nobelpreisträger Werner Heisenberg, der gesagt hatte: »Der erste Trunk aus dem Becher der Naturwissenschaft macht atheistisch, doch auf dem Grunde des Bechers wartet Gott.« Allerdings kamen die hochkarätigen Akademiemitglieder (durch die Bank Leute von Weltruf) nur sehr selten zusammen. Normalerweise stand das Bauwerk leer, und nachmittags, wenn Touristen keinen Zutritt zu den Gärten hatten, war es hier vollkommen ruhig. Die tempelartige Fassade mit den lebensgroßen Statuen, dem großen Wasserbassin und den zwei kleinen Wasserfällen links und rechts sowie der Duft von Oleander in der Luft übten eine beruhigende Wirkung auf Cavelli aus. Von allen vatikanischen Privilegien, die Cavelli, wie alle seine Vorfahren seit fünfhundert Jahren, genoss, zum Dank für eine unbekannte, aber höchstwahrscheinlich blutrünstige Tat, die sein Urahn Umberto Cavelli für Papst Julius II. ausgeführt hatte, war ihm die unbeschränkte Benutzung der Vatikanischen Gärten das kostbarste. Die Gärten waren ein Paradies, eine grüne Oase umgeben von hohen Mauern im Zentrum von Rom. Eine Welt für sich. Ganz besonders an einem so herrlichen Sommertag wie diesem.

Cavelli blickte auf seine Notizen. Zweimal in der Woche unterrichtete er als Geschichtsprofessor an der Sapienza, der ältesten Universität Roms, »Die Geschichte des Papsttums«.

In seiner nächsten Vorlesung würde es um die Kardinäle Richelieu und Mazarin gehen, die über Jahrzehnte die eigentlichen Herrscher Frankreichs gewesen waren. Cavelli wusste aus Erfahrung, dass alles, was nicht in Italien stattgefunden hatte, sich bei seinen Studenten nicht der vollen Aufmerksamkeit erfreute. Daher versuchte Cavelli solche Themen, noch mehr als sonst, unterhaltsam und überraschend zu gestalten. Soeben hatte er sich Notizen zu den letzten Wochen Richelieus gemacht. Der alte Kardinal war bereits vom Tode gezeichnet, konnte aber weder von der Macht noch vom Prunk lassen. Da er zu krank war, in einer Kutsche zu fahren, reiste er in einem fahrenden Haus, das von vierundzwanzig Männern gezogen wurde. Dabei nahm er auf nichts Rücksicht, was ihn hätte aufhalten können. Er ließ nicht nur eine Bresche in die Stadtmauer von Paris sprengen, sondern auch ganze Häuser niederreißen, die im Weg standen. Cavelli wusste, dass das vielen seiner Studenten gefallen würde. Zum einen, weil es wie eine Szene aus einem Kinofilm wirkte, und zum anderen, weil es ihre Klischeevorstellung von der Rücksichtslosigkeit der Katholischen Kirche bestätigte. Cavelli fragte sich, wie sie im Gegensatz dazu auf Kardinal Jules Mazarin regieren würden, der immerhin ursprünglich Italiener war und eigentlich Giulio Mazarini hieß. Er hatte etwas geleistet, was in der Weltgeschichte einmalig dastand: Im Mantuanischen Erbfolgekrieg war die Piemontesische Stadt Casale von den Franzosen belagert worden. Das französische und das italienische Heer standen sich bereits gegenüber; die Schlacht stand unmittelbar bevor. Buchstäblich in letzter Sekunde war Mazarin, der gerade einmal sechsundzwanzigjährige Adjutant des päpstlichen Legaten, auf das Schlachtfeld geritten und hatte beide Seiten an den Verhandlungstisch gebracht, wo ein Friedensabkommen geschlossen wurde. Der Krieg war abgesagt.

Cavelli machte sich noch eine weitere Stunde lang Notizen zur historischen Bedeutung Mazarins. Zum Schluss überlegte er, ob er seinen Studenten auch noch von Mazarins etwas speziellem Humor erzählen sollte, der unter anderem darin gipfelte, seiner dreizehnjährigen Nichte Marie-Anne Mancini vorzugaukeln, sie sei schwanger, indem er heimlich ihre Kleider immer enger machen und ihr zum Schluss in der Nacht ein neugeborenes Kind ins Bett legen ließ. Cavelli entschied sich dagegen und sah auf seine Armbanduhr. Es war kurz nach sechzehn Uhr. Er erinnerte sich, dass er noch einige Bankgeschäfte zu erledigen hatte. Die Osterfeiertage standen vor der Tür, und wenn er die Angelegenheiten vorher noch regeln wollte, hatte es noch heute vor sechzehn Uhr dreißig zu sein. Er stand auf und machte sich auf den Weg. Während der Osterfeiertage war es in Rom und besonders um den Vatikan herum noch überlaufener als sonst. Als Anwohner blieb man besser zu Hause oder fuhr selbst in den Urlaub. Es war Hochsaison für die Taschendiebe auf dem Petersplatz, die dafür sorgten, dass der Vatikan statistisch gesehen das kriminellste Land der Welt war, zumindest gemessen an der Anzahl der Straftaten im Verhältnis zur Einwohnerzahl. Und die Diebe, von denen allerdings kein einziger Bürger des Vatikan war, ließen sich ständig etwas Neues einfallen. Der neueste Trick bestand darin, zu zweit hinter telefonierenden Touristen herzugehen, und während der eine dem ahnungslosen Opfer von hinten das Smartphone aus der Hand nahm, versetzte ihm der andere einen kräftigen Stoß in den Rücken. Der Tourist stolperte ein paar Schritte vorwärts, und wenn er sich zwei Sekunden später umdrehte, war niemand mehr hinter ihm. Er konnte sich natürlich denken, dass irgendeine der Personen in der Nähe sein Handy hatte, aber es war bereits zu spät, etwas zu unternehmen.

Zu den zahlreichen Touristen kamen noch viele Gläubige, die am Karfreitags- oder Ostergottesdienst im Petersdom teilnehmen wollten. Karfreitags konnte man dort zuweilen amüsante Szenen erleben: Manche Gläubige, oft solche, die Jahre, wenn nicht Jahrzehnte, nicht zur Beichte gegangen waren, hatten es sich, nach dem Motto »Wenn schon, denn schon« in den Kopf gesetzt, Karfreitag im Petersdom zur Beichte zu gehen, quasi als religiöser Höhepunkt der Reise. Viele von ihnen wussten nicht, dass Karfreitags der Papst selbst in einem der Beichtstühle saß. Cavelli hatte schon verschiedene Male Menschen fluchtartig den Beichtstuhl verlassen oder auch nach durchstandener Beichte totenbleich daraus hervorwanken sehen.

Weit hatte Cavelli nicht zu laufen. Die Bank, bei der sich ein Großteil seines Vermögens befand, besaß nur *eine* zentrale Geschäftsstelle und keine einzige Filiale, war aber dennoch eine der bekanntesten Banken der Welt: das IOR oder Istituto per le Opere di Religione, das Institut für religiöse Werke, bekannter als Vatikanbank, nur einen Steinwurf von dem Palazzo in den Vatikanischen Gärten entfernt, in dem Cavelli lebte.

Er betrat den hässlichen, halbrunden Turm Nikolaus V. aus dem fünfzehnten Jahrhundert, der direkt an die Rückseite des Apostolischen Palastes gebaut und für seinen Durchmesser viel zu niedrig war, und durchquerte den Eingangsbereich, der ganz und gar nichts Mittelalterliches an sich hatte, sondern in seiner ultramodernen Art eher an einen Science-Fiction-Film erinnerte. Dann betrat er die runde Schalterhalle, die sich, abgesehen von dem prächtigen Marmorboden sowie einem Kruzifix und einem Bild des Heiligen Vaters an der Wand, in nichts von einer x-beliebigen Bankfiliale mit einer Reihe von Schaltern unterschied, an denen überall Kunden warteten. Priester, Nonnen, verschiedene Angestellte des Vatikan und ein Erzbischof. Cavelli stellte sich an der kürzesten Schlange an und hielt Ausschau nach seinem Lieblingskassierer Aldo Volpi, dessen unkomplizierte Art und skurrilen Humor er schätzte – beides Eigenschaften, mit denen die meisten Mitarbeiter der Vatikanbank nicht gerade überreichlich gesegnet waren. Außerdem kannte sich Volpi nach all den Jahren mit Cavellis Belangen bestens aus, so dass lange Erklärungen bei ihm nicht nötig waren. Doch zu seinem Bedauern konnte Cavelli ihn nirgendwo erblicken. Normalerweise löste er dieses Problem, indem er die Person am Schalter bat, Volpi herbeizuholen, und für gewöhnlich wurde diesem Wunsch entsprochen, denn inzwischen hatte jeder verstanden, dass dies allen Beteiligten einige Zeit sparte. Heute jedoch war es anders. Die grauhaarige Kassiererin sah Cavelli erschrocken an: »Haben Sie es denn noch nicht gehört, Signor Cavelli?«

»Was gehört?«

Die Kassiererin beugte sich etwas über den Schalter, als verrate sie ein Geheimnis: »Signor Volpi ist tot.«

»Wie? Was ist denn ...?«

»Herzinfarkt. Seine Frau kam von der Arbeit nach Hause, da lag er im Wohnzimmer auf dem Teppich. Sie hat sofort den Notarzt gerufen und noch Wiederbelebungsversuche unternommen, sie ist ja Krankenschwester, wissen Sie, aber es war alles vergeblich. Der Notarzt konnte nur noch seinen Tod feststellen. Es ist furchtbar.«

»Mein herzlichstes Beileid« sagte Cavelli zur Kassiererin, was er selbst etwas seltsam fand, aber er meinte es ernst, und es war sonst niemand da, zu dem er es hätte sagen können. Während sie sich beeilte, Cavellis Bankformalitäten zu erledigen, plapperte sie die ganze Zeit weiter über die tragischen Umstände von Volpis Tod. »Er war doch erst Anfang fünfzig und hat nicht mal geraucht«, sagte sie schließlich. »Das ist so ungerecht. Er war ein so wunderbarer Kollege. Es trifft immer die nettesten.«

Cavelli nickte.

Weder er noch die Kassiererin wussten es zu diesem Zeitpunkt, aber dies war das letzte Mal, dass innerhalb der Mauern der Vatikanbank etwas Positives über Aldo Volpi gesagt worden war.

II

»Das Beste, was der Katholischen Kirche nach Jesus Christus widerfahren ist, war Bernardino Nogara.«

Diese Äußerung mochte den meisten Gläubigen wie Blasphemie erscheinen, zumal sie von Bernardino Nogara noch nie im Leben etwas gehört hatte, doch als der bekannte New Yorker Kardinal Francis. J. Spellman 1958 diesen Ausspruch tat, konnte er sicher sein, im Vatikan auf Zustimmung zu treffen, und daran hatte sich bis zum heutigen Tag nicht viel geändert.

Nogara war 1929 Chef der Administratio Patromonii Sedis Apostolicae (APSA), der neu gegründeten Vermögensverwaltung des Vatikan, geworden und hatte sich sogleich daran gemacht, die Ausgleichszahlungen, die der Vatikan im Zuge der mit Benito Mussolini geschlossenen Lateranverträge von Italien erhalten hatte, zu investieren. Mit großem Erfolg: Bis zu seinem Tod im Jahre 1958 hatte Nogara daraus ein Vermögen von über zwei Milliarden Dollar gemacht, was mehr als dem Tausendfachen der ursprünglichen Summe entsprach.

1968 allerdings führte die italienische Regierung für den Vatikan die 1942 abgeschaffte Dividendenbesteuerung wieder ein. Rückwirkend. Eine Katastrophe, die ein Finanzloch in – nach heutigem Kurs – Milliardenhöhe riss. Aus purer Not gestattete Papst Paul VI. dem IOR eine waghalsigere Finanzpolitik, woraufhin sich dieses an den bestens vernetzten Bankier Michele Sindona wandte, den das amerikanische Time Magazine als erfolgreichsten Italiener seit Mussolini bezeichnet hatte – was als Kompliment gemeint war.

Die katholische Kirche war von Anfang an äußerst geschäftstüchtig gewesen, und sie hatte auch gewusst, wie man das Vermögen zusammenhält. So wurde beispielsweise das Zölibat nicht, wie die allermeisten dachten, aus einem religiösen Grund eingeführt, sondern tatsächlich, um zu verhindern, dass Kirchenmänner legitime Kinder zeugten oder Witwen hinterließen, die Ansprüche auf das Erbe hätten erheben können. Auf diese Weise fiel der ganze Nachlass immer an die Kirche. Das war eine höchst effektive Maßnahme, wenn auch eine äußerst simple und in keiner Weise vergleichbar mit der Raffinesse, mit der Sindona zu Werke ging. Mit Hilfe der Mafia und höchsten Regierungsmitgliedern schuf Sindona ein undurchschaubares und hochprofitables Finanzgeflecht, das weltweiten Einfluss hatte. 1973 bezeichnete der neunundzwanzig Mal vor Gericht freigesprochene und siebenfache Ministerpräsident Giulio Andreotti, der beim IOR geheime Konten im Wert von mindestens sechzig Millionen Dollar unterhielt, Michele Sindona als den »Retter der Lira«. Zum ersten Mal publik wurden die undurchsichtigen Finanzmanöver beim Zusammenbruch der römischen Banco Ambrosiano. Ihr Direktor Roberto Calvi, der als »Bankier Gottes« berühmt-berüchtigt wurde, hatte das IOR in höchst dubiose Geschäfte verwickelt, angeblich ohne dessen Wissen. Als im Jahre 1982 die ganze Sache aufflog und er, um seinen eigenen Kopf zu retten, damit drohte, auszupacken, ließ ihn die Mafia töten. Man fand seine Leiche erhängt an der Blackfriars Bridge in London. Seine Sekretärin kam am selben Tag in Rom durch einen Sturz aus einem Bürofenster ums Leben. Michele Sindona wurde wegen Mordes – in einer anderen Sache – schuldig gesprochen und starb 1986 im Gefängnis an einem mit Zyanid vergifteten Kaffee. Eine Untersuchung durch den Vatikan sprach das IOR von jeder juristischen Schuld frei, räumte aber eine moralische Schuld ein und zahlte freiwillig zweihundertvierzig Millionen Dollar an von Calvi geprellte Gläubiger.

Versuche, das Ganze auf eine solide Basis zu stellen und zu beaufsichtigen, scheiterten einerseits an der Komplexität der Geschäfte, welche die damit beauftragen Kirchenherren oft überforderte, deren finanzielle Kompetenz wohl wenig über die von Papst Leo XIII. hinausging, der seinerzeit das gesamte Gold der Kirche in einer Kiste unter seinem Bett aufbewahrte. Noch immer gilt die unumstößliche Regel, dass allerhöchste

Positionen im Zweifelsfall immer von einem Kleriker bekleidet werden müssen, selbst wenn ein Laie sich darin besser auskennt. Wenn dann Probleme auftauchen, heißt die Devise der Kurie: »Lieber gar nichts tun, als einen Fehler begehen«. Man wartet einfach ab, wobei man nach außen versichert, dass es *ein aufmerksames und tätiges Warten* sein wird.

Wenn die Probleme schließlich unübersehbar werden, übergibt man diese gerne an eine Kommission, die die nächsten zwanzig Jahre damit verbringt, die Sache zu untersuchen. Nichts ist eilig, man denkt in Jahrhunderten und Jahrtausenden.

Stellt sich schließlich wirklich heraus, dass ein eklatantes Fehlverhalten vorliegt, tut sich die katholische Kirche schwer, jemanden zu bestrafen. »Wir sind alle nur Menschen«, lautet ein Lieblingswort im Vatikan. Niemand soll sein Gesicht verlieren. Zwar gelten die vatikanischen Gesetze, aber im Zweifelsfall findet man eben eine kreative Ausnahmeregelung, die Kurie wählt immer den geräuschlosesten Weg. In der größten Not greift man auf das Motto Promoveatur ut admoveatur zurück: »Er wird befördert, damit man ihn loswird.« Natürlich schafft man so sehr oft gleich ein neues Problem.

Die große Wende kam erst mit dem Pontifikat von Benedikt XVI.: Es wurde begonnen, alles zu durchleuchten, hochrangige Mitarbeiter wie Angelo Caloia wurden entlassen. Das IOR hörte auf, eine Offshorebank zu sein, mit der EU wurde eine Vereinbarung getroffen, die festschrieb, dass die Vatikanbank künftig auch dem Gesetz gegen Geldwäsche unterliegen würde. Viel war seitdem unternommen und von Benedikts Nachfolger fortgeführt worden. Doch bis zur absoluten Makellosigkeit war es ein langer Weg, dessen Ende nicht in Sicht war.

III

Als die *Sea-Princess* nach sechzehn Stunden den Panamakanal endlich durchquert hatte, atmete Dante Anistasidis auf. Er hieß nicht wirklich so, aber so stand es in einem der hervorragend gefälschten Pässe, die er mit sich führte und die jeder noch so strengen Grenzkontrolle standhalten würden. Allerdings gab es ja inzwischen auch noch die Kameras an Flughäfen, Bahnhöfen und anderen neuralgischen Punkten, die ihre Live-Bilder an automatische Gesichtserkennungssysteme weiterleiteten. Doch waren die nicht wirklich ein Problem, wenn man wusste, wie sich die Dinger austricksen ließen: Ein breites Grinsen veränderte die Abstände von Mund, Nase, Augen, Ohren und Augenbrauen so signifikant, dass das System ins Leere lief. Er wusste nicht mehr, auf wie vielen Flughäfen er sein – wie er es nannte – biometrisches Grinsen aufgesetzt hatte, aber anscheinend hatte es gewirkt. Nur in wenigen Augenblicken hatte er es vergessen, aber die waren anscheinend allen Kameras entgangen. Er hatte sich nie Sorgen gemacht. Bis gestern. Der Panamakanal war nur neunundvierzig Meter breit, er war das Nadelöhr seiner Reise gewesen, und es hatte ihn nervös gemacht, nach beiden Seiten nur ein paar Meter vom Land entfernt zu sein. Natürlich wussten die Strafverfolgungsbehörden nicht, dass er sich an Bord der *Sea-Princess* befand, aber es war dennoch ein scheußliches Gefühl gewesen. Doch das war nun vorbei. Dante Anistasidis stand am Bug des Schiffes und ließ sich die salzige Meeresbrise der Karibik ins Gesicht wehen. Sie fühlte sich wie Freiheit an. Er dachte an die Tage in Alaska. Er hatte jede einzelne Sekunde davon gehasst. Diese Kälte! Aber in zwei oder drei Wochen würde er die letzte Etappe seiner langen Reise erreicht haben, doch zuvor musste dort noch einiges für ihn vorbereitet werden. In der Zwischenzeit würde er vollständig von der Bildfläche verschwinden. Es war wie Magie. Er grinste bei dem Gedanken. In der Tat steckte der weltberühmte Illusionist David Copperfield dahinter. Und genauso, wie die allermeisten Menschen nicht wussten, wie Copperfield es anstellte, wenn er die Freiheitsstatue verschwinden ließ oder andere nicht weniger spektakuläre Illusionen vorführte, wussten sie nicht, dass er auch ein karibisches Urlaubsparadies kreiert hatte: *Musha Cay and the Islands of Copperfield Bay* bestand aus elf Inseln mit je einer Luxusvilla. Das Konzept war einzigartig; der Werbeslogan brachte es auf den Punkt: »Reservieren Sie Ihr eigenes privates Inselparadies. Die einzigen anderen Gäste sind die, die Sie selbst einladen.« Es war ein Privatresort für einen ganz besonderen Kundenkreis. Menschen, die sehr reich waren und die nicht von anderen gesehen werden wollten. Beides traf auf Dante Anistasidis zu.

IV

Sechs Wochen später

Don Cavelli saß in einem großen Büro im obersten Stockwerk des Governatorats inmitten der Vatikanischen Gärten und fragte sich, was man von ihm wollte. Er war schon unzählige Male im Governatorat, der Regierung des Vatikanstaates, gewesen, jedoch noch nie in diesem Büro. Auch den Mann, der hinter dem Schreibtisch saß, hatte er noch nie getroffen. Er gehörte somit nicht zur Kurie, sondern kam von außen. Dennoch saß er hier, was überaus seltsam oder doch zumindest reichlich ungewöhnlich war. Meist handelte es sich um etwas Unerfreuliches, wenn man Cavelli, wenn auch stets mit vollendeter Höflichkeit, *ersuchte*, hier zu erscheinen. Immer wieder gab es subalterne Angehörige der Kurie, die meinten, dem Vatikan oder gar dem Heiligen Vater einen guten Dienst zu erweisen, wenn sie versuchten, Cavellis vatikanische Privilegien zurechtzustutzen. Cavelli regte sich schon lange nicht mehr darüber auf. Sein Wohnrecht in einem Vatikanischen Palazzo, sein Recht, jederzeit praktisch überall Zutritt zu haben, und eine ganze Reihe anderer Dinge waren 1527 in einem hochoffiziellen Dokument von Papst Julius II. niedergelegt worden und galten offiziell bis zum »Jüngsten Tag«, was in diesem Fall keine Redewendung darstellte, sondern wörtlich gemeint war. Die Urkunde lag wohlverwahrt in einem Banksafe in Rom und war juristisch unanfechtbar. Aber vor allem, und das konnten manche Kurienmänner offenbar nicht begreifen, war es ein Mosaikstein in der Gesamtkonstruktion des Vatikan. Wenn man erst einmal anfing, Entscheidungen eines früheren Papstes in Frage zu stellen, wo würde das enden? Damit, dass man auch die Entscheidungen des gegenwärtigen Papstes in Frage stellen konnte? Bisher hatte das jeder amtierende Papst verstanden und respektiert. Die Cavelli-Dynastie konnte nicht aus dem Vatikan vertrieben werden und würde auch niemals freiwillig gehen.

Cavelli lehnte sich entspannt zurück und wartete gelassen ab, was der Mann mit der Goldrandbrille, der sich beim Händeschütteln als Dottore Diotallevi vorgestellt hatte, sagen würde. Sein Gesichtsausdruck war konzentriert, aber freundlich gewesen, wenn er auch von Cavellis Anblick sichtlich irritiert gewesen war. Männer mit einem blauen Auge sah man im Governatorat eher selten. Cavelli hatte es sich vor zwei Tagen bei seinem Training im Ringen zugezogen, zu dem er zweimal in der Woche bei einem kleinen Sportclub in Trastevere ging. Eine unkontrollierte Ellenbogenbewegung seines Trainingspartners war buchstäblich ins Auge gegangen. Cavelli dachte schon gar nicht mehr dran und wurde nur durch die seltsamen Blicke seiner Mitmenschen immer wieder daran erinnert.

Dottore Diotallevi räusperte sich dezent und rückte unnötigerweise eine Akte auf dem Schreibtisch zurecht, auf deren Deckel Cavelli über Kopf das Wort Riservatissima – Streng Vertraulich – entzifferte.

»Ich danke Ihnen, dass Sie es so schnell ermöglichen konnten, Signor Cavelli. Vielleicht haben Sie schon gehört, dass auf Wunsch des Heiligen Vaters umfangreiche interne Ermittlungen in Bezug auf das IOR eingeleitet wurden. Vieles, was dort abläuft, ist von außen nicht so durchschaubar, wie man es wünschen möchte. Wir sollen nun Licht ins Dunkel bringen, das Ganze transparent machen und da hilfreich eingreifen, wo es sich als notwendig erweist. Dabei soll vorerst nicht unterstellt werden, dass es zu kriminellen Handlungen gekommen ist, vieles kann auch Dilettantismus sein, doch das muss zunächst sorgfältig untersucht werden. Außerdem wird ab sofort ein neuer Verhaltenskodex verpflichtend, den nicht nur alle Angehörigen der Kurie und alle Mitarbeiter des IOR unterschreiben müssen, sondern auch alle Kontoinhaber, deren Kreis auch Sie angehören, Signor Cavelli. Es ist nur eine Formalität, Sie bestätigen lediglich, dass Sie nicht in Geldwäsche, Steuerhinterziehung, Bestechung und die Ausbeutung Minderjähriger verstrickt sind.«

Cavelli nickte. »Kein Problem.«

Diotallevi schien erfreut, er klickte auf dem Bildschirm seines Computers etwas an, und im nächsten Moment erschien laut ratternd ein Dokument im Ausgangskorb des Druckers hinter ihm.

Diotallevi warf einen kurzen Blick darauf und wollte es bereits Cavelli herüberreichen, als er stutzte und noch einmal genauer hinsah. »Verzeihung, hier liegt ein Fehler vor, Ihre Kontonummer ist falsch wiedergegeben.« Er blickte irritiert auf den Bildschirm. »Es scheint ein Eingabefehler zu sein, ich entschuldige mich, sagen Sie mir eben Ihre richtige Kontonummer? Dann korrigiere ich das.«

»Gerne: 001-1-00004.«

»4?«

»4.«

»Aber das kann nicht … Warum haben Sie so eine niedrige Kontonummer? Seit wann haben Sie denn dieses Konto?«

»Es ist unser Familienkonto. Mein Großvater hat es am 27. Juni 1942 eröffnet.«

»Aber das ist der Gründungstag des IOR.« Diotallevi war verwirrt.

»Richtig«, klärte Cavelli sein Gegenüber auf. »Konto Nr. 1 ist das offizielle Konto des Heiligen Vaters, Konto Nr. 2 sein Privatkonto, Nr. 3 das der Kurie und Nr. 4 das Cavelli-Konto. Die Cavellis leben seit fünfhundert Jahren im Vatikan, wir gehören sozusagen zur Familie.«

Diotallevi sah ihn entgeistert an und versuchte offensichtlich, diese Information zu verarbeiten. Cavelli wartete einfach ab, es passierte innerhalb des Vatikan nur ausgesprochen selten, dass jemand nicht wusste, wer er war, und nicht zumindest rudimentäre Kenntnisse über die Familienlegende der Cavellis besaß. Diotallevis Blick wanderte weiter über den Bildschirm, und dann weiteten sich seine Augen erneut voller Unglauben. Cavelli war sicher, den Grund zu kennen: Diotallevi hatte den Kontostand gesehen. Eine Summe, die eher zu einem Konzern als zu einer Privatperson gepasst hätte, doch im Grunde steckte nichts Geheimnisvolles dahinter. Die beträchtliche Summe Goldes, die Cavellis Urahn Umberto von Julius II. erhalten hatte, war im Laufe eines halben Jahrtausends durch Zins und Zinseszins einfach immer weitergewachsen. Cavelli nahm es nicht besonders wichtig; es war angenehm zu wissen, dass er niemals Geldsorgen haben würde, aber abgesehen von seinem Wagen und dem Wein, den er für gewöhnlich trank, verspürte er kein Bedürfnis, ein luxuriöses Leben zu führen.

Inzwischen hatte sich Dottore Diotallevi wieder gefangen. Allerdings schien ihm geradezu ins Gesicht geschrieben zu sein, dass er sich sofort nach Beendigung dieses Gesprächs über Cavelli informieren würde. Offenbar war ihm da etwas überaus Wichtiges bisher vollständig entgangen. Höflich reichte er das Papier über den Tisch, und Cavelli unterschrieb. Diotallevi legte das Blatt in eine Mappe und drückte auf einen Knopf der

Sprechanlage auf seinem Schreibtisch. Er verzog verkrampft das Gesicht. »Eine weitere Formalität bitte noch, dann sind wir hier durch.« Die Tür zum Vorzimmer öffnete sich, und eine junge Sekretärin in einem grauen Rock trat mit einem Block in der Hand ein. Sie lächelte scheu in Cavellis Richtung, ohne ihm in die Augen zu sehen, und nahm an einem zweiten, sehr viel kleineren Schreibtisch an der Seitenwand Platz, auf dem ein ziemlich veralteter Computer stand. Im Gegensatz zu Dottore Diotallevi war Cavelli diese Frau bekannt, er hatte sie schon öfter im Governatorat gesehen, aber noch nie mit ihr gesprochen, auch ihren Namen wusste er nicht.

»Wir versuchen uns so gut wie möglich ein Gesamtbild vom IOR zu machen«, fuhr Diotallevi fort, während die Finger der Sekretärin über die Tastatur flogen. »Vor allem natürlich auch von den Mitarbeitern. Ihr Sachbearbeiter war, wenn ich nicht irre, Aldo Volpi?«

Cavelli nickte. »Das ist richtig.«

»Gut. Was ich Sie jetzt frage, ist reine Routine. Wir befragen *alle* Kunden über *alle* Mitarbeiter. Es besteht also kein konkreter Anlass, der Sie beunruhigen müsste.«

»Ich verstehe«, antwortete Cavelli reichlich beunruhigt.

»Haben Sie in all der Zeit, in der Sie mit Signor Volpi zu tun hatten, je etwas bemerkt, das Ihnen juristisch oder auch nur moralisch fragwürdig vorkam? Und bevor Sie antworten: Es heißt natürlich *über die Toten nichts Schlechtes,* aber ich bitte dennoch um eine ehrliche Antwort.«

»Nein, ich habe niemals etwas Derartiges bemerkt!«, erwiderte Cavelli etwas heftiger als beabsichtigt. Die Frage ging ihm gegen den Strich. »Im Gegenteil: Ich kenne Aldo Volpi seit über zwanzig Jahren, und in dieser Zeit hat er sich nicht nur in jeder Weise völlig korrekt, sondern auch immer freundlich und kompetent verhalten. Ich habe zwar sonst nichts mit ihm zu tun gehabt, aber nach meinem Eindruck halte ich es für absolut ausgeschlossen, dass er irgendetwas Ungesetzliches getan hat. Er war dafür nicht der Typ.«

Diotallevi saß abwartend da. Aus seinem Pokerface war nichts zu lesen. »Möchten Sie noch etwas hinzufügen, Signor Cavelli?«

»Nein.«

»Gut.« Er nickte der Sekretärin zu, und mit einem Klick druckte sie das Protokoll aus und legte es Cavelli zur Unterschrift vor. Jetzt sah sie ihm in die Augen. War da der Anflug eines Lächelns? Seine Aussage schien ihr gefallen zu haben.

V

Es war zwei Wochen später, Cavelli überlegte gerade, ob er zu Hause zu Abend essen oder in ein Ristorante gehen sollte, als das Telefon klingelte. Am anderen Ende der Leitung meldete sich der wachhabende Gardist am Sant'Anna-Tor, dem Haupteingang zur Vatikanstadt.

»Hier ist eine Dame, die zu Ihnen möchte, Signor Cavelli. Ihr Name ist Cecilia Volpi.«

Der Name sagte Cavelli gar nichts. Er wollte schon antworten, dass es sich wohl um einen Irrtum handeln musste, als ihm aufging, dass er den Nachnamen kannte. Das musste eine Verwandte von Aldo Volpi sein, allerdings konnte er sich nicht vorstellen, warum sie ihn besuchen wollte. Aber der Grund würde wahrscheinlich kein angenehmer sein. Cavelli verzog unwirsch das Gesicht.

»Geben Sie mir die Dame mal bitte.«

Es vergingen einige Sekunden, dann drang eine Frauenstimme an sein Ohr. »Hier ist Cecilia Volpi, Sie kannten meinen verstorbenen Mann, Aldo. Entschuldigen Sie bitte die späte Störung, Signor Cavelli, wäre es wohl möglich, dass ich kurz mit Ihnen sprechen kann? Persönlich? Es wird nicht länger als fünf Minuten dauern. Bitte, es ist sehr wichtig.«

Cavelli zögerte. Er hatte kein gutes Gefühl bei der Sache, aber leider fiel ihm kein akzeptabler Grund ein, abzulehnen.

»Ja gut, aber wirklich nur kurz, ich habe wenig Zeit.«

»Vielen Dank, Signor Cavelli.«

»Schon gut, geben Sie mir nochmal den Gardisten, bitte.«

Wieder wurde der Hörer gewechselt.

»Sie darf durch.« Resigniert legte Cavelli den Hörer auf.

Ein paar Minuten später klingelte es an seiner Wohnungstür im dritten Stock des Palazzos. Cavelli öffnete. Cecilia Volpi war Anfang vierzig und hatte ein sympathisches Gesicht mit braunen Haaren und Augen, die allerdings vom Weinen gerötet waren. Sie trug ein schwarzes Kostüm mit ebensolchen Strümpfen und Schuhen. Trauerkleidung. Cavelli bat sie herein und führte sie auf seine riesige Terrasse. Abgesehen von der kalten Jahreszeit hielt er sich lieber hier als in der Wohnung auf. Wie jeder Gast, der diese Terrasse zum ersten Mal betrat, blieb auch Cecilia Volpi einen Moment verblüfft stehen, um die atemberaubende Aussicht in die Vatikanischen Gärten in sich aufzunehmen. Allerdings enthielt sie sich, anders als die meisten, jeglichen Kommentars. Cavelli bot ihr einen Gartenstuhl und etwas zu trinken an. Sie nahm Platz, lehnte das Getränk aber höflich ab.

»Was kann ich für Sie tun, Signora Volpi?«, fragte Cavelli, während er sich ebenfalls setzte. Er legte bewusst etwas Geschäftsmäßiges in seinen Tonfall.

Sie sah ihn mit großen Augen an und suchte einige Augenblicke nach Worten. »Noch einmal vielen Dank, dass Sie mich empfangen, Signor Cavelli. Sie wundern sich wahrscheinlich, was ich hier will. Ich möchte Sie auf keinen Fall belästigen, es geht um meinen verstorbenen Mann Aldo, und ...«

»Mein herzliches Beileid nachträglich, Signora Volpi.«

»Danke sehr. Die Sache ist die ... Maria Bazoli sagte mir, wie gut Sie über meinen Mann gesprochen haben und ...«

»Maria wer?«

»Bazoli.«

»Verzeihung, aber wer soll das sein?«

»Oh, natürlich, wie dumm von mir. Maria ist Sekretärin im Governatorat. Sie hat Ihre Befragung protokolliert.«

Langsam ging Cavelli ein Licht auf. »Klar, verstehe. Der Name sagte mir nichts.«

»Natürlich nicht, warum auch? Und ich hoffe, Sie sind nicht böse, dass Maria mir davon erzählt hat, das hätte sie natürlich nicht tun dürfen, aber wir beide kennen uns vom Improtheater und sind sehr gut befreundet.«

»Improtheater?«

»Improvisiertes Theater. Ohne feste Texte. Die Schauspieler improvisieren Szenen, die von den Zuschauern vorgeschlagen werden. Wir sind natürlich nur Laien, es ist nur zum Spaß. Aber daher kenne ich Maria. Bitte sagen Sie keinem weiter, dass sie mir das verraten hat.«

»Schon gut, kein Problem.«

»Danke! Also, ich weiß nicht recht, wie ich anfangen soll. Es gibt diese Ermittlungen in der Vatikanbank, man dreht das Unterste zuoberst, und auf einmal heißt es nun, mein Mann soll in irgendwelche krummen Transaktionen verwickelt sein, aber ich versichere Ihnen, Signor Cavelli, das stimmt nicht, so etwas hätte mein Aldo nie getan! Ich glaube, dass man einen Sündenbock sucht, und da kommt mein Mann gerade recht, weil er sich nicht mehr wehren kann.«

»Wirft man ihm denn etwas Konkretes vor?«

Cecilia Volpi schluckte. »Man hat mir Papiere gezeigt, die alle Aldos Unterschrift tragen, irgendwas mit Immobiliengeschäften, offenbar geht es dabei um zig Millionen, was genau damit nicht in Ordnung sein soll, weiß ich nicht, es ist alles voller juristischer Fachbegriffe, die ich nicht verstehe, ich weiß nur eins: Das ist nicht Aldos Unterschrift. Zugegeben, auf den ersten Blick ist sie schon sehr ähnlich, aber ich kenne seine Unterschrift inund auswendig, und ich bin sicher, die Unterschriften auf all diesen Dokumenten sind Fälschungen. Darum bin ich zu einem Anwalt gegangen, der hat verlangt, dass das IOR Kopien von diesen Dokumenten rausrückt. Die können nicht einfach meinen Mann beschuldigen und mir keine Möglichkeit geben, ihn zu verteidigen. Dachte ich. Aber die haben sich geweigert, von wegen Datenschutz und Sicherheitsbedenken und internen Bestimmungen und was weiß ich noch alles. Aber schließlich hat mein Anwalt das durchgesetzt. Ich hab die Papiere nun, also Kopien natürlich. Und die habe ich einem vereidigten Graphologen vorgelegt, zusammen mit anderen Unterschriften, die ich auf Dokumenten von meinem Mann besitze. Und der Graphologe ist zu dem eindeutigen Ergebnis gekommen, dass die Unterschriften auf den IOR-Dokumenten alle falsch sind. Gut gemacht, aber dennoch falsch. Ich habe das Gutachten dabei, wenn Sie es sehen wollen …?«

Cavelli winkte ab. »Nicht nötig, ich glaube Ihnen auch so, aber, ehrlich gesagt, verstehe ich nicht, warum Sie *mir* das alles erzählen.«

Cecilia Volpi zögerte, bevor sie mit leiser Stimme weitersprach: »Nun, wie gesagt, Maria Bazoli sagte mir, wie gut Sie über meinen Mann gesprochen haben und dass Sie sich nicht vorstellen können, dass er etwas Kriminelles getan hätte. Das hat mich sehr gefreut, weil Sie der Einzige waren, von dem ich sowas gehört habe, auch wenn ich gar nicht wusste, wer Sie sind. Das hat mir erst Maria erzählt. Dass Sie hier leben und Ihre Familie großen Einfluss im Vatikan hat und dass Sie mit dem Ersten Sekretär des Heiligen Vaters, Monsignore Mattlin, befreundet sind und all das …«

Cavelli hatte die Hand gehoben, um Cecilia Volpi in ihrem Redefluss zu bremsen, aber die ließ sich nicht aufhalten: »Und ich hab gedacht, gegen diese Revisoren, oder was immer das für Leute sind, kann ich nichts ausrichten, aber letztlich sind die ja auch nur im Auftrag des Heiligen Vaters tätig, aber ich vermute mal, der weiß gar nicht genau, was dort genau vorgeht und was die da machen, und wenn Sie jetzt Ihren Einfluss geltend machen würden und mit dem Ersten Sekretär des Heiligen Vaters reden und ihn darauf aufmerksam machen, dass versucht wird, einen Unschuldigen zum Sündenbock zu machen, dann würde das bestimmt sehr helfen, und ich wäre Ihnen überaus dankbar.« Etwas außer Atem stoppte Cecilia Volpi und sah Cavelli mit ängstlichen Augen an.

Cavelli verzog unbehaglich das Gesicht. »Ich weiß nicht recht, ich zweifle nicht, dass sich alles genauso verhält, wie Sie sagen, Signora Volpi, und ich bin auch gerne bereit zu helfen, aber was sollte ich Monsignore Mattlin denn sagen? Ich habe doch nichts Konkretes in der Hand.«

Cecilia Volpi öffnete ihre Handtasche und zog einen Stoß gefalteter Papiere hervor. »Das sind die Kopien vom IOR, dann die Kopien von den privaten Dokumenten, die Aldo unterschrieben hat, und das Gutachten des Graphologen. Das *ist* etwas Konkretes, und der Heilige Vater muss das zu sehen bekommen, und ich bin sicher, er *will* das auch sehen, schließlich geht es ihm bei dieser ganzen Untersuchung darum, endlich die Wahrheit herauszufinden. Und die Wahrheit ist *das.*« Mit einer ruckartigen Bewegung hielt sie Cavelli die Papiere hin.

Cavell zögerte; dann nahm er sie mit einem unguten Gefühl an sich. Er hatte nicht die geringste Lust, in diese Angelegenheit verwickelt zu werden, aber es war zu spät. Die Entscheidung war in dem Moment gefallen, in dem er Cecilia Volpi die Tür geöffnet hatte.

VI

Cavelli hatte eine schlaflose Nacht hinter sich. Es widerstrebte ihm, seine Freundschaft mit Joseph Mattlin, dem Ersten Sekretär des Heiligen Vaters, für private Vorteile auszunutzen – selbst dann, wenn diese privaten Vorteile nicht ihm, sondern jemand anderem zugutekamen. Andererseits hatte ihm Cecilia Volpis Besuch zu denken gegeben. Es war nicht das erste Mal, dass im Vatikan subalterne Mitarbeiter als Sündenbock für die Verfehlungen weit höherer Männer den Kopf hatten hinhalten müssen. Und die Vatikanbank war nochmal eine Klasse für sich. Sicher, das IOR, das Institut für religiöse Werke, nahm seinen Titel durchaus ernst: Es wurden nicht nur Teile der Gewinne der Kunden, zu denen ja auch Cavelli selbst gehörte, einbehalten, um sie für karitative Zwecke zu stiften, auch ein sehr großer Teil der Bankgewinne floss solchen Einrichtungen zu. Andererseits stand die Bank außerhalb jeder Steuergesetzgebung, was bedeutete, dass alle Gewinne steuerfrei waren. Und das war noch das Harmloseste. Cavelli hatte allerdings die zahllosen Zeitungsberichte über Roberto Calvi, Michele Sindona und andere nie allzu genau verfolgt und auch nie erwogen, mit seinem Konto zu einer römischen Bank zu wechseln. Er war Bürger des Vatikan, und folglich hatte er auch dort sein Konto, so einfach war das; im Übrigen ging er davon aus, dass im Grunde *alle* Banker Verbrecher waren. Wie hatte noch der deutsche Dramatiker Bertolt Brecht gesagt: »Was ist ein Einbruch in eine Bank gegen die *Gründung* einer Bank?« Klar war, im IOR hatte es jede Menge kriminelle Machenschaften gegeben, und klar war ebenfalls, so dachte zumindest Cavelli, dass die Schuldigen ganz oben zu suchen waren und nicht im mittleren Management. Er hatte Aldo Volpi zwar nicht wirklich gut gekannt, aber immerhin hatte er ihn über zwanzig Jahre lang alle paar Wochen getroffen und ein paar freundliche Worte mit dem sympathischen Bankangestellten gewechselt. Und dieser Mann sollte nun auf einmal in Betrügereien verwickelt sein, bei denen es um Millionen ging? Das war absurd, und es machte Cavelli wütend, ja, er fühlte sich ganz persönlich betroffen. Wer überblickte schon, was dieser Revisor, Dottore Diotallevi, und seine Mitarbeiter da hinter verschlossenen Türen taten? Cavelli wusste von internationalen Konferenzen, die von der Kurie veranstaltet worden waren und bei denen das Abschlusskommuniqué, welches das Ergebnis der Konferenz vorstellte, bereits zu Beginn verteilt worden war. Angesichts des engen Zeitplans und der Ungeduld der Presse sei dies leider nicht anders machbar, hatte man den verblüfften Teilnehmern in aller Unschuld mitgeteilt. Stand bei den Ermittlungen innerhalb des IOR *auch* schon von vornherein fest, wer der Schuldige war, unwiderlegbar bewiesen durch Dokumente, die Diotallevi dem Heiligen Vater und seinen engsten Vertrauten vorlegen würde und die diese, da sie keine Finanzexperten waren, letztendlich auf Treu und Glauben so akzeptieren mussten? Wenn man das Gutachten des Graphologen dabei gar nicht erwähnte, existierte es auch nicht. Aber zumindest *das* würde Cavelli zu verhindern wissen, wenn auch diskret. Er hatte sich überlegt, das Ganze nicht an die große Glocke zu hängen, sondern eher beiläufig zu erwähnen, und nun saß er in der Borgo Vittorio 26 im Ristorante Velando, das man schon fast das offizielle Lokal der Kurie nennen konnte, und wartete, dass sein Freund Monsignore Mattlin dort wie fast jeden Tag um diese Zeit zum Mittagessen erscheinen würde. Cavelli war extra etwas früher gekommen, bevor es voll wurde, aber auch jetzt schon wimmelte es hier von Soutaneträgern. Spätestens gegen dreizehn Uhr dreißig würde es hier mehr Kleriker geben als im Vatikan. Bald darauf erschien auch Joseph Mattlin. Wie immer strahlte er eine große Energie aus, wenn sich auch um seine Augen herum eine chronische Erschöpfung in sein Gesicht eingegraben hatte, die ihn nicht mehr verließ. Cavelli winkte ihm zu und lud ihn an seinen Tisch ein, was Mattlin überrascht, doch sichtlich erfreut annahm. Mit

Cavelli Mittag zu essen bedeutete für ihn Entspannung. Wenn er mit Kurienleuten zusammensaß, wurde er ohne Unterlass mit Anliegen bombardiert, die er *unbedingt* mit dem Heiligen Vater besprechen müsse. Cavelli wusste das und leistete schon jetzt innerlich Abbitte, dass er heute genau das Gleiche tun würde.

Mattlin bahnte sich einen Weg durch das Getümmel und ließ sich erleichtert auf den Stuhl gegenüber von Cavelli fallen. Beide bestellten ein Glas Vigne Surrau aus Sardinien. Dazu nahm Mattlin Lachstartar, grüne Ravioli und Ossubuco alla Milanese mit Risotto. Cavelli bestellte ebenfalls Ossubuco, ließ aber die Vorspeise und den ersten Gang weg. Als der Wein kam, orderte Mattlin für den Nachtisch noch Pfirsich mit Schokoladensoße.

»Sie wissen das Leben wirklich zu genießen, Joseph«, bemerkte Cavelli milde lächelnd. »Wie schaffen Sie das, dabei so gesund zu bleiben?«

Monsignore Mattlin lachte. »Gottvertrauen, Don. – Und Dehnübungen. Aber vor allem Gottvertrauen.«

Cavelli beschloss, mit offenen Karten zu spielen, und erzählte Mattlin, worum Cecilia Volpi ihn gebeten hatte. Auch das graphologische Gutachten, das Volpis Unterschriften als Fälschungen entlarvte, erwähnte er. Vor allem aber sprach er von seinem Bauchgefühl und dass er sich einfach nicht vorstellen könne, dass Aldo Volpi ein Krimineller sei. Zu seiner Erleichterung nahm Mattlin das Ganze sehr gelassen auf, vielleicht stimmte ihn das hervorragende Ossubuco milde.

»Danke, Don, das ist eine wichtige Information«, erwiderte er, nachdem er einen routinemäßigen Blick auf den Kellner geworfen hatte. Noch immer gab es Geheimdienste und Medienunternehmen, die eine Reihe der Kellner von gehobenen Restaurants in Vatikannähe auf ihrer Gehaltsliste hatten und sie für Informationen gut bezahlten. »Obwohl das mit Gutachten natürlich immer so eine Sache ist«, fuhr Mattlin fort. »Sehr oft bestätigen sie nur genau das, was der Auftraggeber bestätigt haben möchte. Ich will keinesfalls behaupten, dass das hier so ein Fall ist, aber vor Gericht würde die andere Seite natürlich immer ein Gegengutachten einholen. Trotzdem, dieses Gutachten ist ein wichtiger Mosaikstein im Gesamtbild. Ein ganz kleiner natürlich. Das IOR führt über fünftausend Konten von katholischen Institutionen und fast vierzehntausend Konten von Privatpersonen. Es hat einschließlich der ehemaligen, die eine Pension beziehen, über fünftausend Angestellte. Aber dennoch: Signora Volpi sollte dieses Gutachten an Dottore Diotallevi schicken. Er und sein Team arbeiten überaus gewissenhaft, und alles wird vorurteilslos geprüft. Es geht nicht darum, Verantwortliche zu schützen und Sündenböcke zu finden, die weiter unten in der Hackordnung stehen. Der Heilige Vater will *tatsächlich* wissen, was im IOR vorgeht. Das ist der Sinn der ganzen Untersuchung, das können Sie mir glauben, Don. Egal wie schmerzlich die Ergebnisse auch am Ende sein mögen.«

»Daran zweifle ich keine Sekunde«, erwiderte Cavelli, »aber er muss sich auf das verlassen, was Dottore Diotallevi ihm vorlegt. Das könnte unvollständig oder sogar manipuliert sein.«

Mattlin nahm vorsichtig einen Schluck Wein. »Könnte. Natürlich. Vieles *könnte*. Rein theoretisch. Aber der Heilige Vater kennt Diotallevi seit vielen Jahren persönlich. Das ist ein integrer Mann. Er hat vollstes Vertrauen zu ihm. Und selbst aus dem IOR höre ich nur Gutes über ihn. Es heißt, viele Mitarbeiter dort beten sogar für ihn.«

»Und wie lautet dieses Gebet?«, fragte Cavelli ironisch. *»Der Herr gebe ihm die ewige Ruhe«?*

Beide lachten. Cavelli fühlte sich erleichtert; er hatte getan, worum ihn Cecilia Volpi gebeten hatte. Mattlin wusste nun von dem Gutachten und hatte auch Cavellis positive Charakterbeschreibung von Aldo Volpi zur Kenntnis genommen. Mehr konnte man nicht verlangen. Was Cavelli betraf, war die Sache erledigt.

Zumindest im letzten Punkt sollte er sich geirrt haben.

VII

Dante Anistasidis stand in dem riesigen Garten seiner Villa und blickte auf das türkisblaue Meer. Er hatte es tatsächlich geschafft, er war am Ziel seiner Wünsche. Zumindest, was den Ort betraf. Havanna.

Sicher, Miguel Díaz-Canel, der neue Staatschef von Kuba, war natürlich Kommunist. Sein Vorgänger, Raúl Castro, der Bruder von Fidel Castro, hatte ihn ausgesucht und ins Amt gebracht. Man hatte versucht zu verhindern, dass sich auf der Karibikinsel etwas änderte, und darum einen linientreuen, marxistisch-leninistischen Apparatschik zum neuen Machthaber gemacht. Noch immer lebten die meisten Bürger in Armut, noch immer gab es auf Kuba Folter, kaum Bürgerrechte, Handelsbeschränkungen, Zensur, keine Religions- und Redefreiheit, und noch immer saßen zahllose Dissidenten und Regimekritiker unter menschenunwürdigen Bedingungen in dem berüchtigten Geheimdienstgefängnis, das man zynischerweise Villa Marista nannte; es war nach wie vor ein Polizeistaat. Doch es gab Anzeichen, die

Hoffnung machten. Das unpraktische Doppelwährungssystem war abgeschafft worden, und man hatte eine Währungsreform eingeleitet. Dante Anistasidis war sich sicher, dass es alles nur noch eine Frage der Zeit war: Sobald auch Raúl Castro tot wäre, war dieses System nicht mehr zu halten. Schneller als sich viele heute vorstellen konnten, würde es vorbei sein mit dem Kommunismus. Seit einiger Zeit gab es immer wieder Massenproteste auf den Straßen, die das Regime bislang noch brutal niederknüppelte. Zudem verschwanden Tausende hinter Gittern. Aber wie lange noch würde man damit Erfolg haben? Wie rasant die politische Entwicklung sein konnte, hatte man 1989 gesehen, als innerhalb von wenigen Wochen das kommunistische System in Ostdeutschland gekippt war. Fast über Nacht hatte sich herausgestellt, dass der größte Teil der Bevölkerung nicht dafür, sondern dagegen gewesen war. So würde es auch hier sein, nur dass Kuba eine viel bessere Ausgangsposition hatte. Sobald der Kommunismus fiel und den Amerikanern aufging, dass nur einhundertsiebzig Kilometer von Key West entfernt ein karibisches Paradies auf sie wartete, würde es kein Halten mehr geben. Touristen, Geschäftsleute und Investoren würden in Massen herbeiströmen, und die Insel würde einen beispiellosen wirtschaftlichen Aufschwung erleben. Kuba würde gewissermaßen ein inoffizieller amerikanischer Bundesstaat werden, und zwar der schönste von allen. In einem Punkt würde sich die Armut des Landes sogar rückwirkend als Segen erweisen: Im Gegensatz zu den meisten anderen Ländern, die in den sechziger Jahren herrliche Altbauten abgerissen und durch hässliche Betonklötze ersetzt hatten, war auf Kuba dafür schlicht und einfach kein Geld dagewesen. Die eleganten Kolonial-Prachtbauten des neunzehnten Jahrhunderts, die denen in Paris in nichts nachstanden, waren in Havanna alle noch vorhanden, die ganze Stadt bestand daraus. Die Häuser waren zwar in einem schlechten Zustand, aber das würde sich sehr schnell ändern. Sobald dies geschah, würde Havanna die schönste Stadt der Welt sein. Dante Anistasidis hoffte, dass er es noch erleben würde. An ihm sollte es nicht liegen. Schon jetzt ging es ihm hier sehr gut, obwohl sein Vermögen genau genommen im krassen Gegensatz zum Kommunismus stand. Aber der galt ohnehin nur für die Armen. Fidel Castro hatte eine Privatinsel mit Yachthafen und diversen anderen Luxus besessen. Manche waren schon immer etwas gleicher als die anderen. Anistasidis würde für den Anfang zweihundert Millionen investieren, vielleicht auch mehr. Die waren zu diesem Zeitpunkt hier mindestens hundertmal mehr wert als an den meisten anderen Orten dieser Welt. Er war genau im richtigen Moment am richtigen Platz. Kuba war das neue Land der unbegrenzten Möglichkeiten, und er würde ganz vorne mit dabei sein.

VIII

Auch wenn Monsignore Mattlin es vor seinem Freund Cavelli nie in vollem Umfang zugegeben hätte, waren für ihn solche Hinweise, die von außen kamen, ungeheuer wertvoll. In seiner Position war er fast vollständig von zwei Sorten von Menschen umgeben. Von denen, die ihm nur das sagten, von dem sie glaubten, dass er – respektive der Heilige Vater – es hören wollte, und von denen, die versuchten, ihn geschickt für eigene Zwecke zu manipulieren. Oft handelte es sich dabei sogar um ein und dieselben. Dies war einer der Gründe, warum er sich gern mit Cavelli unterhielt. Es war privat, und Cavelli war dabei von keinerlei Karrierestreben oder geheimen Absichten getrieben. Es war nicht das erste Mal, dass Mattlin von Cavelli etwas erfuhr, was ansonsten komplett an ihm vorbeigegangen wäre. Und nun also die Geschichte mit den gefälschten Unterschriften von diesem Aldo Volpi. Der Heilige Vater wollte Transparenz, was das IOR anging. Schonungslose Offenlegung ohne Rücksicht darauf, wen das in den Abgrund reißen würde. Auf gar keinen Fall durfte hier ein Bauernopfer gebracht werden. Dies hatte er Dottore Diotallevi soeben deutlich zu verstehen gegeben, wenn auch mit dem üblichen vatikanischen Zuckerguss. Diotallevi hatte Mattlin eifrig zugestimmt, doch hatte er tatsächlich verstanden? Mattlin war sich da nicht ganz sicher. Aber immerhin schien der Mann heute Morgen noch vorsichtiger zu formulieren als sonst: »Ich bin Ihnen überaus dankbar für diesen Hinweis, Monsignore, allerdings besteht keine Gefahr, dass dieser Volpi als Sündenbock für andere den Kopf hinhalten muss. Das liegt an der Natur dieser Geschäfte, um die es hierbei geht. Sehen Sie, im Wesentlichen durchleuchten wir die Papiere des IOR auf Transaktionen, die zwar illegal sind, aber nichtsdestotrotz zum finanziellen Wohle der Bank getätigt wurden. Die Transaktionen hingegen, welche die Unterschriften – meinetwegen auch gefälschte Unterschriften – von diesem Volpi tragen und die gewissermaßen nur ein von uns unbeabsichtigtes Abfallprodukt dieser Untersuchungen sind, diese Transaktionen haben der Bank nicht genützt, sondern ihr enormen Schaden zugefügt. Irgendjemand hat sich hier persönlich bereichert.«

»Inwiefern?«, hakte Mattlin nach.

Dottore Diotallevi überlegte einen Moment, bevor er antwortete:

»Nun, die Sache ist kompliziert und für einen Nicht-Banker schwer verständlich. Darum werde ich es stark simplifiziert darstellen: Wie Sie wissen, verfügt das

IOR über das größte Immobilienvermögen der Welt. Allein in Rom ist es ein Viertel aller Gebäude. Niemand – wirklich absolut niemand – hat einen Überblick darüber, auch nicht im IOR. Wir sind noch bei der Bestandsaufnahme. Zurzeit sind wir bei einem Vermögen von zehn Milliarden an Spitzenimmobilien auf der ganzen Welt, aber noch immer ist kein Ende in Sicht. Und genau dieses – mit Verlaub – Chaos innerhalb des IOR hat etwas ermöglicht, was in jeder anderen Bank auf der Welt niemals hätte passieren können. Was dieser Volpi – oder jemand anders – getan hat, ist Folgendes: Er hat auf dem Papier eine Strohfirma gegründet und dieser Firma eine Top-Immobilie des Vatikan verkauft. Und jetzt kommt das Verrückte: Das Geld für diesen Kauf kam ebenfalls vom IOR, als Kredit. Natürlich braucht man für einen Kredit Sicherheiten, und was hat diese Strohfirma als Sicherheit vorgelegt? Den Kaufvertrag dieser selben Immobilie, allerdings vordatiert, so als ob sie ihr bereits gehöre. So etwas hätte natürlich nie passieren dürfen, aber da beides über das IOR lief, allerdings über verschiedene Abteilungen, mit Unterschriften versehen, welche die Korrektheit der Vorgänge bestätigten, ist es nie in Frage gestellt geworden.«

»Mein Gott«. Monsignore Mattlin verzog schmerzlich das Gesicht.

»Allerdings, doch das war nur der Anfang: Die Immobilie wurde zwar zu einem sehr hohen Preis erworben, dennoch lag dieser immer noch etwa siebzig Prozent unter dem tatsächlichen Marktwert. Anschließend hat die Strohfirma die Immobilie zum wahren Wert verkauft, dann mit dem Erlös den Kredit beim IOR korrekt zurückgezahlt und einen Millionengewinn eingestrichen. Mit nichts. Sein Kapital war nichts anderes als eine genaue Kenntnis der internen Abläufe des IOR und der fehlenden Kontrollen. Auf dem Papier sah das alles ganz korrekt aus, und das IOR hat nicht einmal bemerkt, dass es um etliche Millionen betrogen worden war. Es gab ja auch keinen Fehlbetrag in der Bilanz. Man hatte ein Gebäude verkauft und einen Kredit zu einem hohen Zinssatz vergeben, der korrekt zurückgezahlt worden war. Also zwei gewinnbringende, korrekte Geschäfte, alles bestens. Formal gesehen. Wahrscheinlich hat sich unser Mann dann gedacht, wenn das *einmal* so gut geklappt hat, warum nicht auch zweimal?«

»Er hat es zweimal gemacht?« Mattlin war blass geworden.

»Nein. Bis jetzt sind wir auf einhunderteinundsechzig solche Fälle gestoßen. Etwa nach dem zwanzigsten Mal benötigte der Mann nicht einmal mehr die Kredite vom IOR. Er hatte inzwischen so viel verdient, dass er die Immobilien, die er natürlich weiterhin stark unter Marktwert erwarb, aus eigenen Mitteln bezahlen konnte.«

Dottore Diotallevi schwieg. Er hatte den Eindruck, Mattlin eine Pause gönnen zu müssen. Mattlin erhob sich langsam und öffnete das Fenster. War es in seinem Büro unerträglich heiß oder kam ihm das nur so vor? Er blickte nach draußen in die Vatikanischen Gärten und versuchte, das Gehörte in seinem Kopf zu sortieren. Schließlich wandte er sich zu Diotallevi um. »Und ein Irrtum ist ausgeschlossen? Ich will keinesfalls in Frage stellen, was Sie sagen, aber handelt es sich ganz sicher um interne Manipulation und um Vorsatz? Kann es nicht auch einfach Inkompetenz gewesen sein?«

Dottore Diotallevi schüttelte langsam den Kopf. »Ausgeschlossen. Was allerdings weiterer Untersuchungen bedarf, ist die Frage nach dem Täter. Sicher, die fraglichen Dokumente tragen alle die Unterschriften von Aldo Volpi, aber nun sagt dieses Gutachten, dass diese gefälscht sind. Mag sein. Vielleicht ja, vielleicht nein, wir werden das selbst ebenfalls überprüfen, aber eins ist schon seltsam.«

»Nämlich?«

»Warum arbeitet jemand, der über ein solches Vermögen verfügt, weiterhin als Angestellter in einer Bank, statt sich davon ein schönes Leben zu machen? Wir sehen daher zwei Möglichkeiten: Entweder Volpi wurde erpresst, diese Geschäfte für jemand anderen abzuwickeln, oder er hat wirklich nichts damit zu tun und seine Unterschriften sind tatsächlich gefälscht. Wie auch immer es war, das Geld ist und bleibt verschwunden.«

»Von welcher Summe reden wir hier eigentlich?« Mattlins Stimme klang rauer, als es ihm lieb war.

»Nun, das ist nicht so ohne Weiteres zu sagen, wir sind immer noch dabei, alle Zahlen zusammenzutragen, es gibt zahlreiche, schwer zu beziffernde …«

»Eine ungefähre Summe bitte!«

Diotallevi blickte zu Boden. Es war nicht seine Schuld, aber manchmal hasste er es, der Überbringer schlechter Nachrichten zu sein: »Mindestens eins Komma drei Milliarden Euro.«

IX

Immer zwei Stufen auf einmal nehmend, spurtete Cavelli die große Treppe auf dem Piazza di Popolo hoch. Dies war der anstrengendste Teil seines täglichen Laufpensums vom Vatikan bis zum Villa-Borghese-Park, wo er dann je nach Laune eine größere oder kleinere Runde drehte. Dabei dachte er über Cecilia Volpi nach. Die Frau tat ihm leid. Er konnte teilweise nachempfinden, wie sie sich fühlen musste. Cavellis Ehefrau Elena war vor einigen Jahren bei einem Verkehrsunfall ums Leben gekommen. Er hatte über ein Jahr gebraucht, um einigermaßen wieder ins normale Leben zurückzufinden. Allerdings hatte er von Freunden und Kollegen viel Mitgefühl und Hilfe erfahren; Cecilia Volpi war noch schlimmer dran, ihr Mann wurde des Betrugs beschuldigt. Ihrer Meinung nach zu Unrecht, das musste schwer zu ertragen sein.

Nach seinem Gespräch mit Joseph Mattlin hatte er sie angerufen und ihr davon erzählt, wobei ihm sein Bericht wahrscheinlich etwas positiver geraten war, als er eigentlich beabsichtigt hatte. Cecilia Volpi hatte sich immer wieder bedankt, was ihm unangenehm war, und er hatte dann das Gespräch bald beendet.

Danach hatte er nicht mehr an sie gedacht, aber vor einigen Tagen war er in einem seiner Jacketts auf das graphologische Gutachten gestoßen, das immer noch darin steckte. Aus purer Neugier, wie so etwas aussieht, hatte er sich darin vertieft. Mattlin hatte natürlich recht, viele Gutachten bestätigten nur, was der Auftraggeber vorgab, und vernebelten die Wahrheit mehr als sie zu erhellen, aber an diesem Gutachten konnte Cavelli beim besten Willen nichts Fragwürdiges entdecken. Der Gutachter hatte Volpis Unterschriften auf Dokumenten wie dem Mietvertrag, dem Reisepass und anderen Privatpapieren, die ihm Cecilia Volpi zur Verfügung gestellt hatte, mit den auf Kopien der IOR-Dokumente verglichen. Auf den ersten Blick konnte Cavelli keine wesentlichen Unterschiede erkennen, doch das Gutachten zählte eine ganze Reihe davon auf. Insbesondere wurde immer wieder auf die unterbrochene Linienführung und die Dicke des Striches hingewiesen, die den Verdacht nahelegten, dass die Unterschriften auf den IOR-Dokumenten nicht flüssig geschrieben, sondern sorgfältig gemalt worden waren. Ein typisches Merkmal von Fälschungen. Für Cavelli war es eine klare Sache, aber er wusste auch, dass die Sache in den zu erwartenden Prozessen ganz anders ausgehen konnte. Wie hieß es doch so unschön: »Auf hoher See und vor Gericht ist man in Gottes Hand.« Vor einer Stunde dann, Cavelli hatte schon seine Joggingsachen an und wollte eben die Wohnung verlassen, hatte das Telefon geklingelt und Cecilia Volpi war dran gewesen. Sie hatte aufgekratzt geklungen und ihm berichtet, dass sie es tatsächlich geschafft hätte, telefonisch zu Monsignore Mattlin durchzudringen, was ohne Cavellis Vorarbeit ganz sicher nicht möglich gewesen wäre, und dass er ihr persönlich garantiert hatte, dass sie Einsicht in alle Dokumente bekommen würde, die ihren Mann betrafen. Das sei ein gewaltiger Erfolg, denn zuvor hatte sie wiederholte Male versucht, Kontakt zu Dottore Diotallevi aufzunehmen, doch der hatte sich stets am Telefon verleugnen lassen und auch nie zurückgerufen. Dann hatte sie etwas schüchtern gefragt, ob sie Cavelli zum Abendessen einladen dürfe. Hauptsächlich natürlich, um sich für seine Hilfe zu bedanken, andererseits aber auch, weil sie vielleicht noch den einen oder anderen Rat im Umgang mit dem Vatikan gebrauchen könne.

Cavelli war etwas unbehaglich dabei gewesen, er hatte keine Lust, dass sich die Hilfe für Cecilia Volpi zum Dauerzustand entwickelte; offenbar schien sie niemanden zu haben, mit dem sie über diese Probleme reden konnte, und allzu schnell wurde man unentbehrlich für so jemanden. Aber im selben Moment schämte Cavelli sich für seinen Egoismus. Er selbst führte ein verdammt privilegiertes Leben, und hier war jemand in Not, der sich an niemanden sonst wenden konnte. Außerdem handelte es sich lediglich um eine harmlose Einladung zum Abendessen; wenn Cecilia Volpi tatsächlich anfing, zur

Klette zu werden, konnte er dem jederzeit ein Ende setzen. Also hatte er zugesagt. Da sie, trotz seiner Proteste, darauf bestand, ihn einzuladen, hatte er ein günstiges, aber dennoch gutes Ristorante in Trastevere vorgeschlagen, aber sie war nicht davon abzubringen gewesen, ihn in ihr, wie sie betonte, Lieblingslokal Lo Scoglio am Meer einzuladen. Cavelli hatte noch nie von Lo Scoglio, gehört, aber plötzlich war ihm aufgegangen, dass er auch schon seit über einem Jahr nicht am Meer gewesen war. Da unterschied er sich nicht vom typischen Römer, der ein Meer praktisch vor der Haustür hatte, nur eine halbe Auto- oder U-Bahnstunde vom Zentrum entfernt, und in diesem Punkt genauso verwöhnt wie die Einwohner von Paris, die noch nie auf dem Eiffelturm gewesen waren, eben weil man das ja *jederzeit* machen konnte. Die Einladung Cecilia Volpis war ein kleiner Tritt in den Hintern vom Schicksal, das offenbar meinte, dass Cavelli viel zu viel arbeitete und viel zu lange nicht am Meer gewesen war.

X

Bisher war es gut gelaufen. Sehr gut sogar. »Dante Anistasidis« hatte es bis nach Havanna geschafft. Doch hier in Rom, in der Sektion 11, standen die Dinge weniger gut. Dass ausgerechnet jetzt angefangen wurde, im IOR das Unterste zuoberst zu kehren, und jedes noch so alte Dokument plötzlich misstrauisch hinterfragt wurde, war nicht vorhersehbar gewesen. Dennoch hatte man vorgesorgt. Doch war das ausreichend? Inzwischen war eine Reihe von Personen in die Sache involviert. Wer würde schließlich das letzte Wort haben? Natürlich der Papst, aber letztlich musste auch er den Experten vertrauen. Diese Experten galt es zu lenken, und zwar, ohne dass sie es merkten. Vor allem musste dafür gesorgt werden, dass die Ermittlungen, die in eine bestimmte Richtung verliefen, beendet wurden. Man würde einer gewissen Person eine Botschaft schicken, eine, die unmissverständlich war.

XI

Um kurz nach acht hielt Cecilia Volpi mit ihrem Alfa Romeo Mito vor der Porta Sant'Anna des Vatikan, um Cavelli abzuholen. Auch darauf hatte sie bestanden, weil es, wie sie sagte *Quatsch* sei, mit zwei Wagen zu fahren und Lo Scoglio auch ziemlich knifflig zu finden wäre. Cavelli hatte auch dem zugestimmt. Als er zu ihr in den Wagen stieg, lachte sie ihn fast fröhlich an, aber er registrierte, dass sie immer noch Schwarz trug und dass sich in ihrem Gesicht eine tiefe Erschöpfung eingegraben hatte, die nicht dazu passen wollte. Während der Fahrt plapperte sie in einem fort über jedes erdenkliche Thema. Cavelli hatte den Eindruck, dass sie um jeden Preis versuchte, das Thema Vatikanbank zu meiden, aber gerade das ließ ihn vermuten, dass sich hier die Dinge in einer für sie ungünstigen Weise entwickelten. Er hatte kurz überlegt, sie darauf anzusprechen, unterließ es dann aber. Cecilia Volpi hatte das Recht, mal ein paar Stunden nicht an die Dinge zu denken, die sie wahrscheinlich Tag und Nacht belasteten.

Nach gut einer Dreiviertelstunde Fahrzeit erreichten sie die Bergstraße, die auf das Felsplateau führte, auf dem sich Lo Scoglio befand. Jetzt fiel Cavelli ein, dass er doch bereits von dem Lokal auf der Kante des Kliffs gehört hatte, von dem man einen legendären Blick über das Meer hatte. Was ihn davon abgehalten hatte, es einmal zu besuchen, war die schmale Straße nach oben, bei der sich auf der einen Seite die Felswand und auf der anderen Seite der Abgrund mit dem Meer darunter befand. Die Straße war an vielen Stellen so schmal, dass es für zwei entgegenkommende Fahrzeuge extrem eng wurde, oft zu eng, was schon viele Fahrer mit einer zerkratzten Karosserie bezahlt hatten. Cavellis unbezahlbarer Oldtimer hatte immer noch die Originallackierung von 1960, und er war durchaus bereit, den einen oder anderen Verzicht zu üben, damit das auch so blieb.

Cecilia Volpi schien solche Sorgen nicht zu kennen und auch keine Höhenangst. Sie fuhr die gewundene Strecke, die zwei enge Kurven aufwies, in einem Tempo hinauf, das Cavelli erstaunlich fand. Nervös machte es ihn nicht. Auch wenn sich der Abgrund mehrfach nur knapp einen Meter neben ihm befand, hatte er den Eindruck, dass sie eine sehr sichere Fahrerin war und wusste, was sie tat. Nach etwa der halben Strecke kam ihm dann ein anderer Gedanke: Rührte ihr fahrerisches Selbstbewusstsein etwa nur von einer völligen Verkennung der Gefahr her? Auch das hielt er für möglich. Sollte er etwas sagen? Besser nicht, möglicherweise verhielt es sich bei ihr wie bei einem Schlafwandler, der nur so lange sicher in großer Höhe balancierte, wie man ihn nicht weckte.

Nach wenigen Minuten hatten sie das Plateau der Klippe erreicht. Lo Scoglio war direkt an die Kante gebaut geworden, und für die Gäste, denen das immer noch nicht reichte, gab es eine Außenterrasse, die über den Abgrund ragte und durch dessen Metallgitterboden man tief unter sich das Meer und die sprühende Gischt sehen konnte. Auch der für sie reservierte Tisch befand sich dort. Die Seeluft hier oben war herrlich. Cavelli rühmte die atemberaubende Aussicht, da er das Gefühl hatte, dass sie das erwartete. Im Stillen rechnete er damit, dass das Essen nicht würde mithalten können. Es war auf der ganzen Welt dasselbe: Restaurants an besonders schönen Orten oder bei Touristenattraktionen hatten zwar gesalzene Preise, hielten es aber nicht für nötig, sich auch gastronomisch entsprechend anzustrengen. Die Gäste kamen auch so in Scharen, wozu also noch? Seine Erwartung bestätigte sich. Die von ihm bestellte gegrillte Seezunge kam eine Viertelstunde nach Cecilia Volpis Risotto und war trocken.

Irgendwann während des Essens waren Cecilia Volpi auch die unverfänglichen Themen ausgegangen, vielleicht hatte sie auch das Essen in eine entspanntere Stimmung versetzt. Sie blickte weit auf das Meer hinaus und atmete so tief aus, als fiele ihr eine große Last von der Seele. »Das hab ich gebraucht. Einmal etwas anderes sehen. Auf der Arbeit im Krankenhaus bin ich abgelenkt, aber zu Hause ist es schrecklich. Es ist immer noch so ungewohnt, allein ohne Aldo, und ständig klingelt das Telefon. Es sind Journalisten ohne Ende. Keine Ahnung, woher die meine Nummer haben, und vor allem, woher die über die Ermittlungen im IOR informiert sind. Das müsste doch eigentlich vertraulich sein, oder nicht? Ich habe den Verdacht, dass es im IOR Leute gibt, die mich zermürben wollen, damit ich alles klaglos hinnehme, und dass die auch Informationen an die Presse geben.«

»Das wäre allerdings ungewöhnlich«, erwiderte Cavelli. »Die Kurie geht für gewöhnlich den diskretesten Weg. Wenn sie Details über Ermittlungen gegen das IOR an die Medien gibt, schießt sie sich doch selbst ins Bein.«

»Normalerweise vielleicht. Aber *dass* es Ermittlungen gibt, weiß sowieso schon die ganze Welt; jetzt geht es darum, dass die Leute an der Spitze mit weißer Weste aus der ganzen Sache herauskommen, und dazu braucht man Schuldige weiter unten in der Nahrungskette. Das IOR, naja vielleicht nicht das *ganze* IOR, aber irgendjemand dort, will mich zum Schweigen bringen.«

Cavelli sagte nichts, musste aber wohl ein skeptisches Gesicht gemacht haben, denn Cecilia Volpi schien nun das Gefühl zu haben, diese Aussage belegen zu müssen. »Vor einigen Tagen war sogar ein Jurist vom IOR bei mir«, fuhr sie fort. »Ein gewisser Dottore Acari. Kennen Sie den?« Sie kramte eine Visitenkarte aus ihrer Handtasche und legte sie neben den Brotkorb. Cavelli warf einen kurzen Blick darauf und erkannte die Tiara sowie die gekreuzten Schlüssel. Das Wappen des Vatikan. Er schüttelte den Kopf. »Nie gehört.«

»Zuerst war er sehr freundlich, geradezu väterlich besorgt. Er sagte, ich würde das als Laie juristisch nicht überblicken können und man wolle verhindern, dass ich in eine Prozesslawine hineingezogen würde, die meinen guten Ruf zerstören und mich finanziell bis an mein Lebensende ruinieren würde. Auf der anderen Seite wäre ich ja eine Angehörige eines ehemaligen Mitarbeiters, der vorzeitig verstorben sei, und für solche Härtefälle stünden großzügige Hilfsfonds des IOR zur Verfügung. Allerdings verböten die Statuten, diese Gelder an Personen zu zahlen, die sich mit der Vatikanbank in einem Rechtsstreit befänden. Also, Signor Cavelli, wenn das nicht versuchte Bestechung ist, weiß ich auch nicht. Und schließlich, als dieser Dottore merkte, dass ich mich nicht umstimmen lasse, ließ er die Maske fallen und fuhr die schweren Geschütze auf: Ich hätte keine Chance gegen ein Milliardenunternehmen wie das IOR, man könnte ohne weiteres dafür sorgen, dass ich als Mitwisserin meines Mannes für viele Jahre ins Gefängnis ginge. Der Vatikan hätte die Sowjetunion zu Fall gebracht, mich würde man zerquetschen wie eine lästige Fliege. Dann hab ich ihn rausgeworfen.« Cecilia Volpi ergriff ihr halbvolles Glas mit der Weißweinschorle und kippte den Rest hinunter. Dann lachte sie. »Unglaublich, oder?«

Cavelli wusste nicht recht, was er sagen sollte. Falls Cecilia Volpi nicht völlig übertrieb, war das ein unglaublicher Vorgang, ja ein Skandal. Vielleicht sollte er auch darüber noch einmal mit Joseph Mattlin sprechen. Er griff zu der Visitenkarte, um sich den Namen darauf einzuprägen. Dann fiel ihm etwas auf. Seine Augen verengten sich. »Hm, das ist seltsam.«

»Sag ich ja, nach außen macht der Vatikan immer auf nett und barmherzig, aber in Wirklichkeit …«

»Das meine ich nicht. Sondern hier die Telefonnummer von Dottore Acari.«

»Was ist damit?«

»Sie beginnt mit 698 und ist achtstellig. Das trifft nur auf die Nummern zu, die man auf der Webseite des IOR findet. Pressestelle und Telefonzentrale. Die tatsächlichen internen Nummern des IOR gehören zum Vatikan, fangen mit einer 8 an und sind wie alle Vatikannummern fünfstellig.«

»Ja und?« Cecilia Volpi sah ihn irritiert an.

»Vielleicht spinne ich ja, aber diese Visitenkarte kommt mir merkwürdig vor. Als hätte dieser Acari eine IOR-Telefonnummer für die Karte benötigt und sich die auf der frei zugänglichen Webseite besorgt, da er nicht wusste, dass die echten IOR-Nummern ganz anders lauten.«

»Ich glaube, ich versteh nicht ganz. Wollen Sie etwa sagen, dass dieser Dottore Acari gar kein Mitarbeiter des IOR ist?«

»Zumindest *könnte* es so sein. Andererseits wäre das einfach völlig … Warten Sie mal.« Cavelli zog sein Smartphone hervor, schaltete die Funktion »Eigene

Nummer senden« ab, stellte auf laut und tippte die Telefonnummer auf der Visitenkarte ein. Sofort meldete sich eine weibliche Stimme: »Kein Anschluss unter dieser Nummer.«

XII

Eine gute Stunde später verließen sie das Lokal. Cavelli hielt Cecilia Volpi die Wagentür auf und ließ sie auf dem Fahrersitz Platz nehmen. Er wusste es zu schätzen, dass sie den ganzen Abend kaum Alkohol getrunken hatte. Vielleicht war sie doch nicht so eine sorglose Fahrerin, wie er bereits befürchtet hatte. Sie hatten in der letzten Stunde viel geredet und zum Teil auch einige etwas absurde Vermutungen ausgesprochen, aber das Entscheidende war, dass Cavelli Cecilia Volpi versprochen hatte, Monsignore Mattlin die Visitenkarte vorzulegen. Dann hatte er versucht, sie zu beruhigen, und ihr erklärt, dass es für die Sache mit der Visitenkarte eine ganz harmlose Erklärung geben könne. Allerdings war ihm auf ihre Nachfrage keine eingefallen und Cecilia Volpi hatte keineswegs überzeugt gewirkt. Während sie langsam vom Parkplatz rollten, versuchte Cavelli seine Gedanken zu ordnen. Er wollte jetzt selbst wissen, was es mit diesem Anwaltsbesuch bei ihr auf sich hatte. Wenn er darüber nachdachte, fielen ihm nur zwei Möglichkeiten ein, und beide gefielen ihm nicht: Entweder war die Nummer auf der Visitenkarte einfach nicht mehr aktuell und ein Anwalt des IOR setzte Cecilia Volpi mit übelsten Methoden unter Druck, oder: Dieser Mann gab nur vor, für den Vatikan zu arbeiten. Oder gab es vielleicht doch noch eine dritte, harmlose Erklärung? Ein Teil von Cavelli hoffte, dass sein Freund Mattlin eine solche aus dem Hut zaubern würde und dass dann alles wieder in Ordnung war; ein anderer Teil von ihm wusste, dass dies nicht geschehen würde. Etwas riss ihn aus seinen Gedanken. Cecilia Volpi hatte etwas gesagt. Sie hatte es so leise gesagt, dass er es nicht verstanden hatte. »Wie bitte?«

»Die Bremsen. Sie reagieren nicht. Ich kann nicht bremsen!« Die Sätze kamen abgehackt aus ihr heraus. Ihr Blick war starr auf die abschüssige Bergstraße gerichtet und sie umklammerte das Lenkrad so stark, dass ihre Handknöchel weiß hervorstachen.

Es war einer dieser Momente, wo sich der Geist für einige Momente weigert, die Realität zu akzeptieren. »Das kann nicht sein«, hörte sich Cavelli sagen. Cecilia Volpi antwortete nicht. Sie hatte den Fuß vom Gas genommen, aber dennoch wurde der Wagen auf der abschüssigen Straße schneller. Noch nicht sehr stark, aber bis nach unten waren es noch etwa eineinhalb Kilometer. Ganz unten verlief quer die breite Küstenstraße, die nach rechts sogar leicht bergauf führte, so dass man dort würde ausrollen können. Doch so weit waren sie noch lange nicht. Was Cavelli am meisten besorgte, waren die beiden Kurven. Konnte man die in hohem Tempo ohne Bremsen bewältigen, ohne dass es einen über den Abgrund trug? Für einen extrem guten Fahrer war es vielleicht möglich, aber auch für Cecilia Volpi?

Sie hatten die erste Kurve fast erreicht, und noch immer wurden sie schneller. Cecilia Volpi zog mit aller Kraft die Handbremse an, aber entweder funktionierte die ebenfalls nicht oder es nützte einfach nichts, jedenfalls konnte Cavelli nicht feststellen, dass der Wagen dadurch langsamer geworden wäre. Cavelli hörte die Frau neben sich vor Anstrengung keuchen. Jetzt riss sie das Steuer nach links, wobei das Hinterteil des Wagens nach rechts ausbrach. Er schleuderte herum, und neben sich sah Cavelli den Abgrund auf sich zurasen. Sein Körper wurde starr. Hier ging es mindestens zweihundert Meter steil abwärts. Der Mast eines Straßenschildes fetzte mit einem ohrenbetäubenden Knall neben ihm den Seitenspiegel weg. Links und rechts prasselte aufgewirbeltes Geröll gegen die Karosserie. Ein Stein krachte in die Frontscheibe und erzeugte ein Gitternetz im Glas. Dann war der Wagen um die Kurve herum. Das Lenkmanöver war genau im richtigen Moment gekommen. Einen Moment früher oder später und es hätte sie mit Sicherheit aus der Kurve ins Nichts getragen. Cavelli konnte ihr Glück nicht fassen. Doch zur Entwarnung gab es keinen Anlass. Das Bewältigen der ersten Kurve war nur wie der Aufschub einer Hinrichtung gewesen. Einige hundert Meter weiter kam die andere, noch engere Kurve. Konnten sie ein zweites Mal so viel Glück haben? Und noch waren sie nicht einmal dort. Das Durchqueren der Kurve und das damit verbundene Ändern der Fahrtrichtung hatte das Tempo des Wagens verringert, doch noch immer war die Straße stark abschüssig. Der Wagen wurde bereits wieder schneller. Die Gedanken in Cavellis Kopf rasten. Man musste doch irgendetwas tun können. Den Felsen auf der Fahrerseite rammen und so zum Stehen kommen? Nein, der Felsen dort ging nicht senkrecht in die Höhe, sondern schräg, man würde gewissermaßen auf eine schiefe Fahrbahn geraten, und dann würde Cecilia Volpi mit Sicherheit endgültig die Kontrolle über den Wagen verlieren. Bei diesem Tempo war kein Spielraum für Fehler, dafür war der Abgrund auf der rechten Seite zu nah. War es vielleicht möglich, aus dem Wagen zu springen? Nein, selbst wenn man in Kauf nehmen würde, sich dabei etliche Knochen zu brechen, es war gar nicht machbar. Auf der Fahrerseite war zu wenig Platz, um die Tür zu öffnen, und auf Cavellis Seite war es weniger als ein Meter bis zum Abgrund. Cavelli bemerkte, dass er sich nicht nur, ohne es bewusst registriert zu haben, am Griff über dem Fenster festhielt, sondern auch instinktiv mit dem Fuß auf eine imaginäre Bremse trat. Durch die stark beschädigte Frontscheibe sah er undeutlich, wie ihnen die Straße mit jedem Augenblick schneller entgegenraste. Aus den Augenwinkeln nahm er Cecilia Volpi wahr, die kerzengerade in ihrem Sitz saß und das Lenkrad umklammert hielt. Ihr Atem ging stoßweise, und die Sehnen an ihrem Hals traten deutlich hervor. Eine Bodenunebenheit, über die sie auf dem Weg nach oben besonders langsam gefahren war, ließ den Wagen nun für zwei Sekunden abheben. Mit fürchterlicher Wucht schlug er wieder auf der Straße auf, Cavelli spürte, wie sein Rückgrat gestaucht wurde, aber Cecilia Volpi schaffte es immer noch, den Wagen in der Spur zu halten. Ihre Arme zitterten vor Anstrengung. Wie lange konnte sie das noch durchhalten? Und für Cavelli gab es keinen Weg, ihr zu helfen oder irgendetwas zu tun. Es war zum …! Dann weiteten sich Cavellis Augen vor Entsetzen; durch die kaputte Scheibe sah er die zweite Kurve näher und näher kommen. Cecilia Volpi schrie etwas, Cavelli hörte es, aber in seinem Gehirn kam es nicht an. Dann befanden sie schon mitten in der Kurve, wieder brach das Heck des Wagens aus, diesmal noch stärker als in der ersten Kurve, die Fliehkräfte waren kaum erträglich, *das war's*, schoss es Cavelli durch den Kopf. Jeden Moment würde es vorbei sein. Im nächsten Augenblick ließ die Kraft nach, die ihn zur Seite zerrte. Sie waren durch die Kurve und schossen nun den letzten Rest der Bergstraße hinunter. Noch etwa fünfzig Meter, dann verlief vor ihnen quer die Küstenstraße. In der Abenddämmerung sah Cavelli all die Lichter der Wagen, die in beide Richtungen unterwegs waren. Selbst wenn es Cecilia Volpi zum dritten Mal gelingen sollte, die Kurve zu nehmen, würden sie ungebremst in den Verkehr rasen. Aus weiter Ferne nahm Cavelli ein Geräusch wahr.

Dann sah er, dass Cecilia Volpi die Hand auf die Hupe gestemmt hatte. Noch zehn Meter. Noch fünf. Nun hatten sie die Küstenstraße erreicht. Links von ihnen machte ein Lastwagen mit kreischenden Bremsen eine Vollbremsung, von rechts rauschte ein BMW nur Millimeter vor ihrem Kühler an ihnen vorbei, ein weißer Fiat bremste ebenfalls, brach aus und blieb quer zur Fahrtrichtung stehen, während der Alfa Romeo Mito mit Cecilia Volpi und Cavelli über die Straße schoss, einen alten Holzzaun durchbrach – für einige endlose Sekunden befanden sie sich in der Luft – dann schlug der Wagen drei Meter tiefer hart auf die Meeresoberfläche auf.

XIII

Die Airbags knallten Cecilia Volpi und Cavelli ins Gesicht. Es war viel schmerzhafter, als Cavelli gedacht hatte. Für einige Sekunden herrschte völlige Leere in seinem Kopf. Dann registrierte er zwei Dinge: dass sie sich im Meer befanden, und dass der Wagen schwamm. Noch! Er hatte Berichte darüber im Fernsehen gesehen. Für gewöhnlich hielt dieser Zustand ein paar Sekunden lang an, aber dann würde der Wagen sehr schnell untergehen. Wenn er sich recht erinnerte, war in dem Bericht empfohlen worden, in aller Ruhe abzuwarten, bis der Wasserspiegel außen und innen auf einer Höhe wäre, weil sich dann aufgrund der ausgeglichenen Druckverhältnisse die Türen leicht öffnen ließen. Doch das war die Theorie. Cavelli hatte absolut nicht die Absicht, in Seelenruhe zu warten, bis es so weit war, zumal es nicht mal eine Garantie gab, dass der Wagen überhaupt so lange an der Oberfläche schwimmen blieb. Sie mussten hier raus, bevor der Wagen sank und zur Todesfalle wurde. Während er mit dem Fensterheber sein Seitenfenster herunterließ und seinen Sicherheitsgurt öffnete, sah er zu Cecilia Volpi hinüber. Ihre Unterlippe blutete, aber nicht stark, wahrscheinlich war das durch den Airbag verursacht worden. Sie atmete schwer, war aber bei Bewusstsein und offenbar bemüht, sich zu konzentrieren. Durch die Lüftungsanlage und die Seitenritzen der Türen drang Wasser ins Wageninnere.

»Wir müssen hier raus, bevor der Wagen sinkt! Lassen Sie Ihr Fenster runter«, rief Cavelli, während er ihren Sicherheitsgurt öffnete. Das schien etwas in ihr in Gang zu setzen. Fast mechanisch folgte sie seiner Anweisung. »Jetzt aus dem Fenster raus!«, rief Cavelli ihr zu. Sie zog die Beine auf den Sitz, stützte die Hände auf den unteren Fensterrahmen, überlegte es sich dann anders, drehte sich mit dem Gesicht nach oben, schob ihren Oberkörper aus dem Fenster, wobei sie sich auf die Stelle, wo sich eben noch ihre Hände befunden hatten, setzte. Dann zog sie ihre Beine an und stieß sich mit den Füßen vom Wagen ab; sie war draußen. Cavelli hatte einige Momente abgewartet, ob sie klarkommen würde, nun vollführte er auf seiner Seite das gleiche Manöver. Er saß bereits im Türrahmen mit dem Kopf im Freien, als er spürte, dass etwas nicht in Ordnung war. Bevor er sich mit den Beinen abstoßen konnte, sackte der Wagen nach unten weg und riss Cavelli mit sich. Im letzten Moment gelang es ihm noch, die Luft anzuhalten, dann befand er sich unter Wasser. Wie tief mochte das Meer an dieser Stelle sein? Vielleicht nur ein paar Meter, vielleicht auch nicht, aber

Cavelli verspürte keinerlei Lust, es herauszufinden. Er befand sich schon zwei Meter unter der Oberfläche, bevor er es schaffte zu reagieren. Er zog die Beine an und stieß sich mit aller Kraft vom Wagen ab. Inzwischen war er bereits drei Meter tief. Mit kräftigen Schwimmbewegungen versuchte er, sich an die Oberfläche zu arbeiten, doch er kam kaum voran. Sein Leinenanzug hing wie Blei an ihm, und die Schuhe an seinen Füßen behinderten ihn ebenfalls. Schwamm er überhaupt in die richtige Richtung? Überall um ihn herum war es schwarz. Wenn er sich irrte, war es aus. Luftblasen! Da waren Luftblasen um ihn herum. Luftblasen stiegen immer nach oben. *Folge den Luftblasen.* Cavelli verspürte einen schmerzlichen Drang einzuatmen. Er schlug wild mit den Armen um sich und strampelte um sein Leben. Wurde es da über ihm etwas heller? Ja. Noch drei vier Schwimmzüge, dann würde er oben sein. Noch drei, noch zwei, noch einen. Endlich atmen. Nein! Er befand sich immer noch unter Wasser. Seine Lungen fühlten sich an, als würden sie jeden Augenblick explodieren. Cavelli spürte, wie ihn Wut durchströmte. Es konnte einfach nicht sein, dass er ein paar Zentimeter unter der Wasseroberfläche ertrank. Er musste durchhalten, noch einen Moment, und noch einen und noch einen letzten …

Dann durchstieß sein Kopf das Wasser und Cavelli nahm den tiefsten Atemzug seines Lebens. Ein paar Meter vor sich sah er Cecilia Volpi mühsam auf die kleine Küstenmauer zuschwimmen. Es waren nur wenige

Sekunden vergangen, seit sie sich aus dem Auto befreit hatte, sie hatte Cavellis kleines Abenteuer gar nicht bemerkt.

XIV

Hilfsbereite Autofahrer an der Unfallstelle zogen Cecilia Volpi und Cavelli aus dem Wasser. Bald darauf erschienen auch Polizei und Notärzte. Die Notärzte stellten schnell fest, dass es für sie nichts zu tun gab, und zogen wieder ab. Die Polizisten befragten alle Personen an der Unfallstelle, zuletzt auch Cecilia Volpi und Cavelli, und nahmen dann beiden Blut ab, das auf Alkohol und Drogen untersucht werden würde. Cecilia Volpis Versicherung, dass sie und nicht Cavelli am Steuer gesessen hatte, nahm man achselzuckend zur Kenntnis. Es war ihnen nicht anzusehen, ob sie das glaubten. Schließlich wäre es nicht das erste Mal, dass Ehefrauen oder Freundinnen wahrheitswidrig behaupteten, gefahren zu sein, um den Mann zu schützen. Zu Cavellis Überraschung verschwieg sie der Polizei die nichtfunktionierenden Bremsen. Dann verstand er. Es hätte wie eine billige Ausrede geklungen, die sich bequemerweise nicht widerlegen ließ, da das Auto auf dem Meeresgrund geparkt war. Stattdessen sagte sie aus, dass sie normal gebremst hätte, aber dass der Wagen auf dem Schotter der Bergstraße dennoch immer weiter gerutscht sei. Cavelli bestätigte das, und es wurde anstandslos notiert. Manchmal klang die Lüge eben wahrer als die Wahrheit. Da die Unfallstelle nicht blockiert war und es keine Verletzten gab, hielten sich die beiden Polizisten nicht allzu lange mit den Formalitäten auf. Nachdem alle Aussagen aufgenommen und protokolliert worden waren, durften sich alle wieder auf den Weg machen. Man war sogar so kulant, Cecilia Volpi und Cavelli an der nächsten Raststätte abzusetzen, wo ihnen auffiel, dass ihre Smartphones voller Meerwasser waren. Cavelli bat den Kassierer der Tankstelle, ihnen ein Taxi zu rufen, und kaufte zwei Kaffees, die er nach draußen brachte. Cecilia Volpi griff gierig nach dem heißen Getränk und nahm einen tiefen Schluck. Auch Cavelli tat die wärmende Flüssigkeit gut. Die Abendluft fing an, kalt zu werden, und ihre Kleidung war immer noch klatschnass. Mit Papierhandtüchern aus einem Spender bei den Zapfsäulen brachten sie sich in einen Zustand, in dem sie der Taxifahrer hoffentlich mitnehmen würde.

»Das war eine deutliche Warnung, aber ich lasse mich nicht einschüchtern«, verkündete Cecilia Volpi grimmig.

So sehr Cavelli dieser Mut auch imponierte, er musste es aussprechen: »Das war keine Warnung, Signora Volpi. Der Besuch von dem merkwürdigen Anwalt bei Ihnen in der Wohnung, *das* war eine Warnung. Diese Sache hier war eindeutig ein Mordversuch. Jemand versucht, Sie zu töten.«

XV

In Rom war Cecilia Volpi in der Nähe der Cestiuspyramide in ein anderes Taxi gestiegen, und Cavell war weiter zum Vatikan gefahren. Zu Hause angekommen, hatte er eine heiße Dusche genommen und war ins Bett gegangen. Nach zwei Minuten war er eingeschlafen.

Am nächsten Morgen wachte er schon früh auf, weil sein rechtes Knie schmerzte. Es war dunkelblau verfärbt und ließ sich nicht gut bewegen. Jetzt erinnerte sich Cavelli dunkel, dass er beim Aufschlagen des Wagens auf dem Wasser mit dem Knie gegen das Handschuhfach geknallt war. Der Schock hatte ihn wohl so stark mit Adrenalin vollgepumpt, dass er es gar nicht gespürt hatte. Jetzt war es umso schlimmer. Er humpelte in die Küche, machte sich einen vierfachen Espresso und wusch zwei Pfirsiche. Dann setzte er sich damit, zusammen mit einem Paket Tiefkühlerbsen, das er aufs Knie packte, auf seine Terrasse und frühstückte. Er liebte diese stille Morgenstimmung, wenn noch niemand in den Vatikanischen Gärten unterwegs war und man nur die

Springbrunnen und das Gekreische der kleinen grünen Papageien hörte, deren Namen sich Cavelli nicht merken konnte. In der Ferne waren zwei Gärtner damit beschäftigt, Blumenbeete mit Gartenschläuchen zu bewässern. Nachdem er sich fertig gemacht hatte, humpelte Cavelli ins Bad, wo sein immer noch nasser Anzug hing, und fischte die Visitenkarte, die ihm Cecilia Volpi gegeben hatte, aus der Tasche seines Jacketts. Die Karte war aufgeweicht, aber die Schrift darauf war noch erkennbar: *Dottore Acari*. Dann setzte er sich an seinen Schreibtisch und konsultierte das schwere rote Buch, in dem alle Mitarbeiter des Vatikan verzeichnet waren, zusammen mit ihrer Funktion und Informationen, wo man sie fand und wie man sie per Mail, Telefon und Fax erreichen konnte. Das Ergebnis überraschte Cavelli nicht: kein Acari. Sicherheitshalber überprüfte er auch andere Schreibweisen; das rote Buch wurde zwar vom Vatikan herausgegeben, erhob aber keinen Anspruch auf Unfehlbarkeit. Der Druckfehlerteufel schreckte selbst vor diesem Buch nicht zurück. Also sah Cavelli auch nach unter Accari, Arcari und dann sogar unter Ecari, Ocari und Ucari. Nichts. Doch das musste nicht unbedingt etwas heißen. Es war durchaus möglich, dass Dottore Acari dennoch für den Vatikan tätig war, aber als temporärer oder externer Mitarbeiter, dann würde er in diesem Verzeichnis nicht aufgeführt sein. Andererseits wäre es dann mehr als fraglich, ob er zu Recht eine Visitenkarte mit vatikanischem Wappen führte. Wahrscheinlich war das also eine

Fälschung, doch *wahrscheinlich* war nicht ausreichend. Cavelli entschied sich, Joseph Mattlin zu fragen. Den würde es sicher sehr interessieren, wenn jemand durch die Gegend lief und im Namen des Vatikan Drohungen aussprach. Konnte Cavelli jetzt schon bei Mattlin anrufen? Er sah auf seine rechteckige Longines-Armbanduhr, die Uhr seines Großvaters, dann die seines Vaters und nun seine, an der er hing, auch wenn er sie jeden Morgen vier Minuten zurückstellen musste. Es war sechs Uhr vierzig. Also nach vatikanischen Maßstäben schon spät. Mattlin saß längst an seinem Schreibtisch im Apostolischen Palast. Cavelli wählte die Durchwahl, die er im Kopf hatte, und Monsignore Mattlin nahm bereits nach dem ersten Klingeln ab. Cavelli hatte sich entschieden, vorerst nicht von den sabotierten Bremsen zu erzählen. Es klang irgendwie unglaubwürdig, und er hatte nichts Handfestes, um es zu belegen.

Mattlin schien von Cavellis Neuigkeiten bezüglich »Dottore Acari« geradezu entsetzt zu sein. Er versprach, sich unverzüglich zu informieren und dann zurückzurufen. Offenbar tat er genau das, denn bereits nach wenigen Minuten klingelte Cavellis Telefon. Mattlin war Erleichterung anzumerken, als er vermelden konnte, dass kein Dottore Acari oder eine Person ähnlichen Namens in irgendeiner Weise im Auftrag des Vatikan tätig war. Dass sich jemand dafür ausgab, war zwar schlimm, aber eben längst nicht so schlimm, wie wenn ein tatsächlicher Mitarbeiter Leute bedrohte. Er dankte Cavelli für den Hinweis und kündigte weitere Nachforschungen in der Sache an. Cavelli bedankte sich ebenfalls und legte auf. Er sah es genau entgegengesetzt: Ein Vatikanmitarbeiter, der Leute bedrohte, war beunruhigend; jemand, der sich dafür ausgab, jedoch noch wesentlich beunruhigender. Offenbar gab es in dieser Sache noch eine dritte Partei. Eine, für die sehr viel auf dem Spiel stand und die zur Wahrung ihrer Interessen ohne weiteres über Leichen ging. Ein Schauer überlief Cavelli, als ihm die gestrige Fahrt bergab in den Sinn kam. Dass sie noch lebten, war natürlich schon Cecilia Volpis überdurchschnittlicher Fahrzeugbeherrschung zu verdanken, aber nicht allein; sie hatten einfach verdammt viel Glück gehabt. Mehrfach war es haarscharf gewesen. Ein paar Zentimeter weiter nach rechts und ... Cavelli verdrängte den Gedanken. Dann überlegte er, ob er auch Cecilia Volpi schon so früh anrufen konnte. Einiges sprach dafür. Schließlich war es wichtig, dass sie erfuhr, was Mattlin gesagt hatte. Außerdem arbeitete sie als Krankenschwester, sie musste also frühes Aufstehen gewohnt sein. Er beschloss, es zu riskieren, sonst war sie womöglich schon aus dem Haus und er hatte den ganzen Tag keine Möglichkeit, sie zu kontaktieren. Er suchte ihre Nummer raus und wählte. Während es im Hörer tutete, fiel ihm ein, dass sein durchnässtes Smartphone noch immer in seiner Jacke steckte. Er musste endlich kontrollieren, ob es noch funktionierte. Allzu viel Hoffnung hatte er nicht. Gab es da nicht irgendwelche Tricks, die man in solchen

Situationen anwenden konnte? Er würde seinen blauhaarigen Uni-Assistenten Enzo fragen; der wusste im Gegensatz zu ihm alles, was mit Computern und Internet zusammenhing, vielleicht ja auch das. Das Freizeichen ging über in ein Besetztzeichen. Cavelli hatte wohl die maximale Klingel-Anzahl erreicht. Warum hatte die Volpi keinen Anrufbeantworter eingeschaltet, wenn sie nicht zu Hause war? Wahrscheinlich wegen der Reporter, die ständig anriefen, spekulierte Cavelli.

Zehn Minuten später klingelte Cavellis Telefon erneut. Es war die Vatikanische Telefonzentrale, bei der jeder landete, der nicht Cavellis Durchwahl besaß. Die Telefonistinnen dort behandelten ihn wie diejenigen Kurienmitglieder, die kein eigenes Vorzimmer besaßen, das heißt, sie fragten erst bei ihm nach, ob sie einen Anruf durchstellen durften. Cavelli fand das überaus angenehm. Bei dem Anrufer handelte es sich um Cecilia Volpi. Er ließ sich verbinden. Sie wirkte extrem angespannt und ließ Cavelli kaum zu Wort kommen. »Ich rufe aus dem Krankenhaus an. Als ich gestern Abend nach Hause kam, war alles verwüstet. Die haben alles durchwühlt. Alle Wertsachen sind noch da, aber sie haben unseren Computer und ein paar Aktenordner mit Papieren mitgenommen.«

»Wie schrecklich«, kommentierte Cavelli. Er wusste, dass ein Wohnungseinbruch für die Betroffenen viel schlimmer war, als die meisten sich vorstellen konnten. Emotional ging es dabei weniger um die verschwundenen Gegenstände, sondern darum, dass jemand in den persönlichen Rückzugsraum eingedrungen war. Das Sicherheitsgefühl der Opfer wurde dadurch oft irreparabel gestört. »Haben Sie die Polizei verständigt?«

»Nein, ich musste da erst mal raus. Die Nacht hab ich in einem billigen Hotel verbracht. Ich verrate am Telefon nicht, welches. Als ich vorhin ins Krankenhaus kam, sagte mir der Pförtner, dass sich ein Mann nach meinen Dienstzeiten erkundigt hat. Er hat sie natürlich nicht rausgegeben, aber … Ehrlich gesagt, rufe ich Sie an, weil ich nicht weiß, was ich machen soll. Ich fühle mich jetzt auch in dem Hotel nicht mehr sicher. Es war von vornherein ein Fehler, dorthin zu gehen. Vielleicht ist man mir von meiner Wohnung aus gefolgt und …« Sie schwieg. Eine unangenehme Stille hing in der Leitung. In Cavellis Kopf ging alles durcheinander. Die Frau tat ihm leid. Andererseits …

»Es gibt im Vatikan das Wohnheim Domus Sanctae Marthae«, hörte er sich sagen. »Das ist eigentlich nur für Kleriker, die sich hier eine Weile aufhalten, und für die Kardinäle beim Konklave, aber ich denke, ich könnte es ermöglichen. Zumindest für ein paar Tage. Die Zugänge zum Vatikan werden alle rund um die Uhr von der Schweizer Garde bewacht. Also da wären Sie sicher.« Während Cavelli sprach, bereute er bereits, davon angefangen zu haben. Diese ganze Angelegenheit schien verdammt ernst zu sein und unabsehbare Gefahren zu bergen. Er musste aufhören, sich in eine Sache reinziehen zu lassen, die ihn nicht das Geringste anging und in der er ohnehin nichts ausrichten konnte.

»Auf keinen Fall!«, hörte er Cecilia Volpi zu seiner nicht geringen Erleichterung antworten. »Da würde ich mir wie in der Falle vorkommen. Ich traue keinem. Und solange ich nicht mehr weiß, steht das IOR ganz oben auf meiner Verdachtsliste und damit auch der Vatikan.«

»Sie müssen zur Polizei gehen, Signora Volpi. Heute noch. Jetzt!«

»Um denen *was* zu sagen? Dass bei mir eingebrochen wurde? Wissen Sie, wie viele Wohnungseinbrüche es jedes Jahr in Rom gibt? Zehntausende. Die nehmen das zu Protokoll, und damit ist das für die erledigt. Und was den Mann mit der vatikanischen Visitenkarte angeht, der mich bedroht hat …«

»Richtig. Ich hab inzwischen mit dem Ersten Sekretär des Papstes gesprochen und mich erkundigt«, warf Cavelli ein. »Dieser Mann gehört tatsächlich definitiv nicht zum Vatikan.«

»Okay, ich hab also eine gefälschte Visitenkarte. Der Mann ist verschwunden, und beweisen kann ich das alles sowieso nicht. Und auch die Sache mit den Bremsen kann ich nicht beweisen. Wann mein Auto aus dem Wasser geborgen wird, weiß ich nicht. Vielleicht nie, aber selbst wenn: Ich kenne mich nicht aus mit sowas, aber ob man dann noch feststellen kann, dass da jemand absichtlich etwas manipuliert hat, ist auch mehr als fraglich. Sie wissen doch, wie die Polizei ist: Bevor einem nichts passiert, können sie einem nicht helfen. Nein, ich muss selber sehen, wie ich mit all dem fertig werde. Mir wird schon was einfallen, ich hab da ein oder zwei Ideen, die vielleicht zu etwas führen könnten. Jedenfalls lass ich mich nicht einschüchtern. Ich wollte Ihnen nur nochmal für alles danken, Signor Cavelli. Dass Sie mit Monsignore Mattlin gesprochen haben, ist eine große Hilfe, und vor allem möchte ich Ihnen sagen, wie leid es mir tut, was gestern passiert ist.«

»Dafür können *Sie* ja nichts«, beeilte sich Cavelli zu sagen. »Es ist ja nochmal gutgegangen.« Cavelli wusste, dass er nur hohle Phrasen von sich gab. Während er in sein normales friedliches Leben zurückkehrte, stand diese Frau allein gegen mächtige Unbekannte, die auch vor Mord nicht zurückschreckten. Und weshalb? Weil sie an die Unschuld ihres verstorbenen Mannes glaubte und für seine Ehre kämpfte. Das war bewunderungswürdig. Und dumm, denn sie hatte keine Chance. Tief im Inneren musste sie das wissen. Cavellis Gewissen sagte ihm, dass er die Frau nicht im Stich lassen konnte, aber sein Verstand sagte ihm, dass es nichts gab, was er ausrichten konnte, außer sich selbst ebenfalls in Gefahr zu bringen. Am anderen Ende der Leitung hörte er Cecilia Volpi atmen. Wartete sie auf etwas? Cavelli sagte noch ein paar unverbindliche Sätze, dann beendeten sie das Gespräch und er hängte auf. Abgesehen von seinem schlechten Gewissen verspürte er Erleichterung. Schon mehrfach hatte er sich in Dinge reinziehen lassen, die nicht sein Problem waren und die ihn beinahe das Leben gekostet hatten. Dieses Mal hatte er rechtzeitig den Absprung geschafft.

XVI

Angesichts seines blauen Knies, das inzwischen sogar noch mehr schmerzte, hatte Cavelli widerwillig beschlossen, sein morgendliches Joggen im Villa-Borghese-Park ausfallen zu lassen, und den ganzen Tag damit verbracht, seine kommenden Vorlesungen vorzubereiten. Nur für einen Anruf bei seinem Assistenten Enzo hatte er zwischendurch Zeit gefunden. Der erklärte ihm, dass die Überlebenschancen für sein nassgewordenes Smartphone nicht gut waren, da er es nicht sofort danach ausgeschaltet hatte. Aber da Cavelli ja nichts mehr zu verlieren habe, könne er es für ein paar Tage in eine Tüte Reis packen und das Beste hoffen. Nachdem Cavelli beides erledigt hatte, vertiefte er sich erneut in seine Arbeit. Erst daran, dass er das Licht anmachen musste, bemerkte er, wie spät es dabei geworden war. Nun hatte er Hunger und die Decke fiel ihm auf den Kopf. Er zog sein Jackett über, schloss die Wohnung ab und stellte auf der Treppe zu seiner Erleichterung fest, dass es seinem Knie schon etwas besser ging.

An der Porta Sant'Anna verließ er den Vatikan und setzte sich in eines seiner Lieblings-Ristorantes in der Nähe. Die Vertrautheit tat ihm gut. War es tatsächlich nicht einmal vierundzwanzig Stunden her, dass er in einem Wagen ungebremst an einem Abgrund entlang gerast und ins Meer gestürzt war? Es kam ihm irreal vor, möglicherweise hatte er so eine Art Schock und es war noch gar nicht richtig bei ihm angekommen.

Als er eine gute Stunde später in den Vatikan zurückkehrte, sprach ihn einer der wachhabenden Gardisten an: »Es tut mir leid wegen der Pizza, Signor Cavelli.«

Cavelli lächelte amüsiert. »Pizza? Was für eine Pizza?«

»Das Pizzataxi, das Sie bestellt hatten. Ich hab bei Ihnen oben angerufen, aber Sie haben sich nicht gemeldet. Darum konnte ich ihn leider nicht reinlassen. Wenn es Tronnolone gewesen wäre, hätte ich ihn natürlich durchgelassen, aber Sie wissen ja, bei unbekannten Lieferanten geht das leider nicht.«

Cavelli verstand nur zur Hälfte, wovon der Gardist sprach. Tronnolone war gewissermaßen der offizielle Pizzabäcker des Vatikan, etwa so wie die Schneiderei Gammarelli, die seit Urzeiten die Gewänder der Päpste anfertigte. Seit über vierzig Jahren belieferte Tronnolone nun schon den Vatikan. Man buk dort vielleicht nicht die beste Pizza Roms, ja vielleicht nicht mal die zwei- oder drittbeste, aber im Vatikan schätzte man die Zuverlässigkeit und Diskretion des alteingesessenen Familienbetriebs, und das zählte mehr als alles andere. Während die

Gardisten am Tor die Söhne und Enkel des Tronnolone-Gründers kannten und sie ohne weiteres Prozedere durchließen, mussten unbekannte Pizzalieferanten eine Reihe von Überprüfungen über sich ergehen lassen, die das Bestellen einer Pizza für alle Beteiligten zu einer im Grunde unzumutbaren Geduldsprobe werden ließ, so dass sich nur unerfahrene Vatikanbewohner darauf einließen und das auch nur ein einziges Mal. Natürlich war Cavelli all das bekannt, also warum erzählte ihm dieser Gardist, was er schon wusste?

»Ich fürchte, ich verstehe nicht ganz.«

»Die Pizza, die Sie bestellt haben, Signor Cavelli. Vor einer halben Stunde war der Lieferant hier. Ich hab oben bei Ihnen angerufen, aber da Sie nicht drangegangen sind, musste ich ihn wieder wegschicken.«

Es dauerte ein paar Sekunden, bis die eigentliche Botschaft bei Cavelli ankam: Jemand hatte versucht, sich Zutritt zu ihm zu verschaffen. Offenbar jemand, der mit den Usancen des Vatikan nicht gut vertraut war und gedacht hatte, er würde als Pizzalieferant einfach so durchgelassen. Cavelli spürte, wie er innerlich erstarrte. Dann lächelte er den Gardisten an: »*Ich* muss mich entschuldigen, ich war auf der Terrasse, hab das Telefon nicht gehört, mein Fehler. War sowieso eine dumme Idee von mir, nicht bei Tronnolone zu bestellen. Das passiert mir nicht nochmal. Schönen Abend noch.« Während er langsam zu seinem Palazzo ging, setzte sich mit jedem Schritt mehr eine bittere Erkenntnis durch: Dieselben

Leute, von denen die Bremsen an Cecilia Volpis Wagen manipuliert worden waren, hatten nun auch ihn im Visier.

XVII

Cavelli hatte eine unruhige Nacht hinter sich. Wieder und wieder hatte er darüber gegrübelt, ob er etwa Gespenster sah und ob es nicht auch eine harmlose Erklärung für die Pizza gab, die er nicht bestellt hatte. Ein Irrtum, ein Scherz seiner Studenten, so etwas, aber er wusste, dass er sich nur etwas vormachte und dass er der Wahrheit ins Gesicht sehen musste. Jemand hatte versucht, sich anonym Zutritt zu seiner Wohnung zu verschaffen. Es war ein simpler Versuch gewesen, beinahe schon dilettantisch, aber solche Leute waren keine Hirnchirurgen, sie arbeiteten mit simplen Methoden. Simpel, aber effektiv. So wie die Bremsen eines Wagens zu sabotieren. Wer waren diese Leute? Und warum stand nun auch er auf ihrer Liste? Weil er zweimal mit Cecilia Volpi geredet hatte? Weil diese Leute einfach davon ausgingen, dass sie ihm gesagt hatte, was sie wusste? War schon diese vage, durch nichts belegte Möglichkeit sein Todesurteil gewesen? Und das, obwohl Cecilia Volpi ja gar nichts wusste, was sie ihm hätte verraten können. Sie war lediglich von der Unschuld ihres Mannes überzeugt. Aber sie stellte Fragen, versuchte zu verhindern, dass für einige höchst lukrative Bankmanipulationen der Schuldige von vornherein feststand. Eins war klar, hier ging es um enorme Summen, und die Leute, die hier ihre Finger im Spiel hatten, waren überaus einflussreich. Aber dennoch hatten sie Angst. Angst vor der Witwe eines unbedeutenden Bankangestellten, Angst davor, dass die Wahrheit ans Licht kommen würde. Für Cavelli folgerten daraus zwei Dinge. Erstens: Diese Leute gehörten nicht zur Mafia, die Bosse dort hatten wenig Angst um ihren Ruf. Jeder wusste, dass sie schuldig waren, aber solange sich Zeugen einschüchtern und Richter bestechen ließen, blieben sie vom Gesetz unbehelligt und konnten ihre kriminellen Aktivitäten fortsetzen. Und zweitens: Hier musste es um Männer in hohen Positionen gehen, für die eine nach außen hin makellos weiße Weste Voraussetzung war. Führungspositionen, wie es sie im Vatikan gab. Oder in einer Bank. Oder in der Vatikanbank. Sehr mächtige Männer. Männer mit viel Geld und Einfluss, aber dafür ohne Skrupel. Es war Wahnsinn, sich mit einem solchen Gegner anzulegen; besonders dann, wenn es sich um einen unsichtbaren Gegner handelte. Doch die Entscheidung lag längst nicht mehr bei Cavelli. Diese Männer hatten ihm den Krieg erklärt, und sie würden nicht aufhören, bis sie ihre Ziele erreicht haben würden. Falls Cavelli sie nicht daran hinderte. Für einen kurzen Moment hatte ihn eine Woge der Zuversicht durchströmt. Er würde etwas unternehmen. Alles war besser, als nur passiv abzuwarten. Mit diesem tröstlichen Gedanken war er eingeschlafen.

Gleich am Morgen hatte er erneut Monsignore Mattlin angerufen und ihm, zu dessen Entsetzen, alles erzählt, was sich inzwischen ereignet hatte, auch das mit den sabotierten Bremsen. Dann hatte er ihn darum gebeten, Schweizer Gardisten abzustellen, die Tag und Nacht den Eingang seines Palazzos bewachten. Mattlin hatte etwas rumgedruckst und dann versprochen, sein Möglichstes zu tun. Die Einteilung der Gardisten oblag dem Kommandanten der Schweizer, Oberst Durand, aber wahrscheinlich würde es möglich sein, einige Gardisten so zu platzieren, dass sie zwar offiziell etwas anderes bewachten, aber dennoch dabei seinen Eingang mit im Blick hatten. Ein Anfang war gemacht, das war ein gutes Gefühl. Aber wahrscheinlich war das kaum mehr als ein symbolischer Schritt. Der Vatikan war natürlich einer der sichersten Wohnsitze der Welt, rund um die Uhr war die ganze Stadt von Militär gesichert und nur Befugte hatten Zutritt, und nun würde sein Palazzo auch noch extra bewacht, aber das konnte nur die Basis für alles Weitere sein. Er durfte nicht nur reagieren auf das, was die andere Seite tat, er musste die Initiative ergreifen. Dann wurde ihm bewusst, dass die Bewachung seines Palazzos eigentlich nicht viel brachte. Gut, es schützte ihn besser vor ungebetenen Besuchern, aber spätestens, wenn er den Vatikan verließ, um zu seinem

Seminar an der Sapienza zu fahren, musste er damit rechnen, dass man ihm folgte. Ein Mordanschlag konnte praktisch überall erfolgen, die manipulierten Bremsen von Cecilia Volpi hatten es gezeigt. Nein, wenn Cavelli etwas unternehmen wollte, musste er das ganz anders angehen. Als erstes musste er sicherstellen, dass man nicht wusste, wo er sich aufhielt. Der Vatikan hatte zwar mehrere Ausgänge, darunter einige kaum bekannte, aber darauf, dass dies schon genügen würde, um etwaige Verfolger auszutricksen, durfte er sich nicht verlassen. Er ging ins Badezimmer, holte sein Smartphone aus der Plastiktüte mit dem Reis und drückte auf den Einschaltknopf. Nichts tat sich. Das Gerät war endgültig zerstört. Im Grunde natürlich ärgerlich, aber er hätte es ohnehin nicht mehr verwenden können. Zweifellos kannten diese Leute seine Nummer und hätten ihn über das Gerät jederzeit orten können. Er würde sich in den nächsten Tagen ein anonymes Wegwerfhandy zulegen. Das musste fürs erste reichen. Als Nächstes würde er in ein Hotel ziehen. Er ging in sein Schlafzimmer und packte eine Reisetasche, dann öffnete er im Wohnzimmer den versteckten Wandsafe, den er vor vielen Jahren hatte einbauen lassen, und steckte das gesamte Bargeld darin ein. Es war vielleicht besser, seine Kreditkarte erst einmal nicht zu benutzen. Seine Gegner waren wahrscheinlich Männer mit guten Kontakten. Vielleicht auch zur Polizei. Das Aufspüren einer Person, die ihre Kreditkarte benutzte, gehörte zu deren leichtesten Übungen.

Dann rief er im Sekretariat der Sapienza an und teilte einer gleichgültigen jungen Aushilfskraft mit, dass seine nächsten beiden Seminartage entfallen würden. Nun hatte er zehn Tage zur freien Verfügung, zehn Tage, an denen er nirgendwo auftauchen musste, wo andere ihn bereits erwarten konnten. Er überlegte kurz, ob er den Vatikan über den Passetto verlassen sollte, den legendären achthundert Meter langen geheimen Fluchttunnel der Päpste, der auf der alten Mauer des Borgo verlief und in die Engelsburg führte. Einen Schlüssel dafür besaß Cavelli. Wie viele andere vatikanische Schlüssel befand dieser sich seit Jahrhunderten im Besitz der Familie und wurde gehütet wie ein Schatz. Er war schon oft dort entlang gegangen, ja er benutzte den überdachten Teil des Passettos, der für die Öffentlichkeit nur selten und dann auch nur zu einem kleinen Teil zugänglich war, bei starkem Regen als Joggingstrecke. Jetzt entschied er sich dagegen. Ein Mann mit Reisetasche, der plötzlich am anderen Ende in der Engelsburg auftauchte, würde Aufmerksamkeit erregen. Selbst wenn die Engelsburg von seinen Gegnern nicht bewacht wurde, konnte sich diese Neuigkeit zu ihnen durchsprechen. Sollten sie doch einstweilen ruhig glauben, dass Cavelli immer noch zu Hause sei. Das band auf ihrer Seite Kräfte und verschaffte ihm mehr Bewegungsfreiheit. Er würde den Vatikan durch die Glaubenskongregation verlassen. Den meisten Menschen war nicht bewusst, dass dieses Amt früher einen anderen Namen getragen hatte: Heilige Inquisition. Und sogar noch weniger Menschen wussten, dass das große Haus auf der Grenze des Vatikan auch einen Zutritt zu diesem darstellte. Seine Gegner hatten nichts von den heiligen vatikanischen Gesetzen in Bezug auf Pizzalieferdienste gewusst, vielleicht wussten sie auch *das* nicht. Doch zuvor würde er Cecilia Volpi anrufen. Er musste schließlich irgendwo anfangen. Sie hatte gesagt, dass sie ein oder zwei Ideen habe, was sie unternehmen könnte. Das klang, ehrlich gesagt, nicht allzu vielversprechend, aber es waren genau ein oder zwei Ideen mehr, als er selber hatte. Es konnte nicht schaden, sich diese Ideen zumindest mal anzuhören. Dann fiel ihm ein, dass er sie bei sich zu Hause nicht mehr erreichen konnte, dass ihr Handy, falls diese Nummer über die Auskunft in Erfahrung zu bringen war, vermutlich ebenfalls zerstört war und dass er weder den Namen ihres Hotels noch den des Krankenhauses wusste, in dem sie arbeitete. Das fing ja gut an. Dann überprüfte er auf dem Display seines Telefons die Anruferliste. Er hatte Glück, dort stand eine Nummer. Er drückte die Taste, und die Nummer wurde ratternd gewählt. Er ließ es so lange klingeln, wie es ging, dann kam das Besetztzeichen. Kein Wunder, es war eine Durchwahlnummer eines Krankenhauses, man hatte dort Wichtigeres zu tun, als zu telefonieren. Er versuchte es erneut, diesmal meldete sich schließlich tatsächlich eine unwirsche Männerstimme. »Station 9?«

»Cavelli, ich hätte gern Cecilia Volpi gesprochen.«

Von der anderen Seite war ein genervter Atmer zu vernehmen. Der Hörer wurde unsanft beiseitegelegt. Es dauerte mehrere Minuten, bis sie sich meldete. Sie wirkte nervös, aber das konnte auch an der Hektik ihrer Arbeit liegen. Cavelli schilderte ihr den Pizzataxivorfall und teilte ihr mit, dass er sich nun ebenfalls genötigt sah, etwas zu unternehmen. Auf der anderen Seite war es einige Momente still. »Und wie wollen Sie das machen?«, fragte Cecilia Volpi schließlich. Sie klang eher misstrauisch als erfreut.

»Zunächst werde ich den Vatikan verlassen und ebenfalls in ein Hotel ziehen.«

»Gut, das ist bestimmt sicherer so. Und dann?«

»Das weiß ich noch nicht genau. Ich bin in dieser Angelegenheit ja quasi nur eine zufällige Randfigur. Ich habe keinen Ansatzpunkt. Aber Sie haben gesagt, Sie hätten ein oder zwei Ideen. Ich bin Ihnen dabei gerne behilflich. Zu zweit kommt man bestimmt weiter als allein.«

Wieder kehrte Stille ein. Diesmal sogar noch länger. Cecilia Volpis Stimme klang etwas heiser, als sie sich wieder meldete. »Wahrscheinlich haben Sie recht, Signor Cavelli. Ich weiß nicht, wohin meine erste Idee führt, aber ich halte sie für durchaus aussichtsreich. Aber am Telefon will ich nichts dazu sagen. Wir müssen uns persönlich treffen.« Sie schien zu überlegen. »Warten Sie kurz.« Der Hörer wurde erneut abgelegt. Nach zwei Minuten war sie wieder da. »Ich gebe Ihnen jetzt die Handynummer einer Kollegin. Haben Sie was zu schreiben?«

Cavelli bejahte.

»Gut, gehen Sie in eine Telefonzelle und rufen Sie die Nummer an, dann machen wir einen Treffpunkt aus.« Dann diktierte sie ihm einige Ziffern.

XVIII

Eine Stunde später saß er mit Cecilia Volpi in einem kleinen Café in der Nähe des Pantheons. Nach dem Telefonat mit ihr hatte er seine Reisetasche geschnappt, war durch die Vatikanischen Gärten zum Hintereingang der Glaubenskongregation gelaufen und hatte sie durch den Vordereingang wieder verlassen und damit auch den Vatikan. Dann hatte er sich umgesehen, ob er jemanden entdecken konnte, der diesen Ausgang beobachtete. Es schien niemand da zu sein, aber das musste natürlich nichts heißen. Anschließend war er in das erstbeste Taxi gesprungen, hatte sich einige Ecken weiter an einer Telefonzelle absetzen lassen, von der er das Handy von Cecilia Volpis Kollegin angerufen und dieses Café in der Nähe des Pantheons als Treffpunkt vorgeschlagen hatte. In dem unübersichtlichen Gewimmel der kleinen Gassen und vielen Touristen dort konnte man schnell in der Masse untertauchen, wenn man jemanden sah, der einem nicht gefiel. Cecilia Volpi hatte zugestimmt und gesagt, sie würde etwa eine Dreiviertelstunde bis dorthin brauchen. Cavelli war bereits zwanzig Minuten später dort gewesen und hatte draußen den letzten freien Tisch ergattert. Vielleicht war die Wahl dieses Cafés doch keine so gute Idee gewesen, hier gab es keinen Schatten und die Sonne brannte glühend heiß. Als sie nach einer Stunde noch nicht da war, fing Cavelli an, unruhig zu werden. Nach neunzig Minuten war er drauf und dran, erneut auf dem Handy anzurufen, das ihr nicht gehörte, obwohl sie ihm eingeschärft hatte, das nicht zu tun. Er war bereits dabei, sich nach einer Telefonzelle umzusehen, als er sie sah, wie sie sich außer Atem durch einen Pulk Touristen quetschte, die vor dem Eingang des Pantheon Schlange standen, und hektisch nach ihm Ausschau hielt. Er nahm seine Reisetasche von dem anderen Stuhl und winkte ihr zu, bis sie ihn entdeckt hatte. Erschöpft ließ sie sich auf den Metallstuhl ihm gegenüber fallen und nahm ihre Sonnenbrille ab. »Entschuldigung, wir hatten noch einen Notfall im Krankenhaus, ich konnte nicht früher weg. Und dann musste ich noch einige Umwege nehmen, da stand ein Wagen vor dem Krankenhaus, den ich vielleicht schon früher gesehen habe. Vielleicht irre ich mich auch, aber sicher ist sicher …«

»Schon gut, alles okay.«

»Sind Sie …?«

In diesem Moment kam die Kellnerin. Cecilia Volpi bestellte ein Pellegrino und Cavelli einen weiteren Espresso. Sie wartete, bis die Kellnerin außer Hörweite war.

»Sind Sie ebenfalls sicher, dass Ihnen niemand gefolgt ist?«

»Ziemlich.« Cavelli zählte seine Vorsichtsmaßnahmen auf, das schien sie halbwegs zu beruhigen. Sie ergriff die Speisekarte und fächelte sich damit kühle Luft zu.

»Also, Signora Volpi, Sie sprachen am Telefon von einer Idee, die vielleicht aussichtsreich ist. Worum geht's dabei?«

Cecilia Volpi sah sich nach allen Richtungen um, dann beugte sie sich über den Tisch und sprach mit leiser Stimme: »Es muss vor etwa einem halben Jahr gewesen sein, da nahm mich mein Aldo beiseite und sagte mit einem Ernst, der ungewöhnlich für ihn war, falls ihm jemals etwas zustoßen sollte, dann solle ich mich an einen gewissen Lamberto Chiozzi wenden. Dann hat er mir eine Adresse diktiert. Ich war verwirrt, zuerst dachte ich, das wäre ein Versicherungsagent und dass es um eine Lebensversicherung ginge, aber wir haben ja gar keine, also fragte ich nach, aber Aldo lachte nur und sagte, es sei wirklich nur für den extrem unwahrscheinlichen Fall, dass ihm etwas zustoße. Es war merkwürdig, wie er plötzlich versuchte, die Sache wieder runterzuspielen, im nächsten Atemzug aber wieder allergrößten Wert darauf legte, dass ich die Adresse sicher verwahrte.«

»Und wer ist nun Lamberto Chiozzi?«, fragte Cavelli ungeduldig.

»Das weiß ich nicht genau. Ich habe seit Monaten nicht mehr an ihn gedacht, aber gestern fiel er mir wieder ein.

Der extrem unwahrscheinliche Fall *ist* eingetreten. Nun ja, nicht ganz. Aldo hatte einen Herzinfarkt, das war es wohl nicht, womit er gerechnet hatte, sondern mit etwas ganz anderem. Aber wer weiß, vielleicht haben dieselben Leute, die uns zum Schweigen bringen wollten, auch ihn unter Druck gesetzt. Es ist sogar ziemlich wahrscheinlich. Ich würde mich nicht wundern, wenn dieser Stress den Infarkt überhaupt erst verursacht hat.« Sie biss sich auf die Lippe und rang einige Momente um Fassung. Dann sprach sie betont beherrscht weiter: »Ich bin sicher, dass dieser Mann etwas weiß, das uns weiterhelfen kann.«

»Das hoffe ich auch.«

»Ich hab nicht gesagt, ich hoffe es, sondern ich bin sicher. Ich habe gestern mit ihm telefoniert. Er sagt, dass er mir helfen kann.«

»Und wie?«

»Wollte er am Telefon nicht sagen. Ich soll ihn aufsuchen.«

»Und wenn das eine Falle ist?«

»Aldo hat ihm vertraut, das genügt mir.«

»Wissen Sie, was er beruflich macht. Ein Banker? Ein Polizist? Ein Vatikanmitarbeiter?«

»Ich weiß es nicht.«

Cavelli nickte. »Auch gut. Suchen wir ihn auf. Je früher, desto besser. Am besten gleich. Zwei Ecken weiter ist ein Taxistand.«

»Für eine Taxifahrt dürfte es etwas zu weit sein«, entgegnete Cecilia Volpi mit einem etwas seltsamen Unterton.

»Zu weit, wo wohnt denn der Mann?«

»Venedig.«

ZWEITES BUCH

XIX

Sie hatten Glück gehabt. Der Zug nach Venedig war nur wenige Minuten nach ihrer Ankunft am Rom-Termini abgefahren. Cavelli hatte es für klüger gehalten, die Tickets erst im Zug zu kaufen. Er hielt es im Grunde für unwahrscheinlich, dass jemand wegen ihnen die Ticketschalter beobachtete, aber man konnte nie wissen; langsam fing Cecilia Volpis Übervorsichtigkeit an, auf ihn abzufärben. Sie hatte sogar darauf bestanden, sich in den letzten Waggon zu setzen, da dort kein Durchgangsverkehr war, was das Risiko einer Zufallsentdeckung minimierte. Cavelli hatte es akzeptiert, aber immerhin war es ihm gelungen, sie etwa eine Stunde vor Erreichen ihres Ziels zu überreden, im Speisewagen Mittag zu essen. Sie aßen beide eine zähe Lasagne und tranken Wasser dazu. Dann bestellte Cavelli noch einen doppelten Espresso. Cecilia Volpi zog irritiert die Augenbrauen hoch, sagte aber nichts. Aus Cavellis Sicht war dies auf der Zugfahrt der einzige merkwürdige Vorfall, ansonsten war alles gut gegangen. Zwanzig Minuten später rollten sie am Bahnhof Santa Lucia in Venedig ein. An einem Kiosk erstand Cavelli einen Stadtplan. Er konnte sich nicht erinnern, wann er das letzte Mal einen gebraucht hatte, so sehr hatte er sich an das Navigationssystem in seinem Smartphone gewöhnt, es überraschte ihn, dass man überhaupt noch Stadtpläne kaufen konnte. Dann nahmen sie ein Vaporetto in Richtung Innenstadt. Obwohl dies keine Urlaubsreise war, konnten sich Cavelli – und offenbar auch Cecilia Volpi – nicht der Magie der Stadt entziehen. Das Entlanggleiten auf dem Kanal, vorbei an den herrlichen alten Palazzi, ließ vermutlich jeden die Sorgen der Realität für einige Zeit als unwirklich empfinden.

Am Markusplatz stiegen sie aus, Lamberto Chiozzi wohnte nicht weit von dort. Cavelli entfaltete den Stadtplan. »Wo genau finden wir Chiozzi?«

»Am Canale Grande.« Sie kniff die Augen zusammen und fuhr mit dem Finger suchend über die Karte. »Hier!«

Cavelli faltete den Plan so zusammen, dass nur der benötigte Teil übrigblieb, dann zog er sein helles Leinenjackett aus und packte es in seine Reisetasche. Die Hitze war mörderisch. Sie überquerten den Platz, vorbei am Markusdom, und verschwanden im schattigen Gewirr der schmalen Gassen. Von Zeit zu Zeit sah sich Cecilia Volpi um, ob ihnen jemand folgte. Nach einer Viertelstunde überquerten sie die von Touristen übervölkerte Rialtobrücke und befanden sich nun auf der anderen Seite des Canale Grande. Die Palazzi direkt am Wasser waren traumhaft schön und unbezahlbar. Signor Chiozzi musste schwer reich sein, um sich so etwas leisten zu können. Irgendwie schien das Cavelli ein gutes Zeichen zu sein. Es war sehr gut möglich, dass so ein Mann Einblick hatte in internationale Immobiliengeschäfte. Nach weiteren zehn Minuten hatten sie den Palazzo gefunden. Cavelli streifte sein Jackett wieder über und richtete seine Krawatte, während Cecilia Volpi über ihre Haare fuhr und ihr Kostüm zurecht zupfte. Cavelli ging dabei die Absurdität dieser Handlungen auf, sie waren nicht zum Tee eingeladen, es ging um schwere Verbrechen, aber wahrscheinlich lag es an der Eleganz des Gebäudes, vor dem sie standen, die sie ganz automatisch so etwas tun ließ. Während sie auf die prächtige Eingangstür zugingen, kam eine sehr korrekt gekleidete Frau mit strenger Frisur und Brille heraus und schloss sie von außen ab. Cavelli vermutete, dass es sich um Chiozzis Chefsekretärin oder eine hochgestellte Mitarbeiterin handelte, jedenfalls strahlte sie etwas aus, als ob sie sich ebenso gut aufs Gehorchen wie aufs Befehlen verstand.

»Scusi!«, rief Cecilia Volpi. »Wir möchten zu Signor Chiozzi.«

Die Dame sah sie misstrauisch an. Offenbar waren Cecilia Volpi und Cavelli nicht ganz so gekleidet wie das Klientel, mit dem Lamberto Chiozzi üblicherweise Umgang hatte, und Cavellis Reisetasche warf weitere Fragen auf. »Und Sie sind?«

»Wir sind verabredet mit Signor Chiozzi«, missverstand Cecilia Volpi absichtlich die Frage. »Es ist überaus wichtig. Er weiß schon, worum es geht.« Die korrekte Dame blickte widerwillig zwischen den beiden hin und her. »Sie kommen zu spät«, sagte sie schließlich. »Signor Chiozzi ist heute Morgen im Ospedale San Camillo verschieden.« Sie presste die Augenlider zusammen, um ihre Tränen zurückzuhalten. »Irgendwelche Banditen haben ihn gestern Abend auf offener Straße überfallen und niedergestochen. Dabei hat er nie viel Geld bei sich. Ich hasse diese Stadt!« Sie riss sich zusammen und vergewisserte sich mit einem reflexhaften Blick, ob die beiden Fremden diesen unangemessenen Gefühlsausbruch nicht unangenehm vermerkt hatten.

Cecilia Volpi stand einige Momente wie vom Donner gerührt da. »Mein Beileid«, stotterte sie dann. »Das ist furchtbar. Aber es ist sehr wichtig, darf ich Sie dennoch fragen, ob Signor Chiozzi irgendwelche Schriftstücke oder etwas in der Art hatte, die er mir übergeben wollte? Wissen Sie vielleicht etwas davon? Meine Name ist Cecilia Volpi.«

Die Dame mit den strengen Haaren musterte sie und Cavelli auf feindselige Art. »Ich fürchte, ich kann Ihnen nicht helfen.« Sie nickte noch einmal knapp, und gleich darauf war sie mit raschen Schritten in den Touristenmassen verschwunden.

XX

Cecilia Volpi sah der Frau noch nach, als es längst nichts mehr zu sehen gab. Dann wandte sie sich langsam zu Cavelli um, Verzweiflung stand in ihren Augen. »Wir sind zu spät.«

Cavelli war noch nicht so weit aufzugeben. »Ich denke, wir sollten erstmal nachprüfen, ob das alles überhaupt stimmt. Möglicherweise hat sie gelogen, um uns loszuwerden.«

»Glauben Sie das im Ernst? Wer würde denn so etwas behaupten?«

»Da hab ich schon ganz andere Sachen erlebt«, entgegnete Cavelli. »Jedenfalls fahre ich nicht zurück nach Rom, nur weil eine Frau, die wir nicht kennen, irgendwelche Behauptungen aufstellt.«

»Gut.« Cecilia Volpi wirkte nun etwas zuversichtlicher. »Prüfen wir's nach. Wie?«

»Die Dame hat gesagt, dass Lamberto Chiozzi heute Morgen im Ospedale San Camillo verstorben ist. Da rufen wir an, und Sie fragen nach.«

»Warum ich?«

»Weil Sie Krankenschwester sind. Sie kennen sich besser mit so was aus.«

»Die werden mir keine Auskünfte erteilen. Die sagen nur engen Familienangehörigen was.«

»Dann sagen Sie, Sie sind seine Schwester.«

Sie zögerte. »Ich kann so was nicht. Könnten Sie das nicht übernehmen?«

»Mach ich. Suchen wir uns was, wo wir telefonieren können.«

»Ich hab nicht weit von hier ein Café gesehen.«

Fünf Minuten später standen sie an der Bar eines kühlen und erstaunlicherweise fast leeren Cafés. Sie bestellten eine große Flasche San Pellegrino, und dann fragte Cavelli den Wirt, ob er mal telefonieren dürfe. Der Wirt zeigte mit dem Daumen müde auf einen von Fliegen umschwärmten Münzfernsprecher an der Wand. Cavelli rief die Auskunft an, fragte nach dem Ospedale San Camillo und ließ sich verbinden. Es dauerte lange, bis sich die Frau in der Telefonzentrale meldete: »Ospedale San Camillo?«

»Hier ist Giovanni Chiozzi«, log Cavelli. »Mein Bruder Lamberto wurde gestern Abend bei Ihnen eingeliefert. Ich wollte mich erkundigen, wie es ihm geht.«

»Einen Moment bitte.«

Eine längere Pause entstand. Cavelli konnte hören, wie am anderen Ende Computertasten klickten. Dann war die Frau wieder da, ihr Tonfall klang nun angespannt. »Hören Sie bitte?«

»Ja?«

»Ich muss Ihnen leider mitteilen, dass Ihr Bruder heute früh um sieben Uhr vierzehn verstorben ist. Mein Beileid.«

»Danke.« Cavelli legte auf und nickte zweimal stumm zu Cecilia Volpi, die ihn angespannt beobachtet hatte. »Sein Tod kann natürlich ein Zufall sein und hiermit gar nichts zu tun haben«, hörte sich Cavelli ohne jede Überzeugung sagen.

Cecilia Volpi zuckte die Achseln und würdigte diese Behauptung keiner Antwort. Cavelli ließ sich auf einen Korbstuhl an einem der kleinen runden Tische fallen. »Lassen Sie uns überlegen, was wir nun machen.« Sie setzte sich ihm gegenüber. Ihr Blick wirkte leer. Cavelli winkte dem Wirt. »Was möchten *Sie*?«, fragte er Cecilia Volpi.

»Nichts weiter.« Es klang gleichgültig. Cavelli bestellte einen doppelten Espresso. Wieder setzte Cecilia Volpi diesen seltsamen Blick auf, der ihm schon im Zug aufgefallen war. »Sie trinken ziemlich viel Espressi, oder?«

»Er hält mich wach.«

»Koffein ist ein Suchtmittel. Wussten Sie das? Darum sind bei den Mormonen nicht nur Alkohol, Tabak und jede Art von Drogen verboten, sondern auch Kaffee und Cola.«

»Darüber hab ich mal was gelesen. Im Gegenzug gibt es in Salt Lake City, dem Vatikan der Mormonen, den höchsten Medikamentenmissbrauch in ganz Amerika. Also ganz ohne Suchtmittel geht's offenbar nicht.«

»Wie Sie meinen. Und nun?«

»Ich weiß es nicht«, gab Cavelli zu. »Jedenfalls widerstrebt es mir, jetzt einfach wieder zurück nach Rom zu fahren. Da käme ich mir wie ein Idiot vor.«

»Aber es gibt keinen Grund hierzubleiben.«

»Ich sehe es genau umgekehrt: Es gibt keinen Grund zurückzufahren. In Rom werden unsere Wohnungen und Ihr Arbeitsplatz beobachtet. Hier vermutet man uns nicht.«

»Das wissen Sie doch gar nicht«, antwortete sie heftig. »Gestern hat Lamberto Chiozzi mit mir telefoniert und heute ist er tot. Zufall? Möglich. Oder stand er, als jemand, der zu viel wusste, ohnehin auf deren Todesliste? Auch möglich. Oder haben die ihn abgehört und wussten, dass ich ihn heute treffen will? Das klingt für mich am wahrscheinlichsten. Die haben ihn nicht nur umgebracht, die wussten auch, dass ich heute kommen würde. Wenn ich *die* wäre, hätte ich Chiozzis Palazzo den ganzen Tag observiert und würde uns auch jetzt beobachten.« Sie war vor lauter Aufregung ganz rot im Gesicht geworden. Der Wirt brachte den Espresso und stellte die Tasse scheppernd auf den Tisch. Cavelli goss ihn hinunter und schwieg, es war klar, dass sie recht hatte. Unwillkürlich blickte er durch die offene Tür des Cafés auf die Straße. Es war niemand zu sehen, der dem Klischee eines Verfolgers entsprach, aber das musste nichts heißen. Vielleicht wartete bereits wenige Meter weiter ein Mann. Vielleicht sogar derselbe, der Chiozzi erstochen hatte. Dann kam Cavelli ein Gedanke. Er legte das Geld für den Espresso zusammen mit einem mehr als großzügigen Trinkgeld auf den Tisch. Quasi als Rückversicherung, falls sein Plan schief ging. »Warten Sie einen Moment hier, ich bin gleich zurück.« Er stand auf, nahm so selbstverständlich wie möglich seine Reisetasche und begab sich in den hinteren Teil des Cafés, wo er einen schmalen Gang betrat, von dem mehrere Türen abgingen. Er öffnete die Tür zu den Herrentoiletten und schloss sie wieder. Der Raum hatte nur ein winziges Abzugsfenster, mehr eine Luke, weit oben in der Wand. Er schloss die Tür wieder und blickte zurück in den Gastraum; der Wirt war beschäftigt und beachtete ihn nicht. Vorsichtig öffnete Cavelli die nächste Tür. Es war ein kleiner Lagerraum, in dem Kartons mit Lebensmitteln und Getränkekisten standen. Außerdem verfügte er über ein wunderbares Fenster in Hüfthöhe, das auf einen Innenhof führte, über den quer eine Leine gespannt war, auf der Tischtücher und Schürzen trockneten. Cavelli lehnte die Tür an und ging einige Schritte zurück. Gerade so weit, dass er für Cecilia Volpi, aber nicht für den Wirt, sichtbar war, und brachte sie mittels Winken dazu, zu ihm zu kommen. Sie schaltete schnell. Zwar sah sie etwas überrascht aus, sagte und tat aber nichts, was den Wirt hätte aufmerksam werden lassen können. Cavelli führte sie zu der Tür. »Wir gehen hinten raus.« Er zeigte auf das Fenster. Cecilia Volpi schien nicht im Mindesten überrascht zu sein. »Okay.« Sie betraten den kleinen

Raum, Cavelli schloss leise die Tür, ging zum Fenster und blickte hinaus. Erst jetzt bemerkte er, dass es draußen viel höher lag als drinnen. Er warf die Tasche nach unten, kletterte raus, ließ sich an den Armen runterhängen und fiel etwa eineinhalb Meter tief. Es war ein harter Aufprall, was seinem verletzten Knie gar nicht gut bekam. Er stöhnte vor Schmerz auf.

»Sind Sie in Ordnung?«, rief Cecilia Volpi leise.

»Alles bestens«, bestätigte Cavelli wahrheitswidrig, während er eine Mülltonne unter das Fenster rollte. Im Nu war sie darauf gestiegen und Cavelli half ihr hinunter. Er musterte sie nachdenklich. »In dem schwarzen Kostüm sind Sie ziemlich auffällig und leicht wiederzuerkennen.«

Sie sah an sich herunter, als würde ihr jetzt erst bewusst, was sie trug. »Stimmt.« Sie zog ein rotes Tischtuch von der Wäscheleine und legte es sich um die Schultern wie einen Schal. »Besser so?«

»Viel besser«. Er zog einen Zwanzig-Euro-Schein hervor und befestigte ihn an der Wäscheleine. Dann verließen sie den Hinterhof, an denen sich sechs weitere schmuddelige Hinterhöfe anschlossen, und landeten schließlich wieder auf der Straße. Der Eingang des Cafés war von hier nicht zu sehen. Cavelli erblickte ein Wassertaxi, das eben am Canale Grande angelegt hatte und im Begriff war, Fahrgäste zu entlassen. »Schnell, das nehmen wir!«

Sie rannten los, wobei sie einige Tauben aufscheuchten, und drängelten sich vor zwei empört dreinblickenden, aber nicht zu protestieren wagenden englischen

Touristen auf das Boot. »Fahren Sie erstmal los!«, rief Cavelli. Und um jede Diskussion bezüglich der Beförderungsreihenfolge im Keim zu ersticken, drückte er dem Bootsführer einen Hunderter in die Hand, während Cecilia den beiden an Land zurückgebliebenen Abbitte leistend zulächelte.

»Wohin?«, fragte der Bootsführer, der gelangweilt am Steuer stand und auf den Kanal blickte, nach etwa einer Minute Fahrtzeit.

»Moment noch, bitte.« Cavelli wandte sich an Cecilia: »Ich habe vielleicht eine Idee, wahrscheinlich bringt sie uns nicht weiter, aber etwas Besseres weiß ich nicht.«

»Sie verstehen es ja wirklich, einem etwas schmackhaft zu machen«, entgegnete Cecilia Volpi.

»In das Büro von Lamberto Chiozzi lässt man uns nicht. Auskünfte bekommen wir auch nicht, aber könnte es nicht sein, dass er zum Zeitpunkt seiner Ermordung irgendetwas bei sich hatte, das uns weiterhelfen kann? Dokumente, Briefe, ein Adressbuch, irgendwas!«

Cecilia zog ein skeptisches Gesicht. »Unwahrscheinlich. Sowas trägt man nicht mit sich herum, und falls doch, haben es ihm seine Mörder sicher abgenommen.«

»Vielleicht. Vielleicht aber auch nicht. Lassen Sie es uns versuchen.«

»Was denn versuchen?«

»Wir fahren zu dem Krankenhaus, ich gebe mich wieder als sein Bruder aus, und wir sagen, dass wir gekommen sind, um seine Sachen abholen.«

»Sind Sie verrückt? Wir können doch nicht ...«

»Das ist viel leichter, als Sie befürchten. Wir wissen, wie er heißt und dass er dort liegt; es passt alles zusammen. Niemand wird das in Frage stellen. Warum auch? Es gibt keine Verbrecher, die nach dieser Methode arbeiten. Zu viel Aufwand, zu geringer Gewinn.«

Cecilia blickte auf den Kanal und dachte nach. »Also gut«, sagte sie schließlich. »Tun wir's!«

XXI

Es war fast *zu* einfach gewesen. Wie Cavelli vermutet hatte, wurde ihre Identität im Ospedale San Camillo nicht angezweifelt. Cavelli hatte sich als Chiozzis Bruder ausgegeben und Cecilia Volpi als seine Schwester vorgestellt. Die Trauerkleidung, die sie trug, machte das das Ganze sogar noch überzeugender. Ohne irgendwelche Fragen zu stellen, hatte man ihnen den Weg zur Station IV erklärt, die hierfür zuständig war. Dort hatten sie im Gang eine Krankenschwester angesprochen und ihre kleine Vorstellung wiederholt. Die Krankenschwester hatte dann die Oberschwester geholt, die lediglich wissen wollte, ob man den Verstorbenen zu sehen wünschte. Cavelli und Cecilia Volpi hatten sich angesehen und dann den Kopf geschüttelt. Cavelli war überrascht zu sehen, wie überzeugend Cecilia Volpi die trauernde Schwester darstellte, die es nicht verkraften kann, ihren toten Bruder zu sehen. Hatte sie nicht gesagt, dass sie Amateurtheater spielte? Dies hier war weit besser als amateurhaft; das musste er neidlos anerkennen.

»Haben Sie bereits ein Bestattungsinstitut beauftragt?«, fragte die Oberschwester weiter.

»Das macht seine Ehefrau«, improvisierte Cavelli. »Uns hat sie nur gebeten, seine persönlichen Sachen abzuholen.«

Die Oberschwester nickte müde. Sie sah überarbeitet aus. »Einen Moment bitte, ich bringe sie Ihnen. Nehmen Sie Platz.« Sie deutete auf vier Plastikstühle an der Wand. Cavelli und Cecilia Volpi setzten sich. Jetzt kam Cavelli dieser typische Krankenhausgeruch zu Bewusstsein, den er, wie jeder andere Mensch, hasste. Nach etwa zehn Minuten kam die Oberschwester zurück und überreichte Cecilia Volpi eine weiße Plastiktüte, die nicht viel zu enthalten schien. Zwei Minuten später stand sie mit Cavelli in einer Krankenhaustelefonzelle und kippte den Inhalt der Tüte auf die kleine Ablagefläche unter dem Telefon: ein Schlüsselbund, eine sehr teure Armbanduhr, ein Ehering, ein silberner Siegelring mit dem Monogramm LC, eine Lederhülle mit diversen Kreditkarten und anderen Ausweisen, eine Brille, ein silbernes Feuerzeug, eine fast volle Schachtel Davidoff-Cigarillos, eine Schachtel mit Magentabletten, eine dünne Kette mit einem kleinen Kruzifix, ein goldener Clip mit etlichen Fünfzig-Euro-Scheinen, ein kleines silbernes Taschenmesser und einige Münzen.

»Kein Smartphone«, stellte Cavelli fest. »Seltsam. Wer hat denn kein Smartphone?«

»Wir.« Cecilia Volpi lächelte spitzbübisch. »Aber es

stimmt«, sagte sie, während sie nach der Lederhülle griff und anfing, den Inhalt durchzusehen. »Merkwürdig ist das schon. Würde mich nicht wundern, wenn es ihm seine Mörder abgenommen hätten. Und auch sonst alles, was bestimmte Personen belasten könnte.«

»Sieht ganz so aus«, erwiderte Cavelli. »Das Geld, der Schmuck, die teure Uhr, die Kreditkarten, all das scheint sie nicht interessiert zu haben.«

»Ich werd' verrückt.« Cecilia Volpi hielt Cavelli eine Visitenkarte hin, die sie aus Chiozzis Ledermäppchen gezogen hatte. Cavelli traute kaum seinen Augen, als er las, was darauf stand: *Dottore Angelo Diotallevi*. Komplett mit Anschrift und Telefondurchwahl in der Vatikanbank. Der Mann, der die gesamte IOR-Untersuchung leitete. Cavelli atmete tief durch. »Das ist natürlich noch kein Beweis, aber doch ziemlich seltsam, ich werde noch heute mit Monsignore Mattlin …«

»Wer *sind* Sie?« Eine etwa fünfzigjährige Frau in einem Chanelkostüm hatte die Tür der Telefonzelle aufgerissen und starrte sie empört an.

»Wer sind *Sie*?«, gab Cecilia Volpi ebenso empört zurück.

»Ich bin die Ehefrau von Lamberto Chiozzi! Was machen Sie mit den Sachen meines Mannes?«

Ein paar Meter hinter ihr erblickte Cavelli nun auch die Oberschwester. Sie wirkte wütend.

»Gut, dass Sie da sind«, erwiderte Cecilia Volpi geistesgegenwärtig, während sie Chiozzis Besitztümer eilig wieder in die Tüte warf. »Eine Verwechslung, wir waren auf der Suche nach einem anderen Lamberto Chiozzi.« Mit einem »Herzliches Beileid zu Ihrem Verlust« drückte Cecilia Volpi Chiozzis überraschter Witwe die Tüte in die Hand, zerrte Cavelli aus der Telefonzelle, und ehe noch jemand etwas sagen konnte, waren die beiden in den nächsten Fahrstuhl gestiegen und verschwunden.

XXII

Wie von Cavelli gewünscht, hatte der Bootsführer gewartet. Er schnippte seine Zigarette ins Wasser und kratzte sich an seinem unrasierten Kinn. »Wohin, Signore?«

»Einen Moment bitte.« Cavelli wandte sich an Cecilia Volpi. »Ich denke, wir sollten erstmal hier übernachten.«

»Find ich keine gute Idee. Ich will zurück nach Rom.«

»Ein Grund mehr, es nicht zu tun. Genau damit rechnen unsere Verfolger. Die denken, jetzt wo Chiozzi tot ist, gibt es für uns keinen Grund mehr zu bleiben.«

»Und in diesem Punkt bin ich mit den Leuten ganz einer Meinung«, stellte Cecilia Volpi fest.

»Die ganze Organisation, falls es eine ist, wird in Rom residieren«, beharrte Cavelli. »Schließlich haben sie mit der Vatikanbank zu tun. Wahrscheinlich ist der Killer, der Chiozzi ermordete, extra aus Rom gekommen. Diese Leute wissen zwar wahrscheinlich, dass wir bei Chiozzis Palazzo waren, aber jetzt haben sie unsere Spur verloren und sie werden annehmen, dass wir nach Rom zurückkehren, und folglich ihren Mann von hier abziehen. Vielleicht sind es auch mehrere. Natürlich werden sie vorher noch nach uns suchen. Und wo werden sie das tun? Ganz sicher am Bahnhof und am Flughafen. Glauben Sie mir, in einem Hotel in Venedig vermuten sie uns zuletzt.«

»Ich muss schon in Rom ein Hotelzimmer bezahlen, ich kann mir nicht noch eins in Venedig leisten.«

»Die Kosten übernehme ich.«

»Das kommt nicht in Frage.«

»Es ist wirklich kein Problem, Signora Volpi.«

»Doch, ist es. Ich zahle Ihnen das zurück. Es kann allerdings ein bisschen dauern.«

»Das überlegen Sie sich lieber nochmal. Sie wissen ja noch nicht, in welches Hotel wir ziehen.«

»Bitte kein teures.«

»Doch, die teuersten sind am sichersten, haben gute Beziehungen zur Polizei und können einem auch am besten helfen. Besonders dann, wenn man, wie wir, sich möglichst wenig in der Öffentlichkeit zeigen will. Und dass Sie sich das nicht leisten können, wissen diese Leute auch. Umso weniger werden die Sie da vermuten.«

Cecilia Volpi startete noch einen letzten Versuch: »Ich hab überhaupt nichts dabei für eine Übernachtung.«

»Kein Problem, wir schicken jemanden vom Hotel los, der für Sie einkauft.«

»Geht das denn?«

»Ja, das ist der Vorteil solcher Hotels.«

»Und wie lange bleiben wir dort?«

»Das überlegen wir uns nachher beim Abendessen.«

Offenbar fielen ihr keine Gegenargumente mehr ein. Sie machte eine freudlose Handbewegung. »Meinetwegen.«

Cavelli wandte sich an den Bootsführer: »Zum Danieli.«

»Si, Signore!«

Cecilia Volpi seufzte resigniert und sah aufs Wasser.

Zehn Minuten später kam der Landungssteg des Hotel Danieli etwas oberhalb des Markusplatzes in Sicht. Mit der gelangweilten Lässigkeit vieler Berufsjahre manövrierte der Skipper sein Boot mit einen sanften Rumms an den Steg und befestigte mit einer fließenden Bewegung ein Tau an dem abgeschabten Poller.

»Da wären wir.« Cavelli zeigte auf die rotbraune Fassade im byzantinisch-gotischen Stil. Er nahm seine Reisetasche und half ihr aus dem Boot, dann betraten sie zügig das Gebäude. Wie auch auf jeden anderen, der die Lobby des Hotel Danieli mit seinem unglaublichen Marmortreppenhaus zum ersten Mal sah, verfehlte es auch auf Cecilia Volpi seine Wirkung nicht, und für einen kurzen Moment schien sie alle Sorgen vergessen zu haben. »Wow! Das ist unglaublich schön.«

Cavelli wandte sich an die elegante Rezeptionistin. »Wir hätten gerne zwei Zimmer. So weit wie möglich oben und wenn's geht mit Blick auf den Kanal.« Gleichzeitig schob er seinen Pass mit dem Vatikanischen Emblem über den Tresen. Er wusste, dass Hotels dieser

Kategorie sich ihre Gäste aussuchen konnten und Personen ohne Voranmeldung, die direkt von der Straße reinmarschierten, normalerweise keine Chance hatten; das war man schon dem exklusiven Ruf schuldig. Doch auch dieses Mal verfehlte die Magie des Vatikanischen Passes seine Wirkung nicht. Die Rezeptionistin, die schon den Mund für einen abschlägigen Bescheid geöffnet hatte, klappte ihn wieder zu, nur um ihn gleich darauf zu einem gesäuselten »sehr gerne« wieder zu öffnen. »Allerdings sind alle unsere Einzel- und Doppelzimmer belegt. Wir hätten nur noch eine Junior-Suite und eine Signature-Suite. Beide mit Blick auf die Lagune.«

Cavelli ließ Cecilia Volpi keine Zeit zu protestieren. »Nehmen wir.«

XXIII

Dante Anistasidis kroch flach auf dem Bauch liegend die staubige Straße entlang. Der Dreck, der seinen teuren Anzug ruinierte, seine wunden Knie und Ellenbogen kümmerten ihn nicht. Er musste weiter. Und er war nicht der Einzige, der sich an diesem Morgen am Stadtrand von Santiago de Las Vegas, nahe Havanna, auf diese Weise fortbewegte. Nein, es mussten Hunderte, wenn nicht Tausende sein, die sich so ihrem Ziel näherten: dem Santuario de San Lázaro. Man kam hierher nicht zum Beten, man besuchte einen verehrten Heiligen. Und alle, die dort krochen – die meisten lebten in Armut – hatten Geld dabei, viel Geld, körbeweise. Geld, das sie dem Heiligen Lazarus zu spenden wünschten, denn er beschützte die Gesundheit der Gläubigen. Doch Dante Anistasidis kam nicht wegen seiner Gesundheit. Er kam aus einem anderen Grund, auch wenn er ihn selbst vielleicht nicht einmal genau hätte benennen können. Nach dem, was er getan hatte, würde er nie wieder nach Rom zurückkehren können, nie wieder den Petersdom betreten, nie wieder das Angelusgebet des Heiligen Vaters miterleben dürfen. Nie wieder … Die Liste war endlos.

All das hatte er vorher gewusst, er hatte sich trotzdem darauf eingelassen, er hatte es als akzeptablen Preis für das gesehen, was er im Gegenzug dafür erhalten würde. Doch er hatte sich geirrt. Es war schlimmer, als er es sich vorgestellt hatte. Er fühlte sich entwurzelt. Und irgendwie gab es ihm ein Gefühl von Heimat und Sicherheit, hier, tausende Kilometer entfernt von Rom, mit vielen anderen Katholiken wie ein Wurm durch den Staub zu kriechen. Und natürlich würde auch er spenden. Zuerst hatte er geplant, hunderttausend Euro zu geben. Doch dann wurde ihm klar, dass es keine von Herzen kommende Spende gewesen wäre, sondern nur ein billiger Versuch, sich von seinen Sünden reinzuwaschen. Fast schon eine Bestechung. Es wäre eine zweifache Beleidigung für den Heiligen gewesen, nicht nur wegen des Versuchs überhaupt, sondern auch, weil diese Summe für Anistasidis lächerlich gering war. Unendlich viel weniger als das, was sich die armen Menschen um ihn herum vom Munde abgespart hatten. Aber es gab noch einen zweiten Punkt, der ihn dann hatte entscheiden lassen, nur lächerliche fünfzig Dollar zu spenden: Er durfte kein Aufsehen erregen.

Langsam kroch er weiter. Umgeben von katholischen Brüdern und Schwestern. Es war richtig gewesen, sich hierhin abzusetzen und nicht in eines dieser Offshore-Steuerparadiese, in denen nur das Bankgeheimnis heilig war. Kuba war immer noch zu siebzig Prozent katholisch, wenn auch das Verhältnis Kubas zur Mutterkirche von Seltsamkeiten gespickt war. Angefangen bei den zwei Kundschaftern, die der (zu Unrecht) berüchtigte Borgiapapst Alexander VI. beauftragt hatte, Christoph Columbus auf seiner Entdeckungsfahrt nach Indien zu begleiten und die ihm nach ihrer Rückkehr von dem seltsamen Brauch berichteten, den die Eingeborenen auf Fernandia, so nannte man Kuba zu dieser Zeit, pflegten, nämlich dem Einatmen von brennenden Kräutern, die man in ein trockenes Blatt – die Indios nannten es Tabago –gewickelt hatte. Nach anfänglicher Skepsis seitens Alexander VI. kamen die Dinge in Sachen Tabak im Kirchenstaat immer mehr ins Rollen, man produzierte selbst, und schließlich befahl Pius IX. den Bau einer Tabakfabrik im Vatikan.

Nicht zu vergessen die Kubakrise 1962. Die russische Regierung versuchte, auf Kuba Atomraketen zu installieren. Quasi vor Amerikas Haustür. Präsident Kennedy schickte Kriegsschiffe, um die russischen Schiffe aufzuhalten. Dreizehn Tage lang stand die Welt am Rande eines Atomkrieges. Nie zuvor oder danach in der Geschichte des Planeten war die Gefahr des Endes der Menschheit realer gewesen. Dass sich Kennedy und Chruschtschow buchstäblich in letzter Minute einigten, ist bekannt; weit weniger bekannt ist, dass Papst Johannes XXIII. einen langen Brief an Chruschtschow geschickt hatte, welcher diesen schließlich zum Nachgeben brachte. Der Papst hatte dem russischen Staatschef mit seinem Brief eine goldene Brücke gebaut, so dass Chruschtschow intern verkündete: »Wie verlieren ein nukleares Kräftemessen, aber wir gewinnen viel Ansehen in der Welt.« Man durfte sich gar nicht ausmalen, was ohne das Eingreifen des Heiligen Vaters geschehen wäre.

Und dann war da natürlich noch Fidel Castro. Der Máximo Líder, der große Anführer. Einer seiner berühmten Aussprüche lautete: »Nach einer Woche entschied ich: Religion ist nichts für mich.« Die Wahrheit sah anders aus. Castro war nicht nur Katholik, er war Jesuit. Zwar bezeichnete er sich wieder und wieder als Atheisten, doch er traf sich dennoch mit Johannes Paul II. und Benedikt XVI. und zitierte in seinen stundenlangen Reden oft aus der Bibel. Ein enger Vertrauter Castros sagte einmal über ihn: »Fidel ist als erstes Revolutionär, als zweites Jesuit und erst als drittes Marxist.«

Dieses Verhalten erinnerte Dante Anistasidis an Mussolini, der ebenfalls ständig auf die Kirche geschimpft hatte, gleichzeitig aber stets in jeder Tasche einen kleinen Heiligen Antonius mit sich führte. So revolutionär und antiklerikal sich solche Männer auch öffentlich gaben, was für Verbrechen sie auch begangen hatten, von ihrem Glauben kamen sie nicht los.

Dante Anistasidis konnte das sehr gut verstehen.

XXIV

Cavelli hatte Cecilia Volpi Geld gegeben, damit sie einen Hotelangestellten losschicken konnte, um etwas Kleidung und andere Notwendigkeiten zu besorgen. Dann hatten sie ihre Suiten bezogen, die nicht nebeneinander, ja nicht einmal im selben Stockwerk lagen. Cavelli hatte schon seit langem einmal im legendären Danieli, diesem jahrhundertealten Hotel absteigen wollen, in dem schon Goethe, Byron und zahllose andere illustre Gäste genächtigt hatten, aber bisher hatte es sich nie ergeben. Insofern hatte diese ganze Angelegenheit zumindest *einen* positiven Aspekt. Seine Suite war eingerichtet wie ein Renaissanceschloss – und kaum kleiner – und der Blick auf die Lagune und darin die herrliche Barockkirche Santa Maria della Salute mit ihren zwei Kuppeln und dem Kampanile war von fast unwirklicher Schönheit.

Da sein Gepäck nur aus einer Tasche bestand, hatte er sich in wenigen Minuten eingerichtet. Er nahm einen Brunello di Montalcono aus der Minibar, setzte sich mit einem Glas davon ans Fenster, blickte auf die Lagune und dachte nach.

War das hier die richtige Vorgehensweise? Oder hatte Cecilia Volpi recht und es war besser, nach Rom zurückzukehren? Er grübelte einige Minuten darauf herum, aber er fand keinen Grund, seine Meinung zu revidieren. Die Gegenseite hatte bisher einen Vorteil auf ihrer Seite gehabt: Cavelli und die Volpi wussten nicht, wo sich diese Leute aufhielten. In diesem Punkt war nun Gleichstand geschaffen worden. Das war ein beruhigendes Gefühl. Völlig von der Bildfläche zu verschwinden, war ein guter erster Zug gewesen. Dann fiel Cavelli ein, dass die Gegenseite ihnen gegenüber aus noch drei weiteren Gründen im Vorteil war: Sie wussten, um was es ging, sie wussten, wer Cecilia Volpi und Cavelli waren und wie sie aussahen. Und sie gingen, wenn nötig, über Leichen, um ihre Ziele zu erreichen. Es kam darauf an, zumindest bei den ersten beiden dieser unfairen Vorteile ebenfalls einen Ausgleich herbeizuführen. Dann kam ihm ein simpler Gedanke.

XXV

Zwei Stunden später saßen die beiden in der Suite von Cecilia Volpi beim Abendessen – sie hatten beschlossen, sämtliche Mahlzeiten auf dem Zimmer einzunehmen, um die Gefahr, durch Zufall entdeckt zu werden, zu minimieren – und Cavelli teilte ihr das Ergebnis seiner Überlegungen mit. »Bisher wissen wir nur, dass die andere Seite entweder zur Vatikanbank gehört oder mit ihr Geschäfte macht. Allerdings haben wir beide keine Ahnung von Bankangelegenheiten und auch keinen Zugriff auf die Daten und Papiere des IOR. Ich sehe daher überhaupt keinen Punkt, an dem wir anfangen könnten. Und was tut man, wenn man keine Ahnung von einer Sache hat?«

»Aufgeben?« Es klang eher wie ein Vorschlag als eine Frage.

»Nein, man holt sich Hilfe.«

»Und wo? Bei der Polizei? Ich hab Ihnen doch schon erklärt …«

»Ich hab vorhin unten im Businessraum ein bisschen im Internet recherchiert. Hier in Venedig ist die Detektei

Pesaro ansässig, eine der renommiertesten Detekteien Italiens, wenn es um Wirtschaftskriminalität geht. Deren Referenzen scheinen wirklich erstklassig zu sein. Ich denke, die sollten wir beauftragen.«

Cecilia Volpi verzog skeptisch das Gesicht. »Detektive? Ich weiß nicht recht. Ich hab ein ungutes Gefühl dabei, weitere Personen da mit reinzuziehen, es muss doch eine andere Möglichkeit geben. Es muss einfach.«

»Haben Sie eine bessere Idee? Oder auch eine schlechtere?«

»Im Moment nicht, aber …«

»Dann sollten wir es versuchen. Wir haben nichts zu verlieren. Und was deren Honorar angeht, das übernehme ich.«

Sie dachte einige Momente nach, bevor sie antwortete. »Wahrscheinlich haben Sie recht. Machen wir's so. Und was die Hotelkosten angeht, die kann ich mir wirklich nicht leisten, aber den Detektiv übernehme ich zur Hälfte, darauf bestehe ich.«

»Ganz wie Sie wünschen, aber ich sagte ja schon, diese Detektei ist die Oberliga, es wird mit Sicherheit sehr teuer. Also warten wir erstmal die Rechnung ab und entscheiden Sie dann, Signora Volpi.«

»Danke, das ist sehr großzügig. Und ich heiße Cecilia.«

»Don.«

Sie stießen mit den kostbaren Kristallgläsern an. Cavelli empfand es als seltsam. Sie kannten sich erst ein paar Tage, aber in diesen wenigen Tagen hatten sie bereits mehr durchgestanden als viele andere in Jahren. Er wusste, dass seine Emotionen ihm etwas vorgaukelten, aber er hatte das Gefühl, Cecilia Volpi schon eine Ewigkeit zu kennen.

XXVI

Da Cavelli davon ausging, dass es schwierig werden könnte, bei einer so renommierten Detektei wie Pesaro kurzfristig empfangen zu werden, hatte er noch am Abend die Rezeption beauftragt, gleich für den nächsten Tag einen Termin zu machen. Ein Anruf vom Hotel Danieli würde ungleich viel mehr Gewicht haben als der eines völlig Unbekannten. Offenbar hatte er mit dieser Annahme richtig gelegen: Ein Termin für 10.45 war bestätigt, was Cavelli mit einiger Zuversicht erfüllte. In der Nacht hatte er tief und entspannt geschlafen und dann in seiner Suite ein reichhaltiges Frühstück zu sich genommen. Nun wartete er in der Lobby des Danieli, dass einer der beiden Rezeptionisten Zeit für ihn hatte, doch das konnte noch dauern. Beide waren mit aufgebrachten Gästen beschäftigt: einem schlaksigen Japaner, dessen Smartphone man vom Frühstückstisch gestohlen hatte, während er am Buffet anstand, und einem amerikanischen Ehepaar, das sich bitterlich darüber beklagte, dass die Klimaanlage in ihrem Zimmer nicht genug Kälte erzeugte. Cavelli war immer noch nicht an der Reihe, als Cecilia in der Hotellobby eintraf. Sie kam auf die Minute pünktlich zur verabredeten Zeit die Treppe hinunter, und Cavelli musste zweimal hingucken, um sicher zu sein, dass sie es war. Sie trug nun ein elegantes Business-Kostüm, was ihren Typ stark veränderte und in dem sie unter den sonstigen Gästen des Danieli überhaupt nicht auffiel. Er bemerkte, dass sie müde aussah. »Schlecht geschlafen?«, erkundigte er sich mitfühlend.

Sie nickte resigniert. »Halt mich bitte nicht für undankbar, Don. Ich weiß es wirklich zu schätzen, dass du mich in dieses Traumhotel einlädst, aber ich konnte die ganze Nacht nicht aufhören zu grübeln. Was, wenn der Detektiv uns nicht helfen kann?«

»Dann ist es immer noch früh genug, sich Sorgen zu machen. Aber so weit ist es noch lange nicht, Cecilia.«

Sie lächelte tapfer. »Du hast recht, Don.« Es klang nicht wirklich überzeugt. Inzwischen war das amerikanische Ehepaar abgefertigt und Cavelli ließ sich von dem Mann hinter der Rezeption den Weg zur Detektei Pesaro auf einem Stadtplan einzeichnen. Die Adresse lag offenbar nicht allzu weit vom Danieli entfernt.

Sie verließen das Hotel und wandten sich nach rechts, am Canale Grande entlang, Richtung Markusplatz. Am Tag zuvor hatte er es noch als übertrieben empfunden, wie Cecilia sich ständig umgedreht und nach Verfolgern Ausschau gehalten hatte, aber heute Morgen war ihm plötzlich aufgegangen, dass er einen fatalen Fehler begangen hatte. Er hatte zugelassen, dass, wie in gehobenen Hotels üblich, die Rezeptionistin beim Einchecken seine Kreditkarte registriert hatte. Wenn nun diese Leute tatsächlich Zugriff auf Kreditkartendaten hatten …

Er verfluchte sich für diese Nachlässigkeit, denn jetzt empfand er selbst den Drang, hinter sich zu schauen. Unauffällig wandte er sich um, als betrachte er den besonders schönen Palazzo zur Rechten, und ließ seinen Blick über die Menschen wandern, die hinter ihnen gingen. Das erste, was ihm auffiel, war, dass für Venedig ziemlich wenige Touristen unterwegs waren. Was war hier los? Dann fiel es ihm ein. Es war Montag. Die schlimmen, völlig überlaufenen Tage waren donnerstags bis sonntags. Montags bis mittwochs war es vergleichsweise leer. Die relativ wenigen Menschen, die er sah, waren fast alle typische Touristen. Man erkannte sie daran, dass sie nicht zielgerichtet irgendwohin unterwegs waren, sondern im Augenblick lebten. Dann erblickte er die zwei Männer. Sie passten nicht ins Bild. Zwar waren sie ebenfalls wie Touristen gekleidet, der eine von den beiden trug einen Reiseführer in der Hand und der andere hatte eine Kamera umgehängt, aber irgendwas stimmte nicht. Es waren die Gesichter. Es waren keine Urlaubsgesichter, es waren Arbeitsgesichter. Nun fotografierte der eine den anderen mit der Seufzerbrücke im Hintergrund – wie es wohl fast alle Touristen taten. Der Fotografierte lachte und nahm eine lächerliche Pose ein, die wohl lustig sein sollte. Cavelli wandte sich ab. Wurde er paranoid? Er überlegte, ob er Cecilia auf die beiden aufmerksam machen sollte, und entschied sich dagegen.

»Sehen Sie die beiden Männer da?«, sagte Cecilia leise und machte eine unauffällige Kopfbewegung in deren Richtung. »Ich hab das Gefühl, die folgen uns.«

Cavelli nickte. »Ja, die sind mir auch schon aufgefallen. Muss natürlich nichts heißen. Aber wir sollten zwischendurch Ausschau nach ihnen halten.«

»Okay.« Sie schloss einige Augenblicke die Augen und atmete tief durch, als müsse sie die neue Situation erst verkraften. »Geh'n wir«, sagte sie knapp.

Kurz darauf erreichten sie den Markusplatz, gingen am Dogenpalast und am Dom vorbei und nahmen dann denselben Weg wie am Tag davor. Cavelli benutzte nicht den kleinen Plan, den ihm der Rezeptionist gegeben hatte, sondern folgte dessen Rat, sich an den Hinweisschildern zur Rialtobrücke zu orientieren. Mehrfach wandten sich Cecilia oder er unauffällig um und überprüften, wer hinter ihnen ging. Die beiden Männer waren nirgendwo zu entdecken. Anscheinend war es doch falscher Alarm gewesen. Sechs Minuten später erreichten sie ihr Ziel, den Campo Manin, einen für venezianische Verhältnisse wenig spektakulären Platz. In der Mitte stand ein großes Denkmal vom Namensgeber des Platzes, dem Cavelli völlig unbekannten Daniele Manin. Das Büro der Detektei Pesaro befand sich in dem einzigen modernen Gebäude auf dem Platz, einem Hochhaus aus den sechziger Jahren, das man aufgrund seiner

Phantasielosigkeit überall vermutet hätte, nur nicht in Venedig.

Sie umrundeten die Statue, vorgeblich, um sie von allen Seiten zu betrachten, tatsächlich aber, um nach den beiden Männern Ausschau zu halten. Doch noch immer waren sie nirgendwo zu entdecken. Schnell betraten Cavelli und Cecilia das Gebäude, orientierten sich an der Informationstafel und fuhren mit dem Aufzug ganz nach oben. Was sie dort erwartete, überraschte Cavelli: eine in hellen Tönen gehaltene großzügige Rezeption, die mit weißen Teppichen ausgelegt war. Aus unsichtbaren Lautsprechern – beinah unhörbar leise – erklang sanfte asiatische Musik. Alles hier verströmte den Geruch von Luxus. Hinter dem Tresen saß eine stark, aber geschmackvoll geschminkte junge Frau in einem eleganten Kostüm und lächelte sie an. Das ganze Ambiente wirkte ganz und gar nicht so, wie man sich eine Detektei vorstellte. Es hatte eher etwas von einer Chefetage eines an der Börse notierten Unternehmens oder einer sehr renommierten Anwaltskanzlei. Offenbar hatte die Bekämpfung von Wirtschaftskriminalität nichts mit schlecht rasierten Männern in Trenchcoats zu tun, die nachts rauchend an Laternenpfählen lehnten und darauf warteten, dass Verdächtige aus irgendwelchen Häusern kamen. Und offenbar war damit sehr viel Geld zu verdienen. An der Wand gegenüber der Rezeption hing in einem Rahmen ein auf mehrere Meter vergrößertes Filmfoto, das Cavelli bekannt vorkam: Robert Redford und

Dustin Hoffman. Über dem Foto hing eine Schrifttafel mit den Worten »Follow the Money«. Jetzt fiel es Cavelli wieder ein. Das Foto wie auch der Satz stammten aus dem Film »Die Unbestechlichen«. Eine der Filmfiguren hatte den beiden von Hoffman und Redford gespielten Journalisten geraten, dem Geld zu folgen, wenn sie eine Spur finden wollten. Also wer wen wann bezahlt hatte, denn das ließ sich im Gegensatz zu mündlichen Absprachen schwarz auf weiß nachverfolgen. Ein ziemlich guter Rat, der in der Realität schließlich zur Aufdeckung der Watergate-Affäre und dem Rücktritt von US-Präsident Nixon geführt hatte. Cavelli hatte den Film vor vielen Jahren im Kino gesehen und ihn etwas langweilig gefunden, aber jetzt flößte ihm das Foto auf seltsame Weise Vertrauen ein. Was er und Cecilia brauchten, waren trockene Ergebnisse, und irgendwie hatte er das Gefühl, dass sie sich hier dafür genau an der richtigen Adresse befanden. Sie begrüßten die Rezeptionistin, und Cavelli nannte seinen Namen.

»Bitte sehr, dort entlang.« Die junge Frau deutete auf einen langen Flur mit mehreren Türen. »Das letzte Büro auf der linken Seite. Gehen Sie rein, ohne anzuklopfen.« Sie lächelte professionell. Nun fühlte sich Cavelli eher an eine Fluglinie erinnert. Sie betraten den Flur und gingen bis zu der bewussten Tür. Cavelli warf Cecilia einen Blick zu. Sie wirkte nervös, aber auch entschlossen. Er nickte ihr aufmunternd zu. Dann öffnete er die Tür und sie betraten ein riesiges Büro, das ebenso stylish war wie der

Empfangsbereich. Hinter dem Schreibtisch im Art-Deco-Stil, auf dem, außer einem Laptop und einer Designervase mit einer Orchidee, nichts stand, erhob sich eine distinguierte Dame um die vierzig, die Cavelli ein bisschen an die Schauspielerin Eva Green erinnerte, die er aber mit ihrer Lesebrille und ihrer ganzen Ausstrahlung ansonsten eher für die Leiterin eines bedeutenden Kunstmuseums gehalten hätte. Aber wahrscheinlich erwarteten die große Banken und Konzerne, die zu den Klienten der Detektei Pesaro gehörten, genau so ein Auftreten. Der dezente Duft eines teuren Parfums hing in der Luft. Sie schüttelte erst Cecilia und dann Cavelli die Hand. Es war ein erstaunlich kräftiger Händedruck für so eine zierliche Person, und sie blickte ihrem Gegenüber dabei freundlich, aber prüfend direkt in die Augen. »Ich bin Lukrezia Pesaro, nehmen Sie Platz. Wie können wir Ihnen helfen?«

Cavelli sah zu Cecilia. Sie schien ihre Vorbehalte gegen diese Aktion immer noch nicht ganz verloren zu haben. Etwas stockend begann sie, Lukrezia Pesaro zu berichten, was sie auch damals Cavelli erzählt hatte und was inzwischen passiert war, bis hin zur Ermordung von Lamberto Chiozzi. Nur die beiden verdächtigen Männer an der Seufzerbrücke ließ sie weg, wahrscheinlich, weil es nicht mehr als ein Verdacht gewesen war. Cavelli ergänzte nur hier und da etwas. Besonders seine Gespräche mit Monsignore Mattlin schienen das Interesse der Detektivin zu wecken. »Moment, verstehe ich das richtig? Sie sind Bürger des Vatikan, haben dort aber keine Funktion? Soweit ich weiß, ist aber genau das Voraussetzung für die vatikanische Staatsbürgerschaft.«

»Das ist eine sehr lange Geschichte«, antwortete Cavelli. »Einer meiner Vorfahren stand vor fünfhundert Jahren in Diensten von Julius II., und seitdem lebt meine Familie dort und genießt einige Privilegien.«

»Interessant.« Lukrezia Pesaro lächelte fasziniert.

»Und diese Gespräche mit Monsignore Mattlin«, ergänzte Cavelli, »sind auf rein freundschaftlicher Basis.«

»Ich verstehe. Und Sie haben dennoch keine Bedenken, uns zu beauftragen, gegen die Vatikanbank zu ermitteln?«

»Sie sollen nicht gegen die *Vatikanbank* ermitteln«, verlieh Cavelli seiner Überzeugung Ausdruck. »Wir denken nicht, dass ...« Er warf einen Blick auf Cecilia, dann korrigierte er sich: »*Ich* denke nicht, dass das IOR selbst kriminelle Handlungen vornimmt, es ist nichts Systemimmanentes, ich vermute eher, dass es dort einen leider sehr hochrangigen Mitarbeiter gibt, der die Vatikanbank bestiehlt und nun versucht, das Ganze zu vertuschen. Möglicherweise, nein *höchstwahrscheinlich* im Auftrag einer externen kriminellen Organisation. Insofern werden diese Ermittlungen dem IOR letztlich sogar helfen.«

»Nun, das obliegt *Ihrer* Einschätzung, Signor Cavelli«, entgegnete Lukrezia Pesaro freundlich, aber mit einem kühlen Blick. »Ich sage immer allen Klienten: Wir ermitteln ergebnisoffen. Dass Ihnen diese Ergebnisse dann auch gefallen, dafür übernehmen wir keine Garantie. Die Wahrheit ist oft überraschend und sehr oft nicht schön. Andererseits: Was Sie dann mit den Resultaten anfangen; ob Sie die dem Vatikan oder der Polizei vorlegen oder sie verbrennen, das ist natürlich ganz allein Ihre Entscheidung.« Sie hielt kurz inne, um Cavelli und Cecilia Gelegenheit zu geben, etwas zu sagen, und fuhr dann fort. »Wir werden bei Ihrem Mann ansetzen, Signora Volpi, ich bin sicher, wir werden etwas finden. Unsere Buchprüfer sind äußerst gründlich, allerdings kann das dauern. Da unser Stundensatz äußerst hoch ist und Ihr Mann Jahrzehnte für das IOR gearbeitet hat, wäre es im Interesse Ihres Geldbeutels, wenn Sie uns irgendeinen Hinweis geben, wo wir beginnen können. Namen, Daten, Dokumente, irgendetwas.«

Cecilia wirkte verunsichert. »Ich habe nichts dabei; bis gestern Abend wusste ich nicht, dass wir herkommen würden. Die wenigen Unterlagen, die ich habe, sind alle in Rom.«

»Aber ich habe was.« Cavelli zog das graphologische Gutachten, das ihm Cecilia gegeben hatte und das auch Kopien einiger Immobilienkaufverträge mit Aldo Volpis Unterschrift enthielt, aus der Innentasche seines Jacketts. Er blickte zu Cecilia. »Wenn das in Ordnung ist.«

Sie zögerte einen Moment, dann nickte sie. »Natürlich.« Cavelli schob das Gutachten über den Tisch. Lukrezia Pesaro zog es zu sich heran und überflog es. »Gut, das ist ein Anfang, das hilft uns weiter.«

»Wie werden Sie vorgehen?«, fragte Cecilia. »Ich meine, die Vatikanbank wird Ihnen ja wohl keine Einsicht in ihre Akten gewähren.«

Lukrezia Pesaro lächelte hintergründig. »Ich kann hier natürlich keine Geschäftsgeheimnisse verraten, aber ohne allzu sehr ins Detail zu gehen, möchte ich Sie daran erinnern, dass mit dem entsprechenden Know-how jeder Computer, der an das Internet angeschlossen ist, zu einem offenen Buch wird. Und außerdem gibt es überall Leute, die auskunftswillig werden, wenn man sie entsprechend dafür entlohnt.«

»Ist das legal?«

»Das muss es wohl. Bisher ist unsere Rechtsabteilung mit sämtlichen Zivilklagen und Strafverfahren gegen uns fertig geworden.«

Cecilia schien etwas auf der Zunge zu liegen, aber dann entschied sie sich, auf weitere Fragen zu verzichten. Ein weiser Entschluss, wie Cavelli fand. Lukrezia Pesaro legte ihnen einen Vertrag vor, den beide unterschrieben. »Gut, wie kann ich Sie erreichen?«

Cavelli stockte. »Das ist etwas schwierig, unsere Smartphones sind zerstört und wir haben auch noch nicht entschieden, wo wir morgen sein werden. In den nächsten Stunden sind wir jedenfalls noch im Danieli zu erreichen. Oder auch über meinen Mail-Account: DonCavelli@Protonmail.com, den kontrolliere ich täglich.«

»Ihre Mailadresse bitte auch«, sagte Lukrezia zu Cecilia. »Zur Sicherheit.« Cecilia nannte sie ihr. »In Ordnung, das wär's dann im Wesentlichen«, sagte Lukrezia Pesaro, während sie die Angaben notierte. »Wir melden uns, sobald wir etwas haben. Jetzt benötigen wir nur noch einen ersten Vorschuss, dann können wir umgehend tätig werden.«

XXVII

Drei Minuten später traten Cecilia und Cavelli wieder auf die Straße. Cecilia stand noch die Erschütterung über die Höhe des Vorschusses ins Gesicht geschrieben, die Cavelli mit seiner Kreditkarte beglichen hatte. »Herrgott, Don! Fünftausend Euro. Das ist alles meine Schuld!« Nervös setzte sie ihre Sonnenbrille auf.

»Mach dir keine Sorgen, Cecilia«, erwiderte Cavelli. »Ich finde das eher beruhigend. Qualität hat ihren Preis und diese Lukrezia Pesaro versteht ihr Handwerk. Wir haben jetzt echte Experten auf unserer Seite«

»Don.« Etwas in Cecilias Stimme ließ Cavelli aufhorchen. »Dreh dich nicht um. Hinter dir ist einer der beiden Männer. Etwa fünfzig Meter entfernt. Er beobachtet uns.«

Cavelli erstarrte. »Kommt er näher?«

»Bisher nicht. Es sieht aus, als ob er wartet.«

»Weiß er, dass du ihn entdeckt hast?«

»Ich glaube nicht.«

»Und der andere? Ist der auch irgendwo in der Nähe?«

»Ich kann ihn nirgendwo sehen.«

»Scheint so, als hätten die uns die ganze Zeit über bis hierher verfolgt. Ohne dass wir es bemerkt haben. Das sind Profis. Vielleicht hat dieses Gebäude einen Hinterausgang und der andere wartet dort.«

»Wahrscheinlich. Der Mann telefoniert jetzt. Bestimmt ruft er den anderen und sagt ihm, dass wir hier sind. Was tun wir jetzt? Wieder ins Haus gehen?«

»Und dann? Irgendwann müssen wir auch wieder rauskommen.« Cavelli überlegte. »Vielleicht können wir es zu unserem Vorteil nutzen, dass die noch nicht wissen, dass wir sie entdeckt haben. Ich schlage vor, wir schlendern hier ganz harmlos weg und in einem günstigen Augenblick hängen wir sie ab.«

»Und wenn das nicht klappt?«

»Dann gehen wir bis zum Danieli. Die wissen sowieso, dass wir da wohnen, und da sind wir erstmal sicher. Dort sehen wir dann weiter.«

»Okay.« Cecilia versuchte offenbar zuversichtlich zu klingen, aber Cavelli bemerkte Angst in ihrer Stimme. »Los geht's!«

Langsam, wie ein Paar ohne Sorgen, überquerten sie den Campo Manin und verschwanden in der Gasse, aus der sie hergekommen waren. Zwanzig Meter weiter blieben sie an einem kleinen Laden stehen, und Cecilia betrachtete scheinbar interessiert die Postkarten auf einem Drehständer, wobei sie an den Karten vorbei auf den Weg hinter ihnen sah. »Der andere Mann ist jetzt auch da«, sagte sie leise und fast ohne die Lippen zu bewegen. Cavelli trat neben sie, ebenfalls scheinbar die Postkarten betrachtend. Cecilia hatte eindeutig recht. Es waren die zwei Männer, die ihm am Morgen bei der Seufzerbrücke aufgefallen waren. Die Lächerlichkeit, die sie da noch bei albernen Fotoposen an den Tag gelegt hatten, war nun ernsten Mienen gewichen. Jetzt betrachteten sie gerade ein Schaufenster; zweifellos, weil Cavelli und Cecilia angehalten hatten; offenbar sollte der Abstand zu ihnen nicht kleiner werden. Einen Moment überlegte Cavelli, ob es eine gute Idee wäre, einfach den Postkartenständer umzuschmeißen und loszurennen. Die beiden schienen zwar vollständig in die Betrachtung der Auslage versunken zu sein, aber Cavelli war sicher, dass sie trotzdem alles genau mitbekamen, außerdem passten Cecilias elegante Stöckelschuhe zwar hervorragend ins Danieli, waren aber zum Rennen ungeeignet. Es musste Cavelli etwas anderes einfallen, um die beiden abzuschütteln. Und zwar schnell, ewig konnten sie hier nicht stehen bleiben, ohne dass ihre Verfolger Verdacht schöpfen würden. Einige Sekunden erwog er, zur Rialtobrücke zu gehen. Sie war ganz in der Nähe, und dort war das Touristengewimmel besonders extrem. Möglicherweise konnte man in dem unübersichtlichen Chaos irgendwie verschwinden. Nein, kein guter Plan, in dem Gewimmel konnte man auch jemandem sehr gut ein Messer in die Rippen rammen und unerkannt verschwinden. Cavelli dachte an Lamberto Chiozzi. Ihn hatte man auf offener

Straße erstochen. Ein Schauder lief ihm über den Rücken, als ihm einfiel, dass es vielleicht, ja wahrscheinlich sogar, diese beiden Männer getan hatten, die nun hinter ihnen her waren. Nein, vorerst war es eindeutig besser, in belebten, aber nicht *zu* belebten Gassen zu bleiben.

»Lass uns weitergehen«, raunte er Cecilia zu. »Solange zu viele Zeugen da sind, werden sie uns nichts tun. Wir müssen versuchen, unterwegs irgendeine Möglichkeit zu finden, sie loszuwerden.«

Scheinbar entspannt setzten sie sich in Bewegung. »Und wenn wir das geschafft haben, was nützt uns das?«, flüsterte Cecilia. »Du hast selbst gesagt, die wissen, dass wir im Danieli wohnen.«

»Dann dürfen wir dahin eben nicht zurück. Das Gepäck lassen wir uns nachschicken.«

»Und wohin, Don?«

»Werden wir sehen. Erstmal müssen wir diese beiden Typen loswerden. Wo sind sie jetzt?«

Cecilia betrachtete eine der goldfarbenen Plastikgondeln, die zu Dutzenden auf einem Stand vor einem Geschäft standen, und warf dabei auch einen Blick nach hinten. »Immer noch da. Etwa zehn Meter hinter uns«, wisperte sie.

»Gut. Gehen wir einfach weiter.«

Nach etwa fünfzig Metern befanden sie sich kurz vor der nächsten Kreuzung. Cavelli wurde langsamer, in seinem Kopf arbeitete es. Wenn es hier gelänge, die Verfolger über die Richtung zu täuschen, die sie als Nächstes einschlagen würden … Sein Blick streifte einen Palazzo auf der rechten Seite, der offenbar renoviert wurde. An der Außenfassade befand sich ein Baugerüst, das von oben bis unten mit Plastikplanen verhangen war. In diesem Moment verlor ein junger Mann, der sich wenige Meter hinter den beiden Verfolgern befand, die Kontrolle über ein Fahrrad, das er neben sich herschob und auf das er zwei große Ballonflaschen mit Chianti gebunden hatte. Das Fahrrad stürzte um, eine der beiden Flaschen zerbrach und etliche Liter Rotwein flossen die Straße hinunter. Reflexartig drehten sich die beiden Männer um. Cavelli wusste instinktiv, dass er eine solche Chance nicht noch einmal bekommen würde. Er packte Cecilia am Arm, und ehe sie Zeit hatte zu protestieren, zerrte er sie hinter die Plane des Baugerüsts.

XXVIII

Cavelli wusste sofort, dass er einen Riesenfehler gemacht hatte. Bis zum Gebäude lagen vor ihnen mehrere Meter Bretter am Boden, die sich mit Sicherheit nicht lautlos überqueren ließen. Der Lärm würde sie verraten. Aber direkt hinter der lichtdurchlässigen Plane stehenbleiben konnten sie erst recht nicht, ihre Umrisse würden von der anderen Seite sicher zu erkennen sein. Es half nichts, sie rannten über die Bretter auf den offenen Hauseingang zu. Es kam Cavelli vor, als müssten ihre Schritte noch am anderen Ende der Stadt zu hören sein. Dann befanden sie sich in dem Palazzo. Das Gebäude schien völlig entkernt zu sein und nur noch aus Wänden, Fußböden, Decken und einem Dach zu bestehen. Außerdem stand das Erdgeschoss unter Wasser. Ein Problem vieler Palazzi in Venedig, was ihre Besitzer aber oft nicht daran hinderte, dennoch in einem höheren Stockwerk zu wohnen. Einige erhöhte Holzstege führten nach einer nicht nachvollziehbaren Logik über das Wasser zu verschiedenen Punkten in dem riesigen Raum. Gehetzt sah sich

Cavelli um. Nirgendwo war eine Möglichkeit, sich zu verstecken.

»Da lang!« Cecilia zeigte auf eine Treppe, die nach oben führte. Sie liefen los, so schnell sie es auf den schmalen Brettern wagten. Cecilia vorne, Cavelli dicht hinter ihr. Sie hatten gerade die Mitte der Treppe erreicht, als Cavelli wahrnahm, dass es für einige Augenblicke etwas heller wurde. Kein Zweifel, ihre Verfolger hatten sich nicht lange täuschen lassen und waren ihnen nun auf den Fersen. Im nächsten Augenblick befanden sie sich im ersten Stock. Auch hier erinnerte nichts an einen venezianischen Palazzo; das Ganze wirkte eher wie der Rohbau eines Parkhauses. Es roch stark nach Zement. Hier boten sich ebenfalls keine Versteckmöglichkeiten. Sie rannten die Treppe zum nächsten Stockwerk hoch und hatten ihr Ende fast erreicht, als Cavelli mit dem Fuß an etwas hängenblieb und stürzte. Ein höllischer Schmerz durchfuhr sein bereits lädiertes Knie. Er stöhnte auf und schaffte es gerade noch, einen Schrei zu unterdrücken. Cecilia war stehen geblieben und blickte entsetzt auf ihn hinunter. »Don!«

»Lauf weiter«, zischte er. »Ich komm' schon klar. Los!«

Einige wertvolle Sekunden starrte sie ihn widerstrebend an, dann folgte sie endlich seiner Aufforderung und hastete die nächste Treppe nach oben. Cavelli rappelte sich hoch und folgte ihr, aber sie war bereits nicht mehr zu sehen und zu hören. Cavelli vermutete, dass sie sich im dritten Stockwerk versteckte, wenn er sich auch kaum vorstellen konnte, wo. Unter sich hörte Cavelli seine Verfolger näherkommen. Er ignorierte den Schmerz und humpelte so schnell er konnte die nächste Treppe nach oben. Sein Knie behinderte ihn furchtbar, aber immerhin bewegten sich seine Verfolger offenbar langsam und vorsichtig, was seinen Vorsprung vergrößerte. Dann hatte er das vierte Geschoss erreicht. Höher ging es nicht. Auch hier konnte Cavelli keine Verstecke entdecken. Ein Rohbau, der abgesehen von einer Reihe von Zementsäcken und einigen großen Plastikbottichen leer war.

XXIX

In Cavellis Kopf raste es. In wenigen Augenblicken würden sie kommen. Ihm blieben noch bestenfalls dreißig Sekunden, und einen Fluchtweg sah er nicht. Er rannte zu der Öffnung in der Wand, die früher auf den Balkon geführt hatte. Doch jetzt fehlten nicht nur die Türen, sondern auch der Balkon selbst. Nur die bodenlangen, abgeblätterten Lamellentüren, die man von innen schließen konnte, um sich vor der Sonne zu schützen und dennoch Luft hereinzulassen, waren noch vorhanden. Cavelli tat das Erstbeste, was ihm in den Sinn kam. Er öffnete beide Lamellentüren so weit, dass sie fast die Wand des Raumes berührten, dann packte er einen der Zementsäcke, schleppte ihn zu der Türöffnung, sah kurz nach unten und warf ihn raus. Während der Sack fiel, gab er einen lauten Schrei von sich. Im nächsten Augenblick stürzte der Zementsack mit einem lauten Klatschen in den Kanal hinter dem Haus. Cavelli hechtete in die Lücke zwischen der Wand und der linken Lamellentür und zog sie so dicht wie nur möglich an sich heran.

Keine Sekunde zu früh. Im nächsten Augenblick erreichte einer der Männer das obere Ende der Treppe. Er schien allein zu sein. Wo war der andere? Suchte er die anderen Stockwerke nach Cecilia ab? Hatte er sie möglicherweise schon gefunden und …? Cavelli verdrängte den Gedanken und hielt die Luft an. Offenbar hatte der Mann Cavellis Schrei gehört, denn er rannte augenblicklich zu der Balkontüröffnung und starrte hinunter. Cavelli konnte sich ausmalen, was er sah: Wasser, in dem sich um eine Stelle große Ringe bildeten. Man musste nicht allzu schlau sein, um daraus den richtigen Schluss zu ziehen, oder in diesem Fall, den ausnahmsweise falschen: *Cavelli hatte versucht zu flüchten und war dabei abgestürzt.* Dann waren von unten wütende Stimmen zu hören. Cavelli erinnerte sich, dass er nur ein paar Meter entfernt von der Stelle, wo der Sack ins Wasser gestürzt war, zwei Boote gesehen hatte. Wahrscheinlich waren die Leute klatschnass geworden, wenn nicht gar der Wellenschlag sie fast zum Kentern gebracht hatte. Es war nur natürlich, dass diese Leute den Mann, der jetzt aus der Türöffnung nach unten blickte, für den Verantwortlichen hielten und ihn wüst beschimpften. Und es war ebenso natürlich, dass der Mann, der nicht wusste, dass nicht Cavelli, sondern ein Zementsack ins Wasser gefallen war, annahm, dass diese Leute glaubten, dass er Cavelli nach unten gestoßen habe, und dass sie bereits die Polizei verständigten. Ruckartig zuckte der Mann zurück. Dann wandte er sich eilig um und rannte die

Treppe nach unten. Cavelli hörte ihn nach dem anderen Mann rufen. Dann eine kurze hektische Unterhaltung, Schritte, die sich schnell entfernten, und kurz darauf lautes Gepolter auf den Brettern im Erdgeschoss. Dann Stille. Es war vorbei. Cavelli lief quer durch den Raum zur gegenüberliegenden Wand, beugte sich vorsichtig aus dem scheibenlosen Fenster und sah die beiden Männer gerade noch hinter der nächsten Hausecke verschwinden. Cavelli hielten sie nun für tot, aber falls der andere Cecilia nicht gefunden hatte, würde die Jagd weitergehen. *Falls nicht!* Wenn sie Cecilia gefunden hatten … Cavelli spürte, wie ihm der Schweiß ausbrach. So schnell er es mit seinem schmerzenden Knie vermochte, lief er zur Treppe. »Cecilia?«

Sein Herz raste, mehrere endlos lange Sekunden vergingen, dann hörte er von unten eine zaghafte Stimme. »Don?«

Cavelli beeilte sich, nach unten zu kommen, doch er hörte Cecilia bereits nach oben laufen. Ein paar Sekunde später sah er sie. Sie war über und über mit Zementstaub bedeckt, und ihre Strümpfe waren zerrissen, aber sie schien unverletzt zu sein. Im nächsten Moment war sie bei ihm und umschlang ihn mit ihren Armen. »O Gott, Don, ich dachte, du wärst tot! Dieser Schrei …«

»Mir geht's gut, das war nur ein Täuschungsmanöver. Ist mit dir alles in Ordnung?«

»Ich hab mich ein Stockwerk tiefer unter ein paar Zementsäcken versteckt, das hätte wahrscheinlich nicht viel genützt, aber der eine Mann ist dir hier hoch gefolgt und der andere hat weiter unten nach mir gesucht. Was ist denn passiert?«

Cavelli erzählte es ihr. Sie nahm es unter stummem Nicken auf. Offenbar war sie immer noch ziemlich verstört, und Cavelli ging es kaum besser, auch wenn er versuchte, es sich nicht anmerken zu lassen. »Wir sollten von hier verschwinden, wir wissen nicht, mit wie viel Leuten wir es zu tun haben. Der Mann bei mir oben musste zwar befürchten, dass die Polizei seine Beschreibung hat, aber vielleicht schicken sie jetzt andere. Also, nichts wie raus hier.«

»Und dann?«, fragte Cecilia leise.

XXX

Dante Anistasidis stand an Deck seiner Yacht, die er auf den Namen »Che« getauft hatte. Nach Fidel Castros revolutionärem Mitstreiter Che Guevara. Eigentlich waren Schiffsnamen traditionell, aber er war sicher, dass man hier mit Wohlwollen über diese kleine Inkorrektheit hinwegsehen würde. Die Namensgebung war natürlich reiner Opportunismus von ihm. Anistasidis machte sich keine Illusionen über diesen von der westlichen Popkultur naiv verehrten Revolutionär, der von seinen Männern verlangt hatte, dass man sich darin üben müsse, »eine kaltblütige Tötungsmaschine zu werden, angetrieben von blankem Hass« und der hunderte von Menschen hatte foltern oder töten lassen, aber Anistasidis hatte nicht die Absicht, hier unangenehm aufzufallen, und auf Kuba galt Che noch immer fast als Heiliger. Es gab sogar ein Museum zu seinen Ehren. Anistasidis hatte es gleich am dritten Tag seines Aufenthalts in Havanna besucht und dabei gelernt, dass der ursprünglich aus Argentinien stammende Ernesto Guevara seine Sätze, wie bei vielen seiner Landsleute üblich, oft mit »che« einleitete, was so viel wie »hey« bedeutet. Daher der Spitzname.

Es war geradezu paradox: Gerade, weil Dante Anistasidis zu den wenigen Milliardären auf Kuba gehörte, musste er sich als Sympathisant der Revolution ausgeben. Nun, er würde es tun, er hatte sich sein halbes Leben lang verstellt, es war ihm in Fleisch und Blut übergegangen, es fiel ihm so leicht wie das Atmen. Sein Blick wanderte über das Meer und dann über seine Yacht und landete schließlich auf dem schlanken Körper der jungen Frau, die sich auf einem Liegestuhl an Deck sonnte. Ja, Dante Anistasidis würde mit den Wölfen heulen. Er hatte jahrzehntelang daran gearbeitet, es dahin zu bringen, wo er jetzt war, und sein jetziges Leben machte ihn zu glücklich, um auch nur das geringste Risiko einzugehen. Sicher, Yanara war fast dreißig Jahre jünger als er, aber es schien sie nicht zu stören. (Ihn sowieso nicht.) In Südamerika waren solche Verhältnisse nichts Ungewöhnliches. In Brasilien hatte der sogenannte »Viagra-Effekt« um ein Haar das Rentensystem zum Einsturz gebracht. Denn der Umstand, dass Witwen dort auch nach einer sehr kurzen Ehe lebenslang die Rente ihres verstorbenen Mannes zusteht, hatte, verbunden mit der Erfindung dieses Präparats, dafür gesorgt, dass dort Millionen von jungen Witwen viele Jahrzehnte Rente bezogen. Es war ein Arrangement, von dem beide Seiten profitierten. Doch das hier war etwas anderes. Dante

Anistasidis liebte Yanara. Und sie liebte ihn, das spürte er. Sie war nicht wie die modernen Frauen in Italien, die alle Haare auf den Zähnen hatten. Yanara war die Sonne in seinem Leben. Seit er mit ihr zusammen war, schlief er die ganze Nacht durch, was seit Jahrzehnten nicht der Fall gewesen war. Sie war eine junge Frau mit großen Träumen, oder wie sie es nannte »mit großen Plänen«, und er würde alles tun, damit sie sich bewahrheiteten.

XXXI

Cavelli und Cecilia hatten das Hotel gewechselt. Vom ersten und besten zum erstbesten, das auf dem Wege lag. Hotel Rosa war sicher eines der billigsten Hotels in Venedig und entbehrte jeglichen Komforts. Jeder von ihnen hatte jetzt ein schäbiges kleines Zimmer, in das kaum Licht fiel, was man aber auch als Vorteil sehen konnte, weil man dann die zahllosen Blutflecken von erschlagenen Mücken an den Wänden nicht so sah. Cavelli hatte von der Rezeption aus im Danieli angerufen und darum gebeten, dass jemand ihr Gepäck vorbeibringen würde. Nach einer halben Stunde war ein goldbetresster Kofferträger im Hotel Rosa erschienen und hatte Cavelli das Gepäck mit eisern-neutralem Gesichtsausdruck übergeben. Cavelli hatte verlegen gegrinst, etwas von »hab 'ne Wette verloren« gemurmelt und ihm ein absurd hohes Trinkgeld gegeben. Später hatte er sich mit Cecilia in ihrem Zimmer, das nicht ganz so furchtbar war wie seins, zusammengesetzt, um das weitere Vorgehen zu beraten.

»Wie haben die uns gefunden?«, fragte Cavelli. »Woher wussten die, dass wir im Danieli abgestiegen sind?«

»Vielleicht haben sie einfach alle Hotels angerufen und nachgefragt«, schlug Cecilia vor.

»Schon möglich, dass sie das getan haben, aber die meisten Hotels geben solche Auskünfte nicht, und Spitzenhotels wie das Danieli ganz sicher nicht. Viele Berühmtheiten steigen dort ab. Dieses Klientel sucht Diskretion und Privatsphäre.«

»Ja, wenn die Presse oder irgendwelche Fans dort nachfragen, mag das so sein«, räumte Cecilia ein. »Aber was, wenn wirklich der Vatikan darin verwickelt ist? Was ist mit Dottore Diotallevi? Wir haben seine Visitenkarte unter Lamberto Chiozzis Wertsachen gefunden. Hochgestellten Persönlichkeiten wie Diotallevi würde man wahrscheinlich *doch* Auskunft erteilen.«

»Möglich«, gab Cavelli widerstrebend zu. Der Gedanke gefiel ihm nicht.

»Oder diese Leute haben Zugriff auf die Kreditkartendaten«, fuhr Cecilia fort. »Du musstest doch im Danieli deine Kartendaten hinterlegen. Ist doch nicht abwegig, dass jemand in der Vatikanbank an diese Informationen rankommt.«

»Daran hab ich auch schon gedacht«, murmelte Cavelli mit schlechtem Gewissen und nahm sich vor, bis auf weiteres alles bar zu bezahlen. Vielleicht war es wirklich eine gute Idee gewesen, so viel Geld mitzunehmen. Cavelli erhob sich. »Ich denke, ich werde mir jetzt in der

Nähe des Hotels erstmal eine Telefonzelle suchen und zwei Anrufe machen: Als erstes werde ich Lukrezia Pesaro informieren, dass wir verfolgt wurden. Ich finde, sie muss das erfahren.«

»Gute Idee. Und der zweite Anruf?«

»Monsignore Mattlin. Ich sollte ihm erzählen, was inzwischen vorgefallen ist: von dem Mord an Lamberto Chiozzi, dass man uns verfolgt hat und vor allem von Dottore Diotallevis Visitenkarte.«

»Wie du meinst, Don, aber bist du dir auch ganz sicher, dass du Monsignore Mattlin vertrauen kannst?«

Cavelli schluckte und dachte daran, dass man ihm vor gar nicht langer Zeit eine ähnliche Frage gestellt hatte. Nur da hatte die Frage Cecilias Mann Aldo gegolten und Dottore Diotallevi hatte sie gestellt. Damals hatte Cavelli gereizt reagiert, jetzt gefiel ihm die Frage noch viel weniger. »Ich kenne ihn seit vielen Jahren«, erwiderte er schroff. »Er ist ein guter Freund, vielleicht sogar mein bester.« Cavelli bemerkte, dass sein Mund trocken geworden war.

XXXII

Die Zeichen bei Sektion 11 standen auf Alarm. Der Tod Lamberto Chiozzis hatte die Verfolgung nicht beendet. Im Gegenteil, jetzt war auch noch eine renommierte Wirtschaftsdetektei eingeschaltet worden. Vollprofis auf diesem Gebiet. Nun stellte sich die Frage, wie weit die Nachforschungen überhaupt noch aufzuhalten waren. Möglicherweise war es nun an der Zeit, einen Strategiewechsel vorzunehmen.

XXXIII

Lukrezia Pesaro löste ein Ticket und quetschte sich zusammen mit etlichen anderen Touristen in den Fahrstuhl. Allerdings kam sie nicht wegen der herrlichen Aussicht, die man aus der Glockenstube des fast hundert Meter hohen Markusturms über Venedig hatte (kurioserweise konnte man von dort oben keinen einzigen Kanal sehen), sondern aus einem anderen Grund. Und es war nicht das erste Mal, dass sie oder Mitarbeiter ihrer Detektei aus diesem Grund kamen. Es geschah etwa einmal pro Monat und man war froh, dass man nicht die Treppe nehmen musste. 1902 war der Markusturm komplett eingestürzt und hatte sich in einen riesigen Schuttberg verwandelt. Noch am selben Tag hatte die Stadtverwaltung von Venedig beschlossen, den Turm wiederaufzubauen – originalgetreu – abgesehen von *einer* Ausnahme. Als der Turm 1912 feierlich wiedereröffnet wurde, besaß er einen Fahrstuhl.

Mit einem kleinen Ruck kam der Lift zum Stehen. Lukrezia Pesaro betrat die Glockenstube, stellte sich an eines der oben gewölbten glaslosen Fenster und sah hinunter auf den Markusplatz. Seit gestern Signor Cavelli und Signora Volpi bei ihr gewesen waren, hatte sie einige ihrer Verbindungen in der internationalen Bankenwelt kontaktiert und ihnen einen Katalog von Fragen vorgelegt. Normalerweise passierte daraufhin einige Tage lang nichts. Doch diesmal schien sie irgendwo einen Nerv getroffen zu haben. Am Morgen hatte sie mit der Post einen als *Riservatissima*, also streng vertraulich, gekennzeichneten Umschlag erhalten, der an sie persönlich adressiert gewesen war. Sowas kam häufiger vor, ungewöhnlich war, dass der Umschlag keinen Brief enthalten hatte, sondern eine kitschige Venedig-Postkarte mit einem singenden Gondoliere und darauf die handschriftlich, aber in Druckbuchstaben verfasste Nachricht:

Ich habe die Informationen über die Vatikanbank, die Sie suchen. Kommen Sie heute um Punkt 15.30 zum Altar im Markusdom. Keine Mitarbeiter von Ihnen, nur Sie persönlich!!! Ich werde dort Kontakt mit Ihnen aufnehmen.

Lukrezia Pesaro hatte gelacht, als sie die Karte gelesen hatte. Die Leute sahen wirklich zu viele Kriminalfilme und glaubten dann, dass sie sich auch im wirklichen Leben so verhalten müssten. War es nicht Oscar Wilde, der gesagt hatte: »Das Leben imitiert die Kunst«? Dies war wohl wieder so ein Fall. Dann war ihr auch der Sinn des

Postkartenbildes aufgegangen, nicht nur der Gondoliere sang, auch morgen früh würde jemand »singen«. Auch so ein Gangsterfilmklischee. Und dann noch der Treffpunkt. Der Markusdom. Was trieb die Leute nur dazu, dort konspirative Treffen abhalten zu wollen? Pesaro vermutete, dass es der unbewusste Drang war, relativ unbedeutende Informationen durch das eindrucksvolle Ambiente aufzuwerten. Hatte sie dort schon jemals eine Information von Wert erhalten? Sie konnte sich nicht erinnern, aber das durfte natürlich kein Grund sein, nicht hinzugehen. Irgendwann war immer das erste Mal, und wie gut eine Information war, hing in keiner Weise von der Intelligenz oder der beruflichen Position des Informanten ab. Jeder Idiot konnte zufällig an brandheiße Daten gelangen. Manche Behörden warfen Geheiminformationen einfach in den Papiermüll, wo sie dann von einer Putzkraft gefunden wurden, was schon gigantische Skandale nach sich gezogen hatte. Lukrezia Pesaro wusste allerdings ebenfalls, dass zuweilen nur ein Strohmann vorgeschickt wurde oder dass ganz andere Absichten als die Weitergabe von Informationen hinter so einem Treffen steckten. Der Anruf von Signor Cavelli am Tag zuvor war beunruhigend gewesen. Zwei Männer waren ihm und Signora Volpi gefolgt. Grund genug, bei dieser Angelegenheit besonders umsichtig vorzugehen. Es war immer gut, der anderen Seite stets einen Schritt voraus zu sein. Sie blickte nach unten auf den Markusplatz. Er war verhältnismäßig leer, nicht wie am Wochenende, wo es von Menschen nur so wimmelte. Touristen, Einheimische und manchmal jemand, der sich keiner der beiden Gruppen zuordnen ließ. Sie hatte im Laufe der Jahre ein Gespür dafür entwickelt, wer von den kleinen Ameisen dort unten zu welcher Gruppe gehörte. Es war nicht das Aussehen der Leute, davon war von hier oben ohnehin nicht viel zu erkennen, es waren ihre Bewegungsmuster, die aus der Vogelperspektive gut auszumachen waren. So wie bei einem Bild, von dem man einige Schritte zurücktreten muss, um es richtig zu verstehen. Lukrezia Pesaros Blick wanderte über die Menschen auf dem Platz, doch sie konnte nichts Ungewöhnliches entdecken. Nichts, das nach Heimlichkeiten oder gar einem Hinterhalt aussah. Sie blickte auf ihre schmale Armbanduhr. Fünfzehn Uhr vierundzwanzig. Sechs Minuten bis zum Treffen, sie musste sich beeilen, wenn sie pünktlich sein wollte. Der Verfasser des Briefes hatte sie ausdrücklich dazu ermahnt. Normalerweise hätte sie wesentlich früher erscheinen müssen, die Wartezeit für den Eintritt in den Dom konnte schon mal bis zu einer Stunde betragen, aber die Leute vom Einlass kannten sie alle und winkten sie immer *so* durch. Auch heute.

XXXIV

Langsam betrat sie den gewaltigen Innenraum mit seinen riesigen goldenen Bögen. Der Geruch von Weihrauch hing schwer in der Luft. Sie war in ihrem Leben hunderte Male hier gewesen, aber diese Kirche, die anders war als alle anderen, die sie kannte, löste in ihr immer noch ein Gefühl der Ehrfurcht aus. Noch zwei Minuten bis zum vereinbarten Treffen. Gemessenen Schrittes bewegte sie sich durch den Mittelgang auf den Altar zu. Ihr Blick wanderte prüfend umher. Bislang konnte sie nur Touristen und einige wenige Gläubige entdecken. Oder Leute, die so erscheinen wollten. Einige Augenblicke später hatte sie den Altar erreicht. Es war genau fünfzehn Uhr dreißig. Ein Mann in einem hellgrauen Sommeranzug schlenderte betont lässig den Mittelgang entlang. Unauffällig – oder was er dafür hielt – blickte er um sich. Dann glitt seine Hand in die Tasche, als sie wieder auftauchte, befand sich darin etwas Schwarzes. Lukrezia Pesaro spürte diese Eiseskälte im Magen, die sie im Laufe ihrer vielen Ermittlungen erst zweimal verspürt hatte: die Anwesenheit des Todes. Der Mann riss den schwarzen Gegenstand hoch und machte ein Foto von der Kuppel. Lukrezia atmete auf und kam sich lächerlich vor. Der Mann war zweifellos ein Gesetzesübertreter, das Fotografieren war im Inneren des Doms verboten, aber kein Killer. Erneut sah sie sich um. Noch immer näherte sich niemand. Dann sah sie es. Am Fuß des Altars war ein kleiner Umschlag angelehnt. Sie kniff die Augen zusammen, um die Aufschrift zu lesen. L. PESARO. Der Brief war für sie. Hastig sah sie sich um, ob kein Kirchenmann in der Nähe war, dann stieg sie schnell über die rote Kordel vor dem Altar und bückte sich nach dem Brief. Wenige Augenblicke später befand sie sich wieder auf der richtigen Seite der Absperrung. Instinktiv wusste sie, dass niemand mehr kommen würde. Der Brief war alles, was hier zu holen sein würde. Sie warf einen letzten Blick in die Runde, dann zog sie sich mit dem Umschlag in eine ruhige Ecke zurück und riss ihn an der Seite auf. Darin befand sich eine Karte und schon während Lukrezia sie hinauszog, begann sich ihr sechster Sinn zu melden. Hier stimmte etwas nicht. Die Karte fühlte sich seltsam an. Sie betrachtete ihre Fingerspitzen. Sie waren weiß. Auch auf ihrem Rock und auf ihren eleganten Schuhen befanden sich kleine weiße Punkte. Ihre Hand zitterte, als sie die Karte umdrehte, sie konnte sich vorstellen, was sie nun lesen würde, und sie sollte Recht behalten. Dort stand in handschriftlichen Druckbuchstaben nur ein Wort:

ANTHRAX

Ihr erster Impuls war, den Umschlag fallen zu lassen, sich die Hände abzuklopfen und so schnell wie möglich von hier zu verschwinden. Amerikanische Regierungsbehörden bekamen ständig Briefe, in denen angeblich der hochinfektiöse Milzbranderreger Anthrax steckte. Fast nie war es tatsächlich der Fall. Normalbürger kamen gar nicht an diese hochgiftige Substanz heran, von der schon winzigste Mengen ausreichten, um tausende von Menschen zu töten. Die Briefe kamen von irgendwelchen Spinnern, die die Regierung hassten. Aber das hier war anders. Dieser Brief war konkret an sie gerichtet und es ging explizit um den Vatikanbankfall. Wer immer dahinter steckte – Vatikan, Mafia, Großbanken – diese Leute hatten die Mittel, sich Anthrax zu verschaffen. Lukrezia versuchte, sich einzureden, dass es dennoch nur ein Bluff war, ein billiger Versuch, sie einzuschüchtern, aber sie konnte nicht verhindern, dass ihre Beine anfingen zu zittern. »Kommen Sie nicht näher!«, schrie sie ein junges Pärchen an, das gerade auf sie zu kam und nun erschrocken zurückzuckte, weil sie befürchteten, eine Verrückte vor sich zu haben. Auch zahlreiche andere Köpfe wandten sich nun in ihre Richtung. Plötzlich war ihr übel und ihre Beine fühlten sich schwach an. Hätte ihr nicht klar sein müssen, dass dies eine Falle gewesen war? Ihr ganzes Berufsleben war sie so vorsichtig gewesen. Jetzt hatte sie eine kleine Sekunde nicht aufgepasst, war nachlässig gewesen. Es war genau eine

Sekunde zu viel gewesen. Warum hatte sie nicht den Umschlag vorher betastet? Oder wenigstens hineingesehen. Aber hätte das überhaupt etwas genützt? Wahrscheinlich nicht. In ihrem Geist ging alles durcheinander. Wie schnell breitete sich dieses Zeug aus? Sollte sie alle aus dem Dom scheuchen oder mussten nun alle hier drinbleiben, bis die Experten der Polizei Entwarnung geben würden? Oder auch nicht geben würden. Sie ließ den Umschlag fallen, hielt die Luft an, rieb sich langsam ihre Hände ab und stieß nacheinander beide Fußspitzen auf den Steinboden, um so viel wie möglich von dem Pulver loszuwerden. Dann trat sie einige Schritte zur Seite. Ihr war klar, dass diese Maßnahmen absolut lächerlich waren, aber sie konnte schließlich nicht einfach gar nichts tun. »Lieber Gott, lass mich bitte nicht sterben«, murmelte sie inbrünstig, obwohl sie nur Weihnachten zur Kirche ging. Dann holte sie langsam ihr Smartphone aus der Handtasche und wählte die Nummer des Notrufs.

XXXV

Cavelli hatte eine ganze Weile aus dem Fenster seines schäbigen Zimmers gesehen und versucht, dahinterzukommen, was vor sich ging. Irgendetwas schien passiert zu sein. Überall waren Sirenen zu hören. Und einige hundert Meter vom Hotel entfernt kreisten zwei Helikopter in der Luft. Auch war ihm aufgefallen, dass sich seit etwa einer Stunde alle Touristen nur noch in eine Richtung bewegten. Anscheinend gab es irgendwo eine Sperrung. Später war er die Treppe hinuntergestiegen und hatte sich bei der jungen Frau hinter dem kleinen Rezeptionstresen erkundigt, ob sie etwas wisse. Sie hatte ihn nur bedeutungsvoll angesehen und gesagt: »Terroristen auf dem Markusplatz!« Aber das war schon alles, was sie wusste – oder zu wissen glaubte. Zu keiner Sekunde hatte Cavelli es in Verbindung mit sich selbst gebracht. Da er mit Cecilia übereingekommen war, das Hotel zunächst nur zu verlassen, wenn es unumgänglich war, änderte sich für ihn dadurch gar nichts. Er saß hier fest und hatte nichts zu tun. Er hatte überlegt, ein neues

Smartphone zu kaufen, sich aber dann dagegen entschieden. Es war zwar äußerst lästig, keins zu haben, aber in der jetzigen Situation war es vielleicht sogar ein Vorteil. Die Dinger konnten leicht abgehört und – was noch schlimmer war – geortet werden. Stattdessen loggte er sich ein paarmal an dem Computer neben der Rezeption ein. Mit ungutem Gefühl, das Ding war uralt und wahrscheinlich eine Virenschleuder erster Güte, zumindest poppten ständig irgendwelche Erotikwerbeseiten auf, dennoch wollte er wissen, ob sich Lukrezia Pesaro gemeldet hatte. Hatte sie nicht. Cavelli hatte ein paar berufliche und private E-Mails beantwortet, sich wieder ausgeloggt und sich fest vorgenommen, sein Passwort zu ändern, sobald er wieder Zugriff auf seinen eigenen Computer hatte. Mehrfach hatte er den kleinen Fernseher auf seinem Zimmer eingeschaltet, um zu sehen, ob von einem Terroranschlag in Venedig die Rede war, doch da war nichts, was Cavelli veranlasste, davon auszugehen, dass die Rezeptionistin keine Ahnung hatte. Es war schon spät am Abend, er hatte mit Cecilia im Hotel bestellte Pizzas gegessen, und war schon drauf und dran, schlafen zu gehen, als er sich entschied, für heute noch einen letzten Versuch zu unternehmen und zu sehen, ob sich Lukrezia Pesaro nicht doch noch gemeldet hatte. Tatsächlich war dieses Mal eine Mail von ihr gekommen. Der Text war kurz und eindeutig: *Bitte rufen Sie mich schnellstmöglich an. L.P.* Dann folgte eine Handynummer. Cavelli sah auf seine Armbanduhr: 23:51. Eigentlich zu spät für einen Anruf, aber die Mail war erst vierzehn Minuten alt und sie hatte ja selbst gesagt *schnellstmöglich*. Er verließ das Hotel mit einer tief ins Gesicht gezogenen Baseballkappe, die er ein paar Stunden zuvor in einem Souvenirshop erstanden hatte und deren dümmliche Aufschrift »I ♥ Venezia« ihn als harmlosen Touristen auswies. In der Nähe des Hotels gab es zwei öffentliche Fernsprecher. Er entschied sich für den, der weiter entfernt war. Für den unwahrscheinlichen Fall, dass der Anruf abgefangen wurde, sollte sich aus dem Standort auch nicht gleich der seines Hotels ableiten lassen. Man durfte es den Verfolgern nicht zu leicht machen. Er wählte die Nummer und wartete. Am anderen Ende läutete es sechsmal, bevor Lukrezia Pesaro dranging. »Pronto?«

Cavelli spürte sofort, dass etwas nicht stimmte. In ihrer Stimme schwang etwas Schwermütiges mit.

»Cavelli hier, ich hab Ihre Mail …«

»Sie haben wahrscheinlich schon gehört, was passiert ist, oder?«

»Gehört? Nein.«

»Heute. Im Markusdom.«

»Ach das. Nicht genau. Warum?«

Lukrezia Pesaro atmete gequält. Dann schilderte sie in kurzen, sachlichen Worten die Geschehnisse.

»Anthrax?«, hörte sich Cavelli ungläubig sagen.

»Nein, letztlich dann doch nicht, aber wir waren stundenlang im Dom eingesperrt und durften nicht raus, während Spezialkommandos in Schutzanzügen und mit luftdichten Hauben um uns rumgeschwirrt sind. Schließlich haben sie Entwarnung gegeben, es handelte sich nur um Backpulver, aber ich kann Ihnen versichern, das waren die längsten Stunden meines Lebens!«

»Das kann ich mir vorstellen«, erwiderte Cavelli lahm.

»Es hat ewig gedauert. Auch wenn es nur Backpulver war, das hat mich einen vollen Tag von der Arbeit abgehalten. Keine schlechte Rendite für diese Leute, bei einer Investition von ein paar Cents. Vor einer halben Stunde war ich dann wieder zurück im Büro. Da wartete ein weiterer Brief auf mich. Unten in den Briefkasten geworfen. Ich hab die Bänder der Überwachungskamera gecheckt. Ein Jugendlicher mit Skateboard. Wahrscheinlich hat ihm der wahre Absender ein bisschen Geld gegeben, damit er den Brief einsteckt.«

»Was steht drin?«

»Nicht viel. Ich les ihn vor: *Dies war die erste und letzte Warnung. Ziehen Sie sich umgehend von der IOR-Ermittlung zurück, sonst ergeht es Ihnen wie Lamberto Chiozzi.*« Sie seufzte. »Und jetzt habe ich eine gute und eine schlechte Nachricht.«

Ein ungutes Gefühl machte sich in Cavellis Magen breit.

»Ich höre.«

»Dieser Einschüchterungsversuch ist ein gutes Zeichen. Wir haben verschiedene Kontakte aktiviert, und offenbar sind wir dabei der Gegenseite so nah gekommen, dass man dort bereits nervös wird. An Ihren Vermutungen, dass hinter dieser Aldo-Volpi-Sache etwas ganz anderes steckt, ist also definitiv etwas dran. Das ist, wie gesagt, die gute Nachricht.« Sie zögerte.

»Und die schlechte?«, half Cavelli ihr auf die Sprünge.

»Die schlechte ist, dass die Drohung Erfolg hatte. Ich sage das nicht leichtfertig, Signor Cavelli, glauben Sie mir, wir sind Drohungen gewohnt, durchaus auch sehr ernstzunehmende, aber hier hab ich ein ganz ungutes Gefühl. Das könnte eine Nummer zu groß für uns sein.« War da ein Zittern in ihrer Stimme? Hatte sie das Fake-Attentat seelisch viel mehr erschüttert, als sie zugeben wollte? »Bitte verstehen Sie«, fuhr sie fort, »Ich muss auch an meine Angestellten denken, die haben alle Familien ...«

»Sie geben den Fall ab?«, fragte Cavelli ungläubig.

»Es tut mir leid. Den Vorschuss erhalten Sie natürlich in voller Höhe zurückerstattet.«

Cavelli wusste nicht, was er sagte sollte. Er konnte die Frau verstehen, aber das änderte nichts an dem üblen Gefühl, im Stich gelassen zu werden.

»Okay«, sagte er schließlich resigniert.

»Und noch etwas: Ich empfehle Ihnen, Venedig zu verlassen. Heute noch! Diese Leute sind fähig und gefährlich.«

»Wahrscheinlich haben Sie recht«, antwortete er müde. »Danke für Ihre Bemühungen.«

Am anderen Ende herrschte Stille. Hatte sie mit mehr Protest von Cavelli gerechnet?

Schließlich war Lukrezia Pesaros Stimme wieder zu hören. Sie sprach, als ob es ihr körperliche Anstrengung bereitete: »Ich sag Ihnen was: Wir werden keine aktiven Ermittlungen mehr in der Sache führen. Allerdings könnte es sein, dass von den bereits angefragten Kontakten noch Informationen reinkommen. Falls das passiert, werde ich die an Sie weiterleiten. Einverstanden?«

»Einverstanden.«

»Aber ich verspreche nichts.«

»Natürlich.« Dann kam Cavelli ein Gedanke. »Und haben Sie bereits jetzt eine solche Information, die Sie mir geben könnten?«

Diesmal trat eine noch längere Pause ein. Cavelli konnte geradezu spüren, wie Lukrezia Pesaro mit sich rang. Schließlich schien sie sich entschieden zu haben. »Es gibt nichts wirklich Konkretes, keine Namen, wir waren ja noch ganz am Anfang unserer Ermittlungen, aber ich habe aus zwei unterschiedlichen Quellen erfahren, dass viel dafür spricht, dass ein Großteil des unterschlagenen Geldes auf das Konto einer bestimmten Bank transferiert wurde.«

»Was für eine Bank?«

Sie holte tief Luft und sagte es ihm.

XXXVI

Fünf Minuten später pochte Cavelli mit dem verabredeten Klopfzeichen an Cecilias Zimmertür. Als sie öffnete, war sie im Nachthemd, über das sie ihren höchst eleganten, fürs Danieli erworbenen Sommermantel geworfen hatte. Ihre Haare waren verstrubbelt, und sie sah verschlafen und überrascht aus. »Hast du deinen Reisepass dabei, Cecilia?«, fragte Cavelli, während er das Zimmer betrat.

»Immer.« Sie klopfte auf ihre Handtasche, die auf dem winzigen Tisch stand. »Seit dem Einbruch in meine Wohnung trage ich ihn überall bei mir. Warum, was ist denn los?« Sie gähnte.

Cavelli berichtete ihr von dem Telefonat mit Lukrezia Pesaro.

»Kuba?« Mit einem Schlag war Cecilia hellwach.

»Havanna, um genau zu sein«, ergänzte Cavelli.

»Und das ist sicher?« Cecilia sah mehr als skeptisch aus. »Wie kann diese Frau nach so kurzer Zeit herausgefunden haben, wo das Geld gelandet ist?«

»Das kam mir erst auch seltsam vor«, räumte Cavelli ein. »Auf meine Frage sagte sie, dass die Daten ja auf Servern bereitliegen. Man muss nur wissen, wie man sich Zugang verschafft, und darin sind ihre Leute Experten. Wenn die richtige Person an der Tastatur sitzt, ist das eine Sache von Minuten.«

»Die Vatikanbank scheint dann offenbar nicht die richtigen Personen zu haben«, sagte Cecilia trotzig.

»Mit *richtigen* Leuten meine ich welche, die sich nicht an die Gesetze halten und die auf Daten von Banken ohne deren Wissen zugreifen.«

»Mag sein. Oder auch nicht. Wir können es nicht überprüfen. Ich fürchte, jetzt ist für uns endgültig die Zeit gekommen, nach Rom zurückzukehren. Diese Sache ist zu groß für uns. Es war von Anfang an ein Fehler, sich darauf einzulassen.«

»Zurück nach Rom?« Cavelli glaubte sich verhört zu haben. »Nein, wir müssen nach Havanna.«

Jetzt sah Cecilia ihn entgeistert an. »Nach Havanna? Auf eine so vage Information hin? Don, das kann nicht dein Ernst sein.«

Im Grunde sprach sie nur aus, was ein Teil von Cavelli insgeheim selbst dachte. Wäre er allein gewesen, würde er wahrscheinlich so entschieden haben. Aber da war auch noch dieser andere Teil in ihm, der Teil, der nun vollständig von ihm Besitz ergriff, da nichts in ihm die zweifelnde Meinung vertreten musste, denn das hatte bereits Cecilia übernommen.

»Ich denke, wir sollten dennoch nach Havanna.« Und er fügte hinzu: »Die Kosten übernehme ich.«

»Und ich denke, wir sollten uns auf Dottore Diotallevi konzentrieren«, gab Cecilia kontra. »Seine Visitenkarte war unter den Sachen von Lamberto Chiozzi. War das etwa Zufall? Daran glaub ich nicht!«

»Zufall sicher nicht, aber wahrscheinlich gibt es einen plausiblen Grund. Vielleicht verfolgt Diotallevi dieselbe Spur wie wir und hat sich an Chiozzi gewandt.«

»Oder er ist die Person, die hinter all dem steckt.«

»Das kann ich mir nicht vorstellen. Er gehört nicht mal zur Vatikanbank. Er ist ein externer Revisor des Vatikan. Er hätte all diese Betrügereien gar nicht begehen können, selbst wenn er gewollt hätte.«

»Dann hat er eben einen Komplizen in der Bank. Das ist doch das perfekte Team. Der Mann in der Bank unterschlägt das Geld, und der Revisor lenkt den Verdacht weg von ihm auf einen anderen.«

Cavelli zögerte. »Gut, ich gebe zu, es wäre möglich, aber das sind alles nur Verdächtigungen, ohne konkrete Beweise. Unser einziger echter Anhaltspunkt ist dieses Konto in Havanna.«

Cecilia stöhnte. »Don, selbst wenn das Geld dort *wäre*, was für mich noch lange nicht erwiesen ist, wie sollen *wir* dort etwas unternehmen können? Wir beherrschen die Sprache nicht, ich jedenfalls nicht, wir kennen da keinen, wir sind lediglich zwei verdächtige Ausländer, die ihre Nase in Dinge stecken, die sie nichts angehen.

Du bist sogar noch Bürger des Vatikan, was denen erst recht missfällt. Das ist kein Rechtsstaat dort, sondern eine Diktatur. Wollen wir wirklich riskieren, als Spione verhaftet zu werden und ohne Prozess auf Nimmerwiedersehen in einem kubanischen Gefängnis zu verschwinden? Tut mir leid, darauf lass ich mich nicht ein.«

Cavelli nickte resigniert. »Okay, das versteh ich. Dann fliege ich allein.«

Cecilia sah ihn entgeistert an. »Allein?«

»Ja. Gleich morgen früh.«

»Ich glaub, du stellst dir das alles zu leicht vor. Hast du denn überhaupt deinen Pass dabei?«

»Da der Vatikan gar kein anderes Ausweisdokument ausgibt – ja. Ich hab ihn immer dabei.«

»Aber ich glaube, man braucht ein Visum für Kuba, man kann nicht einfach jederzeit ...«

»Ich werde Monsignore Mattlin anrufen und ihn bitten, mir eins zu besorgen. Das könnte klappen.«

»Du bist verrückt, Don. Absolut verrückt.«

Cavelli schwieg, er hatte keine Argumente mehr.

XXXVII

Der nächste Morgen war ereignisreich gewesen. Beim Frühstück hatte Cecilia Cavelli zu dessen Überraschung eröffnet, dass sie es sich nun anders überlegt hatte und mit ihm nach Havanna fliegen würde. Cavelli hatte es mit Erleichterung aufgenommen. Auch wenn sie sich gegenseitig im Ernstfall kaum würden helfen können, es war einfach ein besseres Gefühl, nicht allein zu sein, wenn man ansonsten den Eindruck hatte, die ganze Welt gegen sich zu haben. Dann hatte Cavelli lange mit Monsignore Mattlin telefoniert und ihn auf den neuesten Stand gebracht. Schließlich hatte er ihn gebeten, über offizielle Vatikankanäle für ihn und Cecilia vatikanische Diplomatenvisa für Kuba zu besorgen. Überraschenderweise hatte Mattlin ohne Zögern zugestimmt und sich sogleich ans Werk gemacht. Nach nicht einmal neunzig Minuten hatte er sich erneut gemeldet und Cavelli informiert, dass die Visa am Alitalia-Schalter am Flughafen Marco Polo in Venedig auf ihre Namen bereitlägen. Nachdem Cavelli die Hotelrechnung beglichen hatte, zogen sie beide ihre geschmacklosen touristischen Baseballkappen – in weiser Voraussicht hatte Cavelli auch für Cecilia eine erstanden – tief ins Gesicht und machten sich auf dem Weg zum Flughafen.

Dort angekommen, hatte Cavelli die Tafel mit Abflügen studiert, dann waren sie zum Alitalia-Schalter gegangen, an dem die Diplomatenvisa tatsächlich auf sie gewartet hatten. Cavelli kaufte zwei Tickets zweiter Klasse nach Rom, die er mit seiner Kreditkarte bezahlte, und zwei Tickets erster Klasse für einen Flug nach Lissabon, der fünfzehn Minuten früher vom selben Terminal gehen sollte, und bezahlte sie bar. Cecilia wollte etwas sagen, doch er gab ihr durch einen kurzen Blick zu verstehen, dass in Anwesenheit der Frau hinter dem Schalter nicht der richtige Augenblick dafür war.

»Wir fliegen nach wie vor nach Havanna, aber so ist es sicherer«, erklärte er ihr, als sie sich einige Meter entfernt hatten. »Wenn die Leute, mit denen wir es zu tun haben, tatsächlich Zugriff auf Kreditkartendaten haben, sollen sie ruhig glauben, wir fliegen nach Rom. Die Flug nach Lissabon hingegen hab ich bar bezahlt und …«

»Und wenn sie auch Zugriff auf Flugdaten haben, dann wissen sie, dass wir nicht nach Rom, sondern nach Lissabon fliegen«, unterbrach ihn Cecilia ungeduldig.

»Darum ja die Zwischenstation. Diese Leute kommen vielleicht in Italien an Flugdaten ran, aber wahrscheinlich nicht im Ausland. Die Tickets für Kuba kaufen wir erst in Lissabon. Natürlich bietet uns auch das nicht absolute Sicherheit vor Verfolgung, aber einen Versuch ist es wert.«

Cecilia nickte, aber sie schien nicht wirklich überzeugt zu sein.

Anschließend brachten sie ihr Handgepäck – anderes hatten sie nicht – durch die Sicherheitskontrolle. Da es noch über zwei Stunden dauern würde, bis ihr Flugzeug startete, setzten sie sich in eines der vielen Lokale und bestellten etwas zu trinken.

»Weißt du, was seltsam ist?«, fragte Cecilia nachdenklich. »Diese Leute hatten keine Skrupel, Lamberto Chiozzi niederzustechen, aber bei Lukrezia Pesaro war es dann doch nur Backpulver. Warum wurde *sie* nicht getötet?«

Cavelli kratzte sich am Kinn. »Schwer zu sagen, es war eine Warnung. Vielleicht wurde Lamberto Chiozzi auch zuvor gewarnt. Und als er nicht hören wollte …«

Sie versuchten noch eine ganze Weile, eine Antwort auf diese Frage zu finden, aber letztlich blieb es bei bloßen Vermutungen.

Nach einiger Zeit brach Cecilia zu einem Zeitschriftenladen auf, um sich Lektüre für den langen Flug zu besorgen, der noch folgen sollte. Eine gute Stunde später – Cavelli langweilte sich, was ihn schläfrig machte, und er überlegte gerade, ob er noch einen doppelten Espresso bestellen sollte – sah er plötzlich Cecilia eilig auf sich zukommen. Sie hatte ein paar Zeitschriften und einen Reiseführer von Kuba unter dem Arm und machte ein Gesicht, das Cavelli beunruhigte. »Don, sie sind hier«, flüsterte sie aufgeregt, während sie sich setzte. »Die Männer, die uns in der Stadt gefolgt sind. Zumindest einer von ihnen, er hat einen anderen Mann dabei als beim letzten Mal.«

Cavelli war wieder hellwach. »Hier im Sicherheitsbereich? Wo?«

Cecilia zeigte in die Richtung, aus der sie gekommen war. »Da hinten irgendwo. Sie haben kein Gepäck und suchen uns wahrscheinlich.«

»Verschwinden wir«, erwiderte Cavelli, während er eilig Geld auf den Tisch warf. Dann setzten sie ihre Touristenmützen auf, nahmen ihre Reisetaschen und standen auf. Im selben Augenblick wurde Cavelli etwas klar. »Verdammt!«

»Was ist?«

»Der Flug nach Lissabon geht von Gate C16, aber das ist in *die* Richtung. Dazu müssten wir an den beiden vorbei.«

»Das können wir nicht riskieren«, entschied Cecilia.

»Na ja, sie könnten uns entdecken, aber was können sie schon tun? Um hierher zu kommen, mussten sie durch die Sicherheitskontrolle. Sie sind also unbewaffnet.«

»Solche Leute brauchen keine Waffen, um jemanden zu töten.«

»Mag sein, aber hier sind überall Überwachungskameras.«

»Vielleicht *nicht* überall. Und selbst, wenn du recht hättest, die dürfen nicht mitkriegen, dass wir nach Lissabon wollen.«

»Da hast du allerdings recht«, musste Cavelli zugeben.

»Wir sollten den Flughafen verlassen und es morgen nochmal versuchen.«

»Die Leute haben uns wer weiß wie gefunden, ich glaube nicht, dass unsere Chancen morgen besser stehen. Im Gegenteil, in Venedig ist es viel gefährlicher als hier. Ich hab eine andere Idee. Komm mit.«

»Wohin?«

»Gate 23 nach Rom.«

XXXVIII

Cavelli und Cecilia hatten im Wartebereich von Gate 23 Platz genommen. Sie saßen nicht direkt nebeneinander, sondern hatten ihre Reisetaschen zwischen sich gestellt. Nach ein paar Minuten waren auch ihre Verfolger erschienen. Der eine, der ihnen bisher unbekannt war, und einer der beiden Männer, die sie in der Stadt verfolgt hatten. Er trug nun eine Sonnenbrille und hielt sich hinter dem anderen, dennoch hatte Cavelli ihn sofort wiedererkannt. Nun setzten sich die beiden in einiger Entfernung so hin, dass der neue Mann Cavelli und Cecilia im Blick hatte, während der andere ihnen den Rücken zukehrte.

Cavelli hatte Cecilia seinen Plan erklärt; er war simpel. Nach einer Weile hatte dann Cecilia aus ihrer Tasche eine Zahnbürste und Zahncreme gekramt und war in Richtung Waschräume verschwunden. Ein paar Minuten später war Cavelli aufgestanden, hatte sich gereckt und dann begonnen, nach Art nervöser Flugreisender im Wartebereich auf und ab zu gehen. Nach und nach hatte er den Abstand seiner Wendepunkte größer werden lassen. Sein Ziel war es, die Verfolger von der Harmlosigkeit dieser Aktion zu überzeugen. Schließlich verschwand er auf beiden Seiten jeweils hinter einer Trennwand, nur um einige Sekunden später am anderen Ende der Trennwand wieder aufzutauchen. Beim ersten Mal war der eine Mann aufgesprungen, in Richtung der Trennwand gelaufen und dann bei Cavellis Wiederauftauchen in letzter Sekunde wieder abgedreht und zu seinem Platz zurückgekehrt. Inzwischen schienen diese Rundgänge den beiden Verfolgern keine Sorgen mehr zu bereiten, zumal sie Cavellis und Cecilias Gepäck immer im Blick hatten. Zwischendurch studierte Cavelli immer wieder die Anzeigetafel. Es waren noch zehn Minuten bis zum Boarding für den Flug nach Rom, während das Boarding für Lissabon vor fünf Minuten begonnen hatte. Cavelli verlangsamte sein Tempo ein weiteres Mal. Beinahe in Zeitlupe verschwand er zum zigsten Mal hinter der Trennwand. Dann rannte er los. Drei Minuten später erreichte er Gate C 16. Cecilia wartete dort bereits auf ihn. Sie war wie verabredet exakt fünf Minuten nach ihrem von den beiden Verfolgern beobachteten Verschwinden im Waschraum wieder herausgekommen – genau in dem Moment, als Cavellis erstes Verschwinden hinter der Trennwand kurzzeitig für Panik und Ablenkung gesorgt hatte. Dann hatte sie sich schnell zu Gate C 16 begeben und wartete nun bereits nervös ziemlich weit vorne in der Boardingschlange, wo nun Cavelli neben ihr seinen Platz einnahm. Zwei Minuten später befanden sie sich bereits in dem mobilen Zugangstunnel, der ins Flugzeug führte. Ohne Gepäck, aber in Sicherheit.

Ihre Verfolger hatten inzwischen gemerkt, dass Cavelli nicht zurückgekehrt war und hatten angefangen, hektisch alle Gates abzusuchen. Zu C 16 waren sie viel zu spät gelangt. Als sich fünfunddreißig Minuten später eine Boeing 727 von der Startbahn erhob und sich auf den Weg nach Lissabon machte, hatten sie gerade Gate C 1 erreicht. Cavelli und Cecilia waren spurlos verschwunden.

DRITTES BUCH

XXXIX

Zweieinhalb Stunden später landeten sie in Lissabon, und vier Stunden darauf befanden sie sich in der First Class eines Fluges nach Havanna. Der Flug verlief ohne Zwischenfälle. Cecilia verbrachte einen Großteil des knapp neunstündigen Fluges damit, den Reiseführer über Havanna und einige Artikel über Kuba, die sie am Morgen im Internet gefunden und ausgedruckt hatte, zu lesen, während Cavelli darüber nachgrübelte, was sie, dort angekommen, tun konnten. Lukrezia Pesaro hatte ihm den Namen einer Bank in Havanna genannt, zu der ihre Informanten einen Großteil des beim IOR veruntreuten Geldes hatten zurückverfolgen können. Auch die Kontonummer hatte sie ihm genannt. Leider handelte es sich um anonyme Konten, die nicht auf einen Namen lauten. Wenn man an das Konto wollte, brauchte man außer der Nummer noch ein Geheimwort. Aber wahrscheinlich hätte ihnen der Name ohnehin nichts genützt, da es mit an Sicherheit grenzender Wahrscheinlichkeit ein falscher gewesen wäre. Was ließ sich mit der Kenntnis des Kontos schon groß ausrichten? Schon normale Banken gaben keine Auskünfte über Konten und Konteninhaber, Banken in einer Diktatur schon gar nicht und Banken, die Nummernkonten führten, erst recht nicht. An die dortige Polizei würden sie sich auch nicht wenden können; es war besser, so wenig wie möglich auf deren Radar aufzutauchen. Bereits die Diplomatenvisa und sein Vatikanischer Pass würden Argwohn erregen. Wahrscheinlich würde es klug sein, in Havanna einige touristische Besichtigungen zu machen, für den Fall, dass man sie beobachtete. Cecilia mit ihrem Reiseführer machte es da schon ganz richtig. Aber was dann? Sollten sie sich vor der Bank postieren und beobachten, wer rein und raus ging? Solange es sich nicht um Dottore Diotallevi handelte oder eine andere Person aus dem Vatikan, die Cavelli bekannt war, würde es völlig sinnlos sein. Oder war es eine gute Idee, erneut eine Detektei zu beauftragen? Gab es sowas auf Kuba überhaupt und falls ja, konnte man den Leuten vertrauen? Besonders wenn es um viel Geld ging? Cavelli würde die Idee im Hinterkopf behalten, aber wahrscheinlich war es zu riskant. Er begann sich zu fragen, ob er sich in seiner Entschlossenheit zu einer aussichtslosen Sache hatte hinreißen lassen, und bekam ein schlechtes Gewissen gegenüber Cecilia. Anfangs wollte er mit dieser ganzen Sache nichts zu tun haben und sie hatte ihn hineingezogen, aber mittlerweile hatten sich die Dinge ins Gegenteil verkehrt: Sie hatte mehrfach aufgeben wollen, und er war es gewesen, der sie jedes Mal gedrängt hatte, weiterzumachen. Andererseits, welche Wahl hatten sie denn? Die sabotierten Bremsen, der falsche Pizzabote, die Verfolger in Venedig – man war hinter ihnen her, und solange Cavelli und Cecilia nicht vorhatten, für den Rest ihres Lebens unter falschen Namen nach Grönland zu ziehen, würde man sie weiterverfolgen, bis man sie unschädlich gemacht hatte. So wie Lamberto Chiozzi. Nein, sie mussten sich wehren, wenn sie ihr altes Leben zurückhaben wollten, es blieb ihnen gar nichts anderes übrig. Es blieb die Frage, wie? Cavelli blickte aus dem kleinen Fenster in die Dämmerung und auf die Wolkendecke unter sich. Er beneidete Monsignore Mattlin um das, was ihm fehlte: Gottvertrauen.

XL

Es war kurz nach zweiundzwanzig Uhr Ortszeit (für Cavelli und Cecilia war es bereits um vier in der Nacht), als die 747 auf der Landebahn des José-Martí-International Airport in Havanna aufsetzte. Aufgrund ihrer Diplomatenvisa mussten sich die beiden nicht an den langen Schlangen für normal Einreisende anstellen, sondern wurden an einem Extraschalter überprüft. Der Vatikanische Pass erregte bei dem kubanischen Immigrationsoffizier deutlich zur Schau gestelltes Missfallen. Cavelli hatte fast das Gefühl, dass dieser bedauerte, wegen des Diplomatenvisums keine Einreiseschikanen ausüben zu können. Auch der Umstand, dass sie kein Gepäck besaßen, hätte bei normalen Reisenden sicher zu einer Reihe von Nachfragen geführt. Mit finsterem Gesicht knallte der Mann die Stempel in die Pässe und winkte Cavelli und Cecilia mit einer herrischen Handbewegung durch. Erleichtert verließen sie das Flughafengebäude. Obwohl es spät abends war, fühlte sich die Luft warm an. Vor der Abflughalle warteten mehrere Taxis, alles himmelblaue amerikanische Straßenkreuzer aus den fünfziger Jahren, was, bis auf die Farbe, auf beinahe alle PKWs in Havanna zutraf. Auch wenn Cavelli auf die Staatsform in Kuba nicht gerade gut zu sprechen war, was Autos anging, war diese Insel für ihn das letzte noch verbliebene Paradies auf Erden. Ihm gefielen diese alten Autos einfach viel besser als alle modernen Wagen, die er durch die Bank als bullig und formlos empfand. Die verspielte Eleganz der riesigen Limousinen der fünfziger Jahre, gebaut, als Benzinverbrauch noch keine Rolle spielte und der Begriff *Umweltverschmutzung* noch nicht erfunden war, empfand er als ästhetische Wohltat für die Seele, auch wenn der Grund für die Existenz dieser Wagen in Havanna nichts mit einem etwaigen überlegenen Geschmack der Kubaner zu tun hatte, sondern mit dem Handelsembargo der USA und anderer westlicher Länder, mit dem diese 1961 auf die Enteignung westlicher Firmen auf Kuba reagierten und das die Lieferung neuer Wagen (und vieler anderer Produkte) verhinderte, wodurch die Kubaner gezwungen waren, ihre alten Autos mit immer wieder neuen, selbstgebauten Ersatzteilen auf ewig am Leben zu erhalten.

Cavelli und Cecilia stiegen in eines der Taxis, und er nannte dem Fahrer den Namen des Hotels, in dem er während der Wartezeit in Lissabon zwei Suiten gebucht hatte: »Hotel Nacional.«

XLI

Nachdem sie eingecheckt hatten, war Cavelli in seiner Suite sofort ins Bett gefallen und in tiefen Schlaf versunken, aus dem er wenige Minuten später erwachte, weil das Telefon neben seinem Bett schrillte. Zumindest kam es ihm so vor, doch der Radiowecker auf dem Nachttisch zeigte neun Uhr dreißig an. Am anderen Ende war Cecilia, die erstaunlich munter wirkte. Sie fragte, ob er auch zum Frühstück kommen würde. Cavelli sagte zu und legte auf. Er öffnete die Glastür, die auf den Balkon führte, trat hinaus und gratulierte sich innerlich, dass er dieses Hotel gebucht hatte. Das Hotel Nacional war direkt am Strand erbaut, und man blickte von hier auf den Golf von Mexiko. Er hatte schon früher mehrfach darüber etwas gelesen: Das Haus, das Ende der zwanziger Jahre im Art-Déco-Stil erbaut worden war (mit zwei unpassenden, aber schönen Türmen im spanischen Kolonialstil auf dem Dach und zwei aus dem Hauptgebäude hervorragenden Querflügeln), war eine Legende. Von Buster Keaton und Winston Churchill über Marlene

Dietrich und Frank Sinatra bis zu Ava Gardner und Ernest Hemingway hatten sich die Schönen, Reichen und Mächtigen hier die Klinke in die Hand gegeben. Berühmt-berüchtigt wurde das Hotel durch die sogenannte Havanna-Konferenz, welche die Bosse der Cosa-Nostra – Männer wie Meyer Lansky und Lucky Luciano – hier abgehalten hatten und bei der nicht nur die Aufteilung des Drogenhandels in den USA neu ausgehandelt, sondern auch die Liquidierung von Bugsy Siegel, dem eigentlichen Gründer von Las Vegas, beschlossen wurde. In den fünfziger Jahren eröffnete Lansky, der inzwischen zu den Beratern des kubanischen Staatspräsidenten Batista gehörte, in diesem Hotel ein Spielcasino, das so lange zu den profitabelsten Amerikas gehörte, bis es nach der Machtübernahme Fidel Castros geschlossen wurde. Heute war es ein Nationaldenkmal und wieder eines der besten Hotels auf der Insel. Ein guter Ausgangspunkt für … *ja, für was?*, fragte sich Cavelli, während er unter der Dusche stand. Noch immer hatte er keinen Plan, wie sie vorgehen konnten. Doch zunächst würde das Naheliegende zu regeln sein. Er griff zum Wandtelefon neben dem Waschbecken und beauftragte den Roomservice, ihm ein Notfallset bestehend aus Rasier- und Zahnputzutensilien zu bringen, das bessere Hotels für Gäste, die etwas vergessen hatten, stets bereithielten. Später würden sie nach dem Verlust ihres Gepäcks in Venedig erneut einkaufen gehen müssen. Mit einer guten Laune, die ihm selbst unpassend erschien, sprang er zehn Minuten später die Stufen des nüchternen Treppenhauses, das in erster Linie als Fluchtweg im Falle eines Feuers gedacht war, hinunter. In Hotels benutzte er so gut wie nie den Lift, besonders zur Frühstückszeit musste man ewig warten, und auf diese Weise tat man auch gleich etwas für die Gesundheit. Eine Minute später betrat er den riesigen Speisesaal.

XLII

Barnabas Cole hatte nur müde gelächelt, als sein Kollege Abegg mitten in ein Meeting geplatzt war, um ihm mitzuteilen, dass er am Telefon von GITMO verlangt würde. GITMO war Slang für GTMO, was wiederum die Kurzform für Guantanamo Bay Naval Base war. Im Jahre 1903 hatten die Amerikaner den südlichsten Punkt Kubas gepachtet und den Vertrag 1934 einseitig unbegrenzt verlängert. Ein Umstand, den die kubanische Regierung nicht akzeptierte, was aber die Amerikaner herzlich wenig interessierte und sie nicht daran hinderte, die jährliche Pachtgebühr von 4085 US-Dollar stets pünktlich zu überweisen. Nach dem 11. September war die Base zum Gefangenlager für – wie die offizielle Bezeichnung lautete – feindliche Kombattanten umgerüstet worden, was sowohl tatsächliche Terroristen umfasste als auch Personen, bei denen auch nur entfernt eine solche Möglichkeit bestand. Für das Militär und die CIA schien es sich bei diesem Gelände, das sich außerhalb des amerikanischen, ja sogar auf dem eines seiner Erzfeinde gelegenen Territoriums um so eine Art juristisches Las Vegas zu handeln. Findige Werbefuzzis hatten sich vor Jahren einen überaus erfolgreichen Werbeslogan für das Glücksspielerparadies ausgedacht: »What happens in Las Vegas, *stays* in Las Vegas«. Genau dasselbe galt für Guantanamo. Hier war *alles* möglich. Amerikanische Gesetze und die UN-Menschenrechtskonvention hatten hier keine Geltung, und man tat mit den Gefangenen, was immer man für nötig hielt – und noch einiges mehr. Viele Amerikaner befürworteten das, wollten aber dennoch nichts davon wissen. Auch die übrigen Geheimdienste schätzten zwar die geheimdienstlichen Informationen, die sie von hier erhielten, gingen aber sonst so weit wie möglich auf Distanz zu diesen halblegalen Schmuddelkindern. Allen voran natürlich die obersten Saubermänner Amerikas: das FBI. Man kommunizierte nur um drei oder mehr Ecken herum. Ein direkter Anruf aus GITMO wäre schon im FBI-Hauptquartier in Washington undenkbar gewesen. Hier in Anchorage war der Gedanke einfach lächerlich. Barnabas Cole beschloss, gute Miene zum dummen Witz zu machen. Er würde Abegg seine kleine Pointe gönnen, ein bisschen Aufheiterung konnten sie alle gebrauchen. Er grinste Abegg schief an. »Und worum geht's?«

Abegg hüstelte unsicher. »Man wartet auf Ihre Befehle, Sir.«

XLIII

Cecilia erwartete Cavelli bereits im Speisesaal und winkte ihn ausgelassen zu sich. Sie hatte ihnen direkt am Fenster einen Tisch mit Meerblick ausgesucht. Für ein paar Momente vergaß Cavelli völlig, warum sie hier waren, und genoss das Gefühl von Freiheit und Unbeschwertheit. Cecilia hatte schon Kaffee für sie beide besorgt, und fünf Minuten später kehrten sie mit mehreren vollen Tellern und Schälchen von dem reichhaltigsten Hotelbuffet, das Cavelli – ungeachtet seiner zahllosen Übernachtungen in Spitzenhotels überall in der Welt – je gesehen hatte, an ihren Tisch zurück. *Und das ausgerechnet in einem kommunistischen Staat*, dachte er etwas irritiert. Obwohl Cecilia müde wirkte und dunkle Ringe unter den Augen hatte, war sie heiter und entspannt, ihr schien es ähnlich zu gehen wie ihm. Irgendetwas ganz weit hinten in Cavellis Hirn sagte ihm, dass die Sorglosigkeit, die sie beide empfanden, nicht zu ihrer Situation passte. War es der nächtliche Flug, der plötzliche Ortswechsel, der Aufenthalt an einem ihnen völlig unbekannten Ort, der Jetlag?

Egal, was es war, irgendwie waren sie schneller als ihre Sorgen gereist. Man sollte diesen gnädigen Zustand genießen, solange es ging, sagte er sich. Er hatte gerade eine Schale mit frischen Ananasstücken vertilgt und war soeben im Begriff, zum Kaffee zu greifen, als er plötzlich Cecilias Hand auf seinem Arm sah. »Warte mal, Don!«

Cavelli sah sie überrascht an, ihr Tonfall war ernst.

»Was ist denn?«

»Der Kaffee. Er riecht seltsam.«

»Seltsam?«

»Ich meine, nicht wie eine unbekannte Marke. *Richtig* seltsam. Chemisch. Giftig.«

Cavelli hob die Tasse mit dem Kaffee an seine Nase und roch daran. »Du hast recht, äußerst seltsam.«

Cecilia starrte einige Momente apathisch ins Leere. Dann schien ein Ruck durch sie zu gehen. »Don, als ich auf dich gewartet habe, hatte ich bereits einen Kaffee. Der war völlig in Ordnung, Dann habe ich mir einen zweiten geholt und auch einen für dich. Gleich darauf kamst du und wir waren für mehrere Minuten beim Buffet, während dieser Zeit stand der Kaffee hier auf unserem Tisch unbewacht rum.«

Cavelli starrte sie ungläubig an. »Du meinst, jemand hat unseren Kaffee vergiftet?« Unwillkürlich sah sich Cavelli im Speisesaal um. Dann riss er sich zusammen. »Niemand weiß, dass wir hier sind, Cecilia. Das kann einfach nicht sein!« Er sagte es vor allem zu sich selbst.

»Aber der Geruch, Don!«, insistierte Cecilia.

»Wir müssen aufpassen, dass wir nicht paranoid werden, Cecilia«, erwiderte Cavelli. Er lachte etwas lauter, als es angemessen war. »Das Ganze hier erinnert mich schon fast an Pater Gracián, den engsten Mitstreiter von Teresa von Ávila.« Er lächelte beruhigend Cecilia an. »Die beiden gründeten überall in Spanien Klöster, was vielen Mächtigen gegen den Strich ging, weshalb sie die beiden und ihre Anhänger ständig verfolgten und teilweise ohne Prozess in den Kerker werfen ließen. Auch Anschläge kamen vor. Pater Gracián verlor jeglichen Appetit, weil inzwischen jedes Gericht, wie er es nannte, mit der Soße der Angst serviert würde, und ernährte sich nur noch von harten Eiern.«

»Warum?«

»Eier kann man nicht vergiften.«

Cecilia zog anerkennend die Augenbrauen hoch. »Clever. Aber wenn ich das richtig verstehe, bestand seine Furcht zu Recht.«

»Durchaus.«

»Er war also nicht paranoid, sondern schlau und vorsichtig. Und das müssen wir auch sein, Don. Klar, wahrscheinlich hast du recht: Keiner kennt uns hier, der Kaffee ist *nicht* vergiftet, sondern riecht aus einem völlig harmlosen Grund so merkwürdig, dennoch lassen wir diese beiden Kaffees hier bitte stehen und ich hole uns zwei frische. Gut?«

»Gut«, beugte sich Cavelli dieser unwiderlegbaren Logik. Cecilia erhob sich erleichtert. Nach zwei Minuten waren sie mit zwei neuen Tassen wieder da. Cavelli nahm einen Schluck. »Grauenvoll, dann lieber den vergifteten.«

Cecilia lachte. Dann wurde sie ernst. »Also, wie gehen wir nun vor?«

Um Zeit zu gewinnen, biss Cavelli von seinem mit Spiegelei belegten Toast ab. »Ehrlich gesagt, weiß ich das auch noch nicht so genau.« Er biss erneut ab, während er nachdachte. »Hat dein Mann vielleicht jemals von Kuba gesprochen, also dass das IOR hier Geschäfte macht oder etwas in der Art?«

Cecilia sah ihn belustigt an. »Fragst du das im Ernst, Don? Du wirst kaum jemanden finden, der den Kommunismus mehr hasst als Banker. Außer vielleicht vatikanische Banker. Das IOR hat mit Sicherheit keine Geschäfte mit kubanischen Banken abgewickelt.«

Cavelli hatte im Grunde keine andere Antwort erwartet. »Also gut, ich schlage vor, dass wir heute Morgen erstmal neue Kleidung und so weiter kaufen. Und den Rest des Tages verhalten wir uns wie Touristen und sehen uns die Stadt an. Für den Fall, dass man uns beobachtet. Diplomatenvisa, Vatikanischer Pass, das erregt bei staatlichen Stellen sicher Aufmerksamkeit. Vielleicht streichen die uns dann von der Liste. Und morgen sollten wir zu der Bank gehen, die uns Lukrezia Pesaro genannt hat.«

»Und dann? Was versprichst du dir davon, Don?«

»Wir werden sehen.« Cavelli bemühte sich, während dieser Worte

eine Zuversicht auszustrahlen, die er keineswegs fühlte.

XLIV

Was machte er hier? Barnabas Cole wusste nicht, ob er lachen oder verärgert sein sollte. Er war der einzige Passagier in der Lockheed C-5-Air-Force-Maschine, die man für seinen Flug von Anchorage zur Guantanamo Bay Naval Base zur Verfügung gestellt hatte. Bis dorthin waren es über neuntausend Meilen, weswegen es einen Auftankstopp und einen Pilotenwechsel im Fort Worth, Texas, geben würde. Cole hatte keine Ahnung, was es kostete, eine einzige Person auf diese Weise zu befördern, aber so viel war sicher: Ein Flug im luxuriösesten Privatjet inklusive Champagner und Kaviar bis zum Abwinken war ein Schnäppchen dagegen. Nur dass es hier keinerlei Luxus gab. Er saß auf einer schmalen, harten Bank im Frachtraum und trug Ohrenschützer, die den infernalischen Lärm nur wenig abmilderten, sowie einen Kampfanzug, der sich über seinen hundertfünf Kilo Lebendgewicht bedenklich spannte. Es war verrückt, jede private Firma, die ihre Mitarbeiter auf diese Weise transportierte, wäre schnell pleite, aber hier spielte Geld keine

Rolle, der amerikanische Steuerzahler kam ja dafür auf. Cole hätte sich gerne eingeredet, dass das Geld gut angelegt war, da seine Mission so überaus wichtig und er so unentbehrlich war, aber zumindest, was den zweiten Punkt anging, wusste er, dass es nicht stimmte. Offenbar war heute früh ein anonymer Tipp aus Havanna beim Vatikan eingegangen. Der Vatikan wiederum hatte Washington um Amtshilfe gebeten. Dort hatte man umgehend reagiert und eine in Havanna stationierte Undercoveragentin des FBI aktiviert, während ein Team aus Guantanamo einen Zugriffsplan erarbeitet hatte. Coles einzige Leistung in dieser Mission bestand darin, diesen Dante Anistasidis in Whittier gesucht und verpasst zu haben. Aber der verdammte Computer in Washington sah es anders: Aus Sicht des Computers war Cole von allen FBI-Agenten derjenige mit der größten Erfahrung in diesem Fall. Rein mathematisch ergab das Sinn, aber der Computer zahlte ja auch keine Steuern.

Es war nicht zu ändern, Cole war der Einsatzleiter. Also hatte er die Aktion, die vom Kommandeur in Guantanamo empfohlen worden war, einfach abgenickt – oder wie es in den Akten stehen würde »befohlen« – und nun würde er gerade noch rechtzeitig kommen, um mitzukriegen, dass bereits alles gelaufen war.

XLV

Nach dem Frühstück hatten sich Cavelli und Cecilia mit einem der schönen alten Taxis in die Innenstadt von Havanna fahren lassen, wo sie sich getrennt hatten, um Besorgungen zu machen. Es war langwieriger gewesen, als Cavelli gedacht hatte. Das Angebot war spärlich. Vor einigen Läden standen lange Schlangen. Er hatte ewig gebraucht, um nur ein paar Kleidungsstücke zu finden, die zumindest halbwegs seinen Vorstellungen entsprachen, und er nahm an, dass es Cecilia wohl noch schwerer haben würde. In den Supermärkten, in denen viele Regale halb oder auch ganz leer waren, gab es von jedem Produkt nur eine einzige Marke; eine Sorte Shampoo, eine Sorte Zahnpasta, eine Sorte Saft … Auf den ersten Blick fand er das verstörend, dann – auf den zweiten – fast befreiend; das Überangebot der westlichen Welt, bis zu der geradezu perversen Auswahl an Kaffeezubereitungsarten bei der Cavelli verhassten Starbucks-Kette, setzte den Kunden ständig einem gar nicht mehr bewusst wahrgenommenen Entscheidungsstress aus.

Als sie sich zweieinhalb Stunden später an dem hässlichen Hochhaus wiedertrafen, das wegen dem fast die ganze Hauswand einnehmenden stilisierten Portrait von Che Guevara leicht zu finden war, hatte Cavelli das meiste bekommen, was er benötigte, und auch an Cecilias Händen hingen eine ganze Reihe von vollen Tüten. Etwas erschöpft machten sie sich auf die Suche nach einem Taxi, das sie zum Hotel Nacional zurückbringen würde. Sie hatten etwa zweihundert Meter zurückgelegt, als Cecilia abrupt stehen blieb und sich hastig umdrehte.

»Don!« Sie zischte es so leise, dass Cavelli es fast nicht mitbekommen hätte.

Er blieb überrascht stehen. »Was ist?«

Cecilia antwortete nicht. Mehrere Momente stand sie verkrampft da und schien sich unsichtbar machen zu wollen. Dann drehte sie sich zu Cavelli um. »Schnell. Siehst du den Mann, dort?« Sie macht eine kleine Kopfbewegung in dessen Richtung. Cavelli folgte ihrem Wink und sah einen etwa sechzigjährigen, elegant wirkenden Mann mit silbernen Haar, der eben aus einem prächtigen Gebäude gekommen war und gerade auf eine wartende schwarze Limousine zuging. »Ja, was ist mit ihm?«

»Das … das ist Dottore Acari«, flüsterte sie eindringlich. »Der Mann, der in meiner Wohnung war, um mich einzuschüchtern, der Mann, der sich als Anwalt der Vatikanbank ausgegeben hat. Der Mann mit der gefälschten Visitenkarte.«

»Der? Bist du sicher?«

»Natürlich bin ich sicher! Das Gesicht werde ich mein Lebtag nicht mehr vergessen, selbst wenn ich es wollte.«

Cavelli starrte erneut in die Richtung des Mannes, aber es war zu spät. Er sah nur noch, wie er auf dem Rücksitz der schwarzen Limousine Platz nahm und die Tür zuzog. Ein paar Sekunden später war der Wagen an der nächsten Kreuzung verschwunden.

Cavelli fluchte. An eine Verfolgung war nicht zu denken. Dass sie ihn hier in Havanna gefunden hatten, war ein Zufall, so unwahrscheinlich wie ein Lottogewinn, doch nach fünf Sekunden war es auch schon wieder vorbei gewesen mit dem Glück. Ein weiteres Mal konnten sie nicht auf so einen Zufall hoffen. Es war zum …

»Don.« Etwas in Cecilias Stimme ließ ihn aufhorchen. Mit einem unguten Gefühl im Magen drehte sich Cavelli zu ihr um. Cecilia stand stumm da und zeigte mit ausgestecktem Arm auf das blank polierte Messingschild, das an dem Gebäude prangte, aus dem Dottore Acari gekommen war. Obwohl Cavelli kein Spanisch konnte, verstand er doch, was dort stand:

Russische Botschaft in Havanna

XLVI

Es hatte so harmlos angefangen, aber es war alles genau geplant gewesen, das hatte Yanara inzwischen erkannt. Sie war in einem Schuhgeschäft zufällig mit einer jungen Frau ins Gespräch gekommen. Eine Amerikanerin. Eigentlich mochte sie keine Amerikaner. Die jahrzehntelange kubanische Propaganda, die diese Menschen als Teufel in Menschengestalt darstellte, hatte auch bei Yanara ihre Spuren hinterlassen. Diese Frau allerdings wirkte so freundlich und sympathisch, dass Yanara gar nicht auf die Idee verfallen war, es könnte etwas nicht stimmen. Irgendwie waren sie ins Gespräch gekommen – die Amerikanerin sprach ausgezeichnet Spanisch – sie hatten sich sofort fantastisch verstanden und viel gelacht und keine Viertelstunde später saßen sie in einem Café und unterhielten sich wie alte Freundinnen. Natürlich war es *kein* Zufall gewesen; die junge Frau, die für das FBI-Büro in Miami arbeitete, hatte ein teures Trainingsprogramm durchlaufen, das man Social Engineering nannte. Eine Technik, die dazu diente, Menschen nach Belieben zu manipulieren.

Die Amerikanerin, die sich als Julie vorstellte, hatte ganz offen über die Probleme gesprochen, die sie mit ihrem Freund hatte, und Yanara war vieles davon sehr vertraut vorgekommen. Sie hatte Ähnliches erlebt. Dann hatte sie der jungen Frau von Dante erzählt. Die neue Freundin hatte viele Fragen gestellt – besonders nach seinem gegenwärtigen Aufenthaltsort – und in Nachhinein konnte Yanara nicht mehr fassen, dass ihr das überhaupt nicht seltsam vorgekommen war. Offenbar war es zu gut in Gelächter und beiläufige Bemerkungen verpackt gewesen. Yanara hatte ein bisschen mit ihrem Freund Dante angegeben, der zwar Ausländer und mehr als doppelt so alt wie sie selbst war, aber auch so anders als die kubanischen Männer, die sie bisher kennengelernt hatte. Dante betete sie an und tat alles, um sie glücklich zu machen. Es war von Heirat die Rede. Dann hatte das Gespräch plötzlich eine scharfe Wendung genommen. Julie hatte ihr Dokumente und Fotos gezeigt. Von schlimmen Dingen war die Rede gewesen. Von Dingen, die ihren Dante in einem ganz neuen Licht zeigten. Yanara hatte sich geweigert, etwas davon zu glauben, hatte versucht zu gehen, aber Julie hatte immer weitergeredet und eine Antwort auf alles gehabt.

Schließlich war Yanara in Tränen ausgebrochen, aber das hatte die Frau, die sich Julie nannte, nicht daran gehindert, sie weiter zu bearbeiten, und irgendwann hatte Yanara zugestimmt, alles zu tun, was man von ihr verlangte. Julie brauchte fast eine Stunde, um ihr zu erklären, um was es sich handelte.

XLVII

»Wir sollten hier verschwinden, Cecilia.« Cavelli fing wieder an, nach einem Taxi Ausschau zu halten. Sie hatten sich unüberlegt verhalten: Cecilia hatte in auffälliger Weise auf das Gebäude gezeigt, und sie hatten beide Dottore Acari angestarrt. War das im Inneren des Gebäudes registriert worden? Stand jemand hinter den Vorhängen der zahlreichen Fenster und beobachtete die Straße? Waren von einer der vielen Kameras an dem Gebäude die Vorgänge aufgezeichnet worden? Oder hatte er einfach zu viele Spionagethriller gesehen? Jedenfalls war es sicher besser, das Weite zu suchen, bevor sie das herausfanden.

Die anschließende Fahrt zum Hotel verlief ohne Zwischenfälle, wenn auch Cecilia mehrfach besorgt nach etwaigen Verfolgern Ausschau hielt. Während sie in einer Sitzecke der Hotellobby die Einkäufe auseinander sortierten – neben der Kleidung für sich selbst hatte Cecilia für sie beide einige Lebensmittel besorgt und Cavelli ebenfalls für beide verschiedene Drogerieartikel – redete Cecilia unaufhörlich von den Russen und dass es nun endgültig Zeit sei, die Finger von allem zu lassen. Cavelli widersprach nicht, ließ aber auch keine Zustimmung erkennen. Er hatte keine Lust auf eine lange Diskussion und litt unter Kopfschmerzen, was bei ihm nur etwa alle zehn Jahre einmal vorkam. Möglicherweise hatte er sich einen Sonnenstich eingefangen. In leicht gereizter Stimmung ging man auseinander. Zurück in seiner Suite, nahm Cavelli eine Dusche und schlüpfte in die sauberen Sachen. Dann bereitete er sich mit dem Wasserkocher in der kleinen Kochecke einen Instantkaffee zu, den Cecilia besorgt hatte, und setzte sich damit auf den Balkon. Er trank Kaffee, sah auf das Meer und dachte nach. Nach einigen Minuten klingelte das Telefon. Cavelli erhob sich und ging an das Telefon, das auf dem Nachttisch stand.

»Hello?«

In der Leitung blieb es stumm.

»Hello?«, wiederholte Cavelli. Offenbar hatte der andere Teilnehmer nicht aufgelegt, sonst wäre ein Besetztzeichen zu hören gewesen sein. Aber warum sagte diese Person nichts?

»Hello!«, wiederholte er gereizt ein weiteres Mal. Er wartete noch einige Sekunden, dann legte er auf. Kaum hatte er sich wieder auf den Balkon gesetzt, klingelte das Telefon erneut. Mit ein paar Schritten war er dort und riss den Hörer von der Gabel. »Ja?«

»Hier ist Cecilia.« Ihre Stimme klang ängstlich.

»Ist alles in Ordnung?«

»Nein, ich komme zu dir.« Dann klickte es in der Leitung.

XLVIII

Kurz darauf klopfte es an der Zimmertür. Cavelli sah durch den Türspion und öffnete. Cecilia betrat hektisch die Suite. Sie wirkte fahrig und beunruhigt. »Don, ich … bei mir im Zimmer hat gerade jemand angerufen, aber als ich mich meldete, hat die Person nicht geantwortet. Hat einfach gewartet und nichts gesagt. Halt mich meinetwegen für hysterisch, Don, aber da stimmt doch was nicht. Wer *sind* diese Leute? Oder spinne ich etwa schon?«

Cavelli holte tief Luft. Er wünschte, er hätte etwas anderes antworten können. »Du spinnst *nicht*, Cecilia. Eine Minute bevor du bei mir anriefst, hab ich hier genau das Gleiche erlebt. Ein stummer Anrufer, der nicht auflegte.«

Cecilias Augen weiteten sich. »Sie haben uns entdeckt«, antwortete sie mit tonloser Stimme. »Sie sind uns hierher gefolgt.« Sie ließ sich in einen Sessel fallen, streckte die Beine aus und schloss die Augen.

»Alles in Ordnung?«, erkundigte sich Cavelli.

»Ja, alles gut, mir ist nur auf einmal etwas schwindelig und ich hab Kopfschmerzen.«

»Hab ich auch, wahrscheinlich der Jetlag oder zu viel Sonne. Ich hol dir ein Glas Wasser, das hilft bei beidem.«

Cecilia öffnete die Augen und sah ihn mit einem seltsamen Blick an. »Du hast auch Kopfschmerzen? Seit wann?«

»Weiß nicht genau, seit einer halbe Stunde vielleicht.«

»Hast du früher schon nach langen Flügen oder zu viel Sonne Kopfschmerzen gehabt? Ich noch nie.«

Cavelli überlegte. »Ich eigentlich auch nicht.«

Erneut sah sie ihn mit diesem seltsamen Blick an. »Wir sollten hier verschwinden, Don!«

»Was? Warum?«

Cecilia verzog das Gesicht. »Ich glaub, hier geht etwas ziemlich Übles vor.«

»Wie meinst du das?«

»Das sind keine normalen Kopfschmerzen.«

»Was? Meinst du, man hat uns doch etwas ins Essen getan? Das kann nicht sein, wir haben immer aufgepasst.«

Cecilia sah ihn ernst an. »Hast du schon mal was von der Diplomatenkrankheit gehört, auch bekannt als Havanna-Syndrom?«

Cavelli schüttelte nur den Kopf. *Was zum Teufel …*

Cecilia holte tief Luft und sah Cavelli mit ängstlichen Augen an. »Ich weiß, das klingt jetzt völlig verrückt, aber als du gestern Morgen im Hotel mit Monsignore Mattlin telefoniert hast, um uns Vatikanische Visa zu besorgen, hab ich mich im Internet ein bisschen über Kuba und

Havanna informiert, ich hab gedacht, das kann uns nützlich sein.«

»Und?«

»Ich hab so viel gefunden, dass ich nicht die Zeit hatte, alles gründlich zu studieren, ich hab's ausgedruckt und im Flugzeug gelesen, wenn du mir also nicht glaubst – ich kann die Informationen aus meinem Zimmer holen. Das sind ganz seriöse Zeitungsartikel, Washington Post und so und …«

»*Was* für Informationen?« Langsam wurde Cavelli ungeduldig.

»Angefangen hat es in der amerikanischen Botschaft hier in Havanna. Viele Mitarbeiter klagten plötzlich über Kopfschmerzen, Übelkeit und Schwindelanfälle. Monatelang stand man vor einem Rätsel. Inzwischen kommen solche Fälle in amerikanischen Botschaften verschiedener Länder und auch im Weißen Haus in Washington vor. Namhafte Wissenschaftler und auch die CIA gehen davon aus, dass es sich um den Einsatz einer Mikrowellenwaffe handelt, die auf diese Gebäude gerichtet wird. Und die Spur führt nach Russland, denn dort wurde nachweislich mit so einer Waffentechnik experimentiert, und außerdem werden auffällig viele Leute angegriffen, die gegen russische Interessen arbeiten.«

»Klingt wie aus einem James-Bond-Film.«

»Ich weiß, aber das ist Realität, Don! Ich will nicht sagen, dass das hier auch zutrifft, aber kaum sehen wir diesen Dottore Acari die russische Botschaft verlassen, kommen diese anonymen Anrufe und wir bekommen beide diese Symptome?«

»Cecilia, ich zweifle nicht daran, dass es diese Vorfälle gibt und dass Regierungsmitarbeiter auf diese Weise geschädigt wurden, aber wir sind nur zwei relativ unwichtige Figuren, da wird man kaum zu solchen Mitteln greifen, denke ich.«

»Aber wieso?«, beharrte Cecilia eigensinnig. »Wenn diese Leute solche Waffen haben, ist es für sie auch kein Problem, die einzusetzen. Wenn ich's recht bedenke, ist es sogar besser so für die: keine Schüsse, kein Blut, nichts Auffälliges, nur Leute, die plötzlich sehr krank werden. Alles läuft unsichtbar ab. Die ideale Methode, um lästige Personen aus dem Wege zu räumen. Genauso arbeiten Geheimdienste.«

»Und in unserem Fall der russische?«

»Möglich, was weiß ich? Zumindest haben wir beide Acari aus der russischen Botschaft kommen sehen.«

Cavelli trat auf den Balkon und sah sich um. »Zu sehen ist nichts.«

»Natürlich nicht. Das ist ja der Witz. Klar klingt das alles völlig verrückt, aber das haben die Leute in der amerikanischen Botschaft auch gedacht. Bis es zu spät war.« Sie verzog das Gesicht und kniff die Augen zusammen. »Die Schmerzen werden schlimmer. Bei dir auch?«

»Kann sein, ich bin nicht sicher.«

»Ich halt's hier nicht mehr aus. Lass uns in *mein* Zimmer gehen.«

Cavelli verzog skeptisch die Stirn. »Und da ist es sicher?«

»Zumindest geht's mir erst schlecht, seit ich hier bin. Don, bitte!«

Cavelli nickte resigniert. »Also meinetwegen.« Er kam sich wie ein Idiot vor. Das alles mochte es ja geben, aber so konkret im Hier und Jetzt kam es ihm einfach grotesk vor.

IL

Ein paar Minuten später betraten sie Cecilias Suite. Leise schloss sie die Tür, sie schien erleichtert zu sein. »Ich muss was trinken, möchtest du auch was?« Sie öffnete den Kühlschrank und sah hinein.

»Gerne.«

»Ich wollte eigentlich ein paar Säfte kaufen, aber es gab keine. Ich hab nur Cola, aber die ist zumindest kalt.«

»Ist recht.« Cavelli war froh, dass sie sich nun über banale Dinge unterhielten und nicht mehr über geheimnisvolle Science-Fiction-Waffen. Cecilia öffnete zwei Cola-Dosen und reichte eine davon Cavelli. Eine Weile standen sie nur da und tranken. Cavelli schüttelte den Kopf, er schien etwas sagen zu wollen, verkniff es sich dann aber. Cecilia hatte es dennoch bemerkt. »Was ist los, Don?«

»Was soll denn los sein?«

»Du wolltest gerade etwas sagen, ich hab's genau gesehen.«

»Nicht so wichtig.«

»Na, los doch.«

Cavelli seufzte. »Meine Kopfschmerzen sind verschwunden. Aber das hat nichts zu sagen! Irgendwann sind sie eben vorbei. Vielleicht durch die Bewegung, oder …«

»Meine sind auch weg.« Sie klang eher überrascht als erfreut. »Und mir ist auch nicht mehr schwindlig.«

Sie sahen sich wortlos an. Cecilia erschrocken, Cavelli sich immer noch sträubend, den daraus folgenden Gedanken zu akzeptieren.

»Ich frage mich …« Cecilia verstummte. Ihre Augen betrachteten erstaunt einen kleinen roten Lichtpunkt, der auf ihrem Kleid in Brusthöhe aufgetaucht war. »Don?« Ohne nachzudenken, riss Cavelli sie zu Boden. Er wunderte sich über sich selbst. Er war Geschichtsprofessor und jetzt reagierte er, wie er es aus Kinofilmen kannte. Der Scharfschütze mit der Laserzieleinrichtung, das sich zu Boden schmeißen, alles wie im Kino; nur von einer Sekunde zur anderen spielten auch sie in diesem Film mit. Aber selbst jetzt kam es Cavelli nicht real vor. Er wusste genau, was zu tun war. Der Schütze musste durch das offene Fenster gezielt haben. Das bedeutete, er befand sich wahrscheinlich in dem einen der beiden aufgesetzten Türmchen und hatte die gesamte vordere Hälfte des Zimmers im Blick. Cavelli sah zu Cecilia hinüber, die hinter das Sofa gekrochen war. Dort befand sie sich außer Sicht des Schützen. Allerdings würde das Möbelstück eine Kugel nicht aufhalten. Man musste hoffen, dass der Schütze mit eigenen Augen sehen wollte, dass er sein Ziel getötet hatte und dass er sich nicht mit einem »wahrscheinlich« zufriedengeben würde. Allerdings arbeitete die Zeit gegen ihn, jeden Moment konnte er entdeckt werden, und bald darauf würde die Polizei erscheinen. Gut möglich, dass er sich unter diesen Umständen doch auf ein »wahrscheinlich« einlassen und durch das Sofa hindurch schießen würde. Cavellis Lage war günstiger; er lag aus Sicht des Killers im toten Winkel. Er versuchte, seine Chancen abzuschätzen, zum Fenster zu gelangen, dort den Vorhang zuzuziehen und dem Attentäter so die Sicht zu nehmen. Nein, es war zu riskant. Er blickte auf den Laserpunkt, der unruhig auf dem Boden und an den Wänden entlangwanderte wie ein blutgieriges Insekt. Cavelli sah zur Zimmertür hinüber. Außerhalb, auf dem Hotelflur, wären sie sicher, aber bis zur Tür waren es fünf bis sechs Meter, auf die der Schütze volle Sicht hatte. Unter diesen Umständen eine Distanz, die zu durchqueren eine Ewigkeit dauern würde. Man würde sie abschießen wie Tontauben. Cavelli biss die Zähne zusammen. Dieses Zimmer war eine Todesfalle. War das der Grund für den Mikrowellenangriff auf sie? Wollte man sie einfach aus Cavellis Suite vertreiben, weil diese aufgrund ihrer Lage für den Scharfschützen nicht zu erreichen war? So musste es gewesen sein. Es war eine Falle gewesen. Cavelli verscheuchte den Gedanken, das spielte jetzt keine Rolle. Jetzt ging es nur darum, aus diesem Zimmer rauszukommen; das war ihre einzige Option, wenn sie überleben wollten. Cavelli hob kurz den Kopf, um nach dem Schützen zu sehen, konnte ihn aber nicht entdecken. Langsam sank sein Adrenalinspiegel. Erst jetzt wurde ihm bewusst, dass Cecilia nun tot wäre, wenn er nur ein oder zwei Sekunden später reagiert hätte. Und noch immer zählte jede Sekunde. Dann kam Cavelli ein Gedanke. Es gab einen Weg hier raus. Einen ganz einfachen, sie mussten nur … »Cecilia!«

»Ja?« Sie klang ganz ruhig und beherrscht.

»Wir müssen hier raus. Bis zur Tür schaffen wir's nicht, aber ich hab eine Idee. Wenn wir die Terrassentür hinter dir erreichen, klettern wir über die Balustrade und lassen uns auf den Balkon darunter fallen und …«

»Bist du irre? Das ist viel zu gefährlich.«

»Nein, wenn wir uns an den Armen runterhängen lassen, fallen wir keine zwei Meter tief. Dann kann er uns nicht mehr treffen.«

»Warum *bleiben* wir nicht einfach auf unserem Balkon?«

»Weil wir nicht wissen, ob der Mann mit dem Gewehr allein arbeitet. Vielleicht hat er Komplizen, die in diesem Moment schon zu uns unterwegs sind und gleich zur Tür reinkommen. Nein, wir müssen hier weg, das ist unsere einzige Chance!«

Hinter dem Sofa herrschte Stille. Fast eine halbe Minute lang.

»Cecilia?«

Ihre Antwort klang gepresst. »Okay.«

Cavelli richtete seine ganze Aufmerksamkeit auf den Laserpunkt, der immer noch ruhelos durch das Zimmer wanderte. Er musste den richtigen Moment erwischen und dann …

Der Punkt änderte erneut seine Richtung und entfernte sich von dem Sofa. Jetzt oder nie! Cavelli spannte sämtliche Muskeln an, rannte geduckt los und hechtete zu Cecilia hinter das Sofa. Es war kein Schuss gefallen. *Worauf wartet der Mann eigentlich?*, schoss es Cavelli durch den Kopf, dann war der Gedanke wieder verschwunden. Bis zur Balkontür war es nur einen guten Meter weit, aber der lag im Schussbereich. Cavelli zog den Stecker einer Lampe, die auf einem Beistelltischchen neben dem Sofa stand, aus der Steckdose.

»Was hast du vor, Don?«

»Lauf los, wenn ich *jetzt* rufe!«

»Okay!«

»Jetzt.« Cavelli schleuderte die Lampe ins Zimmer hinein, und sie rannten geduckt los, wobei er ein Stoßgebet losschickte, dass seine Hoffnung aufging und der Schütze der plötzlichen Bewegung mit dem Gewehrlauf folgen würde. Das war ein ganz natürlicher Reflex. Die halbe Sekunde, bis er gemerkt hatte, dass er getäuscht worden war, plus der Sekunde, bis er erneut gezielt hatte, würde hoffentlich für sie beide ausreichen, auf den Balkon zu gelangen. Einen Moment später befanden sie sich auf dem Balkon. Sie atmeten beide schwerer, als es der minimalen Anstrengung angemessen war. Nun mussten sie nur noch …

»Don.« Cecilias Stimme klang unheilverkündend. »Unter uns *ist* kein Balkon.«

L

Cavellis Magen krampfte sich zusammen. Er folgte Cecilias Blick über die Balustrade, obwohl er wusste, dass es sinnlos war. Sie hatte recht. Seine Erinnerung hatte ihn getrogen. Nur jedes zweite Stockwerk verfügte über einen Balkon. Die Distanz bis zu dem unter dem ihren musste sieben oder acht Meter betragen. Es war auf jeden Fall viel zu hoch, um zu springen.

»Da lang!« Cecilia zeigte auf den Sims, der an der Fassade entlangführte. Er war etwa dreißig Zentimeter tief. Wenn man sich mit dem Rücken gegen an die Wand presste und sich vorsichtig seitwärts bewegte, würde es kein Problem sein, bis zu dem offenen Fenster zu gelangen, das knapp drei Meter von ihrem Balkon entfernt zum Hotelflur gehörte. Theoretisch. In einem Meter Höhe wäre es eine Kleinigkeit gewesen, doch sie befanden sich hier im zwölften Stock. Cavelli litt nicht unter Höhenangst, aber das hier war verdammt riskant. Eine falsche Bewegung, eine rutschige oder poröse Stelle auf dem Sims und es würde aus sein. Cavelli zögerte noch, als Cecilia bereits ihre Beine über die Balkonbrüstung schwang. Sie sah nicht nach unten, schob sich schnell, aber nicht hektisch an der Wand entlang. Erst jetzt registrierte Cavelli, dass ein scharfer Wind wehte, Cecilias Haare und ihr Kleid flatterten heftig, doch es schien sie nicht zu stören. Nach kaum zehn Sekunden gelangte sie an das Fenster und einen Augenblick später war sie hineingeklettert. Cavelli beeilte sich, ihr zu folgen. Vorsichtig schob er seine Füße seitwärts voran. Wenn nur seine Ledersohlen nur nicht so verdammt glatt gewesen wären. Tief unter sich hörte er das Meer rauschen. *Nicht nach unten gucken*, befahl er sich, *und auch nicht an die Höhe denken.* Dann hatte er das Fenster fast erreicht. Noch zwei Schritte. Jetzt musste er nur noch … Ein heftige Böe blies ihm feinen Sand ins Gesicht, ein schneidender Schmerz durchzuckte sein Auge. Reflexartig schoss sein Arm nach oben, sein Gewicht verlagerte sich nach vorn, den Bruchteil einer Sekunde später wusste er, dass er abrutschen würde. Es ging alles wie in Zeitlupe, er konnte bereits spüren, wie er fiel, in ein oder zwei Sekunden würde sein Körper dort unten zerschmettert werden. Dann spürte er, wie ihn etwas an der Schulter nach hinten riss, er folgte der Bewegung und ließ sich nach hinten in das offene Fenster zu Boden fallen. Über sich sah er Cecilia, die ihn mit bleichem Gesicht anstarrte. Offenbar hatte sie sich mindestens ebenso sehr erschreckt wie er. Im letzten Moment hatte sie ihn mit einem raschen Griff wieder ins Gleichgewicht gebracht.

Cavelli stieß ruckartig die Luft aus seinen Lungen und rieb sich sein schmerzendes Auge. »Danke!«

Cecilia öffnete den Mund. »Keine …« Dann passierte alles auf einmal. Bevor Cavelli aufstehen konnte, erschien auf Cecilias Brust erneut der rote Punkt. Es war kein Schuss zu hören, aber im nächsten Augenblick stöhnte sie dumpf auf, drehte sich halb um die eigene Achse und stürzte zu Boden.

Cavelli presste sich instinktiv an die Wand unter dem Fenster. Dann sah er zu ihr hinüber. Sie lag regungslos auf dem Bauch, den Kopf seltsam zur Seite gedreht, aus ihrer Stirn floss Blut, und ihre Augen blickten ins Nichts.

LI

Die Anweisung war von ganz oben gekommen. Sein Vorgesetzter hatte Commander Gary Lee Yeager nicht gesagt, was genau mit »ganz oben« gemeint war, aber nach dessen Gesichtsausdruck war wohl tatsächlich exakt das gemeint gewesen. Das Weiße Haus. Viel war Yeager über den Mann, den sie in einigen Minuten festnehmen würden, nicht mitgeteilt worden, aber offenbar war er verdammt wichtig. Das ergab sich schon allein aus dem Fakt, dass man die Delta Force mit dieser Aufgabe betraut hatte. Die Delta Force war die geheimste amerikanische Spezialeinheit, und zwar nach innen wie nach außen. Sie ging bei Auslandseinsätzen nicht nur so unauffällig vor wie keine andere Army-Einheit, auch im eigenen Land wurden diesbezügliche Informationen streng unter Verschluss gehalten. Es war nicht einmal bekannt, wie viele Soldaten sie umfasste. Irgendetwas zwischen achthundert und zweitausendfünfhundert, hieß es. Sicher war nur, dass sie die besten der besten waren. Grundvoraussetzung zur Bewerbung in die Delta Force waren viereinhalb

Jahre Dienstzeit in der Army. Von tausend Bewerbern schafften es dann durchschnittlich hundert in die strapaziösesten Tests, welche die US-Streitkräfte zu bieten hatten, und am Ende dieser vier Höllenwochen blieben wiederum nur fünf Soldaten übrig. Die Militärakte eines solchen erfolgreichen Bewerbers wurde anschließend aus dem Personalarchiv der Army gelöscht. Damit existierte er offiziell nicht mehr. Die Ausbildung war umfangreich. Sie umfasste nicht nur Kampftechniken mit und ohne Waffen an jedem nur denkbaren Ort, das Fliegen sämtlicher Flugzeugtypen, den Umgang mit Stresssituationen und unzähliger weiterer Fertigkeiten bis hin zu bizarr anmutenden Techniken wie das willentlich gesteuerte Verlangsamen des Herzschlages und das stärkere Durchbluten des Zeigefingers, was bei Scharfschützeneinsätzen für eine erheblich gesteigerte Zielgenauigkeit sorgte.

Yeager sah zu seinen fünf Männern herüber, die in voller Ausrüstung an Bord des mit halber Kraft fahrenden Patrouillenbootes mit dem geräuschreduzierten Motor saßen und konzentriert vor sich hinstarrten. Mit allzu großer Gegenwehr war nicht zu rechnen, das Zielobjekt war nicht gerade Osama bin Laden. Aber man konnte nie wissen! Jede Operation wurde mit der gleichen Vorsichtigkeit und Umsicht durchgeführt. Der Befehl lautete, den Mann lebend zu fassen. Offenbar war er in milliardenschwere Finanztransaktionen verstrickt. Es war nicht auszuschließen, dass sie es hier mit einem der Finanziers des internationalen Terrorismus zu tun hatten. Aber das herauszufinden würde die Aufgabe der Experten in Guantanamo sein. Auf Yeagers Lippen erschien der Anflug eines grausamen Lächelns. Der Mann war wirklich nicht zu beneiden.

Ihr Patrouillenboot befand sich vier Meilen vor der Küste von Havanna und damit in internationalen Gewässern. Was hier geschah, ging die Kubaner nichts an. Yeager blickte auf das kleine mobile Radargerät, das einen blinkenden Lichtpunkt anzeigte, der stetig näherkam. Er war nicht darüber informiert, wie man es bewerkstelligt hatte, dass sich der Sender auf der Yacht des Zielobjektes befand, aber laut Kantinenklatsch hatte man die Freundin des Mannes bearbeitet. Anscheinend eine Kubanerin. Er hatte Anweisung, dass ihr nichts geschehen dürfe, aber das war Theorie. In der Praxis würden die Männer der Delta Force natürlich wie immer ihr Bestes geben, die Befehle so akkurat wie möglich auszuführen, aber falls der Mann das Feuer auf sie eröffnen würde und die junge Frau zufällig im Wege stand – Pech. Das Leben seiner Männer ging vor. Yeager hatte in seinen sechs Jahren als Kommandant der Einheit noch keinen Mann verloren, und das sollte verdammt nochmal so bleiben. Es war eine Besonderheit der Delta Force, dass ihr von oben nur die Missionsziele vorgeben wurden, die Planung der Ausführung lag bei ihr selbst. Dadurch wurde das sogenannte Rambo-Syndrom ausgeschaltet, bei dem gute Männer in aussichtslose oder schlecht geplante Missionen geschickt wurden.

Wieder sah er auf das Radargerät. Der Punkt hatte sich inzwischen weiter genähert. Noch ein oder zwei Minuten und die Yacht würde die unsichtbare Grenze der Dreimeilenzone überqueren. Dann würden Yeager und seine Männer zuschlagen.

LII

Cavelli starrte fassungslos auf Cecilias Leiche. Das konnte nicht sein. Vor einer Sekunde hatte sie noch mit ihm gesprochen und nun … Aber wie …? Woher …?

Der Hotelflur war bis auf sie beide leer, der Schuss musste also durch das offene Fenster gekommen sein, eine andere Möglichkeit gab es nicht. Instinktiv zog er die Beine an und rutschte näher an die Wand unter dem Fenster. Warum hatte der Schütze nicht geschossen, als sie sich auf dem Sims befunden hatten? Das ergab keinen Sinn. Oder vielleicht doch, ihm war wahrscheinlich bewusst geworden, dass er sie von seinem Platz im Turm nicht erwischen würde, und daraufhin hatte er die Position gewechselt. Cavelli versuchte ruhig zu atmen. Mit dem Jackenärmel wischte er sich über sein schweißnasses Gesicht. Es war so knapp gewesen, ein paar Sekunden später und er wäre mit Cecilia im Fahrstuhl und damit in Sicherheit gewesen. Und jetzt? Wartete der Schütze darauf, dass Cavelli sich erhob oder am Boden entlangrobbte, um so zum nächsten Fahrstuhl zu kommen? Der Laserpunkt war zwar nirgendwo zu sehen, aber vielleicht war genau das der Trick, um Cavelli vorzugaukeln, dass keine Gefahr mehr bestünde. Oder war der Schütze vielleicht bereits in diesem Moment zu Cavelli unterwegs? Cavelli zog sein Notizbuch aus der Jackentasche und bewegte es an der unteren Fensterkante hin und her. Falls der Schütze auf eine Bewegung wartete, würde er vielleicht schießen. Keine Reaktion. Aber das musste nichts heißen. Dann erblickte Cavelli den Feuerlöscher an der Wand neben sich. Er verzog angestrengt das Gesicht. Konnte das funktionieren? Es musste einfach, er hatte nichts anderes zur Verfügung. Vorsichtig, ohne den Kopf zu heben, löste er den Apparat aus der Halterung. Die Bedienungsanleitung war auf Spanisch, aber ihm war auch so klar, was zu tun war. Er ging in die Hocke und hoffte inbrünstig, dass es sich nicht um einen Pulverlöscher handelte, der den ganzen Flur in eine Staubhölle verwandeln würde, sondern um einen Schaumlöscher. Er griff an den unteren Rahmen des Fensters und zog es zu. Dann hielt er die Luft an, richtete den Schlauch auf die Scheibe und betätigte die Taste. Innerhalb von drei Sekunden war die ganze Scheibe mit weißen Schaum bedeckt. Man konnte durch sie weder hinaus- noch hineinsehen.

Cavelli sprang auf und rannte los.

LIII

Dante Anistasidis stand in buntem Freizeithemd, kurzen Hosen und Flipflops am Steuer seiner Yacht und starrte auf das graue Patrouillenboot, das plötzlich wie aus dem Nichts aufgetaucht war und sich fast lautlos, aber mit hoher Geschwindigkeit näherte. Er wusste sofort, was dies zu bedeuten hatte. Es war vorbei. Zu seiner eigenen Überraschung verspürte er keine Angst. Im Gegenteil, er registrierte ein Gefühl der Erleichterung. Eine ungeheure Last schien von ihm abzufallen. Nun sah er die Männer in den grauen Tarnanzügen genauer. Ihre Gesichter waren von Stoffmasken bedeckt. Drei von ihnen zielten mit M4-Sturmgewehren auf seine Brust. Die Grenze zwischen Leben und Tod war von einem Moment zum anderen plötzlich sehr dünn geworden: eine plötzliche Bewegung ihres Bootes, eine versehentliche Bewegung des Zeigefingers … Doch das Einzige, was Anistasidis in diesem Moment durch den Kopf ging, war etwas anderes. *Wie haben die mich gefunden?* Er hatte doch keinen Fehler gemacht. Alles war exakt wie geplant abgelaufen. Es war unmöglich. Doch das spielte nun keine Rolle mehr. Das Ganze hatte beinahe schon etwas Belustigendes. Es wollte nicht zusammenpassen. Er hatte die Vatikanbank bestohlen, und nun endete es, indem seine Yacht in der Karibik von US-Soldaten gekapert wurde. Dante Anistasidis hatte Schwierigkeiten, das als real anzuerkennen. War dies etwa ein Wunder? Wenn auch ein übles? Hätte er sich nicht mit dem Vatikan anlegen sollen? Hatte Gott ihn verlassen? Oder mehr noch? Hatte Gott ihn seiner gerechten Strafe zugeführt? Warum diese plötzliche Wendung, wo doch bisher alles perfekt gelaufen war? Ein Satz aus der Bibel kam ihm in den Sinn: »Die Wege des Herrn sind unerforschlich.«

LIV

Cavelli rannte den Gang entlang. Wo war das nächste Treppenhaus? Oder der nächste Fahrstuhl? Es war nichts zu sehen. Stattdessen auf beiden Seiten nur eine unendliche Anzahl an Zimmertüren. Etwa zwanzig Meter weiter vorn machte der Gang einen Knick nach links. Doch so weit musste er erstmal kommen. Hielt der Schaum noch auf der Scheibe? Löste er sich bereits auf oder glitt zu Boden? Hatte der Schütze bereits wieder ausreichend Sicht und zielte in diesem Moment bereits auf Cavellis Rücken? Er konnte fast körperlich spüren, dass es so war. Noch fünfzehn Meter, noch acht, noch zwei, dann war er um die Ecke herum. Am Ende des Ganges, in dem er sich nun befand, war ein weiteres Fenster. Cavelli zuckte im Laufen zusammen. Wenn nun der Schütze von dort …? Nein, das war Unsinn. Verflucht nochmal, er musste sich beruhigen! Wo war der verdammte Fahrstuhl? Cavelli erblickte die Tür zu einem Treppenhaus und riss sie auf. Immer drei Stufen auf einmal nehmend, sprang er die Treppen hinunter. Er musste Hilfe holen!

Ein Notarzt. Polizei … Nein, keinen Notarzt. Cecilia war tot. Das war sicher. Ihre leblosen Augen … Ein Geräusch schreckte ihn aus seinen Gedanken auf. Von weiter unten waren Schritte zu hören. Sie kamen ihm entgegen. Cavelli blieb abrupt stehen und spähte in den Spalt zwischen den Treppengeländern. Erleichtert atmete er auf. Der Mann, der die Treppe heraufkam, trug eine Hoteluniform. Cavelli beschloss, seinen Plan zu ändern und nicht zur Rezeption zu laufen; er würde diesen Mann zu Cecilias Leiche führen. Das war besser, als dort unten ohne ausreichende Sprachkenntnisse ewig lange zu versuchen, etwas zu erklären. »Hola!«, machte er sich bemerkbar. Zumindest das spanische Wort für »Hallo« war ihm aus der Netflixserie »Narcos« bekannt.

Der Mann sah durch die Lücke zwischen den Geländern zu ihm hinauf. Er war höchstens fünfundzwanzig. »Si?«

Cavelli winkte ihm heraufzukommen. Dann führte er den Mann auf dem gleichen Weg zurück, den er gerade genommen hatte. Durch Gesten versuchte er ihm zu verdeutlichen, dass es *molto importante* war. Der Mann lächelte immerzu und redete gleichzeitig die ganze Zeit Spanisch mit Cavelli. Wahrscheinlich, um zu erfahren, um was es ging. Der Rückweg dauerte länger als der Hinweg. Nach drei oder vier Minuten bogen sie um die Ecke in den Gang ein, in dem *es* geschehen war. Cavelli blieb stehen, als wäre er gegen eine unsichtbare Glaswand gerannt. Am Ende des Ganges erblickte er eine mit weißem Schaum bedeckte Glasscheibe. Doch Cecilia lag nicht mehr auf dem Boden. Ihre Leiche war verschwunden.

LV

Zögernd näherte sich Cavelli dem Fenster, obwohl er wusste, dass es vollkommen sinnlos war. Den Redeschwall des uniformierten Hotelangestellten ignorierte er. Auf dem Teppichboden erblickte er einen kleinen Blutfleck. Er war stark verwischt, als wenn jemand hektisch versucht hätte, ihn zu entfernen, und dann aufgegeben hätte, als ihm klar wurde, dass er den Fleck so nur vergrößerte.

Cavelli hatte das Gefühl, keine Luft zu kriegen. Was ging hier vor? Wie konnte das sein? Er war kaum mehr als fünf Minuten weg gewesen? Wie konnten diese Leute Cecilias Leiche so schnell weggeschafft haben? Er war sicher, dass es der Schütze gewesen war. Offenbar hatte er mindestens einen Helfer gehabt. Waren sie noch hier? Vielleicht hinter einer der zahlreichen Zimmertüren? Das ergab keinen Sinn. Niemand hatte im Voraus wissen können, dass die Flucht hier enden würde. Oder hatte in der Zwischenzeit jemand vom Hotelpersonal Cecilia gefunden und sie entfernt? Ja, so musste es sein. Hotels schätzten es nicht, wenn in ihren Fluren tote Touristen herumlagen. Cavelli bemerkte, dass ihn der Hotelangestellte zwar mit immer noch lächelndem Mund, aber nun auch misstrauischen Augen betrachtete. Das war nicht gut. Hier durfte auf keinen Fall ein falscher Eindruck entstehen, der sich später nur noch schwer korrigieren lassen würde. Cavelli rang sich ein Lachen ab und wies mit aufgeregten Gesten auf die schaumbedeckte Fensterscheibe hin, als wenn dies das einzige hier vorhandene Problem sei. Dann steckte er ihm zehn Dollar Trinkgeld zu. Der Mann guckte immer noch misstrauisch, nahm aber das Geld und bedankte sich freundlich. Erneut machte sich Cavelli auf den Weg zur Rezeption.

LVI

Es war alles so schnell gegangen. Das amerikanische Boot war mit einem raschen Manöver längsseits zu ihrer Yacht gegangen, und schon im nächsten Moment hatten sich vier der Soldaten an Bord befunden, während die anderen vom Boot aus mit ihren M4-Sturmgewehren auf Dante Anistasidis und Yanara zielten. Sie hatten laute Befehle gebrüllt, deren Wortlaut Yanara nicht verstand, worauf sie in Panik geraten war und unkontrolliert angefangen hatte, am ganzen Körper zu zittern. Ein Soldat hatte sie unsanft runter auf den nassen Boden gedrückt und sie mit dem Knie auf ihrem Rücken dort fixiert, während er sie gleichzeitig mit einer Hand am Nacken gepackt hatte. Es tat weh, und sie konnte kaum noch atmen. Was geschah hier? Was hatte sie sich nur gedacht? Als sie mit Julie zusammengesessen hatte, war alles so klar gewesen. Ihr Dante war ein Verbrecher, der den Vatikan um hunderte von Millionen betrogen hatte. Yanara war eine gläubige Katholikin, und eine solche Tat war unverzeihlich. Aber noch schlimmer war es, dass Dante ihr die Ehe versprochen hatte, obwohl er bereits verheiratet war. Julie hatte ihr für all das hieb- und stichfeste Beweise vorgelegt. Yanara war außer sich gewesen. Wütend, schockiert, unglücklich. Sie hatte heftig geweint, und sie hatte sich nur noch rächen wollen. In diesem Moment hätte sie *alles* getan. Sie hatte Julie alles über Dante verraten, was sie wusste, und die hatte alles mit ihrem Smartphone aufgezeichnet. Dann war Yanara von Julie instruiert worden, was sie tun hatte. Julie hatte ihr sogar eine Lügengeschichte über einen kleinen Hund eingetrichtert, der angeblich vor Yanaras Augen auf der Straße überfahren worden sei, damit sie ihr verheultes Gesicht vor Dante würde rechtfertigen können. Außerdem hatte Julie ihr eine kleine schwarze Box mitgegeben, etwa so groß wie ein Hockeypuck, und ihr erklärt, wie man sie aktivierte und wo sie das Ortungsgerät an Bord von Dantes Yacht verstecken sollte. Julie hatte geredet und geredet und dabei Yanaras Gefühle Achterbahn fahren lassen. Die Wut auf Dante, ihre Verletztheit, die Aussicht auf eine Greencard in den USA, Drohungen, den Rest ihres Lebens wegen Beihilfe und Komplizenschaft zu einem Kapitalverbrechen im Gefängnis zu verbringen, die Aussicht auf eine hohe Belohnung für Hilfe bei der Ergreifung eines international gesuchten Kriminellen … Irgendwann hatte sie sich selbst nur noch wie durch Watte wahrgenommen. Ihr eigener Wille war betäubt gewesen, und der einzige Ausweg schien darin zu liegen, alles zu tun, was Julie sagte, es schien das einzig Richtige zu sein.

Wie Julie es verlangte, hatte Yanara bereits eine Stunde später Dante gefragt, ob er mit ihr eine Tour mit der Yacht unternehmen würde. Dante hatte abgelehnt, er war nicht in der Stimmung gewesen. Yanara hatte ihm eine Szene gemacht und schließlich – wie von Julie instruiert – sogar gedroht, ihn zu verlassen. Da war Dante sehr blass geworden und hatte nachgegeben. Es war ihr alles nicht ganz real vorgekommen, mehr wie in einem Film. Doch dieser Film war innerhalb weniger Augenblicke schrecklich real geworden. Nur wenige Schritte von ihr entfernt lag Dante am Boden und wimmerte vor Schmerzen. Auch auf ihm kniete ein Soldat und drückte ihn runter. Aus Dantes Nase lief Blut, aber er schien es nicht zu bemerken. Seine weit aufgerissenen Augen schienen Yanaras Anblick in sich aufsaugen zu wollen, jede kostbare Sekunde noch mitnehmen zu wollen. Es war klar, dass sie sich niemals wiedersehen würden. Sie wollte etwas sagen, aber ihr Mund war trocken und ihr Gehirn leer. Dann sah sie, wie einer der Soldaten Dante eine schwarze Kapuze über den Kopf zog und er hochgerissen wurde. Ein anderer hatte inzwischen das kleine Beiboot, über das die Yacht verfügte, zu Wasser gelassen. Während man Dante in das Boot der Amerikaner verlud, wurde ein Seil rübergeworfen und man verband die Yacht mit dem Patrouillenboot. Yanara gehorchte dem Befehl eines der Soldaten und stieg in das kleine Beiboot. Er fragte sie, ob sie den Außerbordmotor bedienen könne. Sie nickte stumm. Er zog einen Kompass aus seinem Kampfanzug, drückte ihn ihr in die Hand und zeigte ihr den Kurs, den sie halten musste, um nach Havanna zurückzugelangen. Sie wollte noch etwas fragen, aber er war bereits verschwunden. Ihr Rücken tat weh, sie wollte sich übergeben und sie schämte sich. Teilnahmslos sah sie zu, wie sich das Boot mit den Soldaten und Dante an Bord und der Yacht im Schlepptau entfernte. Genauso lautlos, wie es vor nicht mal einer Minute gekommen war. Ein paar Augenblicke später waren nur noch zwei kleine Punkte zu sehen, und gleich darauf waren auch die verschwunden. Jetzt war sie weit und breit der einzige kleine Punkt auf dem Ozean.

LVII

Der junge Mann an der Rezeption verstand nicht. Cavelli sprach so langsam, wie er sich zwingen konnte, aber das Englisch seines Gegenübers war offenbar nur für die Regelung von Problemen geeignet, die in Hotels Standard waren. Der Mann lächelte Cavelli wieder und wieder sehr freundlich, aber hilflos an und versuchte auch mehrfach, ihm einen Prospekt des Hotels zu überreichen, aber es hatte keinen Sinn. Schließlich schaffte es Cavelli, ihm zu verdeutlichen, dass er seinen Vorgesetzten holen möge. Das verstand der junge Mann, er schien geradezu darauf gewartet zu haben. Aufatmend griff er zum Telefon und führte eine schnelle Unterhaltung auf Spanisch, wobei er immer wieder auf Cavelli deutete und diesem zulächelte. Dann legte er auf, sagte etwas, das vermutlich bedeutete, dass der Chef gleich käme, und wandte sich eiligst zwei anderen Gästen zu.

»Ich fürchte, Sie tun sich keinen Gefallen. An Ihrer Stelle würd' ich's lassen.«

Cavelli blickte überrascht auf einen Mann, der mit einer Zeitung auf einem Sessel nahe der Rezeption saß. Er war Mitte vierzig, hatte ein wettergegerbtes verknittertes Gesicht und trug zu einer verknitterten Baumwollhose ein zerknittertes Jackett. Alles an dem Mann schien verknittert zu sein, mit Ausnahme seines T-Shirts, das sich über einen gemütlichen Bierbauch spannte. Er hatte kurzgeschnittene rotblonde Haare, die struppig in alle Richtungen ragten, und ein jungenhaftes Grinsen. »Entschuldigung, dass ich mich einmische, Ihre Unterhaltung mit dem jungen Mann war nicht zu überhören.« Er war aufgestanden und hielt Cavelli die Hand hin. »Adrian Hollis, BBC.« Mit dem Daumen wies er auf einen laminierten Presseausweis hin, der an einem Band um seinen Hals hing. Etwas zögernd ergriff Cavelli die ausgestreckte Hand.

»Don Cavelli. Aus Rom.«

»Freut mich.« Hollis senkte die Stimme und trat dichter an ihn heran. »Ich weiß nicht, was hier vorgeht, und es geht mich natürlich auch nichts an, aber ich bin schon seit drei Monaten hier, um über die Proteste zu berichten. Inzwischen weiß ich ganz gut, wie es hier läuft. Wenn ich *Sie* wäre, würde ich nicht warten, bis jemand kommt, und auf gar keinen Fall sollten Sie mit der Polizei reden.«

Cavelli zögerte. Das Ganze war merkwürdig, aber der Mann wirkte so sympathisch und natürlich, dass er Mühe hatte, ihm zu misstrauen. »Und was sollte ich stattdessen tun?«, fragte er.

Hollis' Antwort kam wie aus der Pistole geschossen. »Hier verschwinden. Jetzt gleich. Haben Sie Ihren Pass dabei?«

Cavelli klopfte halb zur Bestätigung, halb, um sich selbst zu vergewissern, auf seine linke Brusttasche.

»Sehr gut, dann ab zum Flughafen und nichts wie raus aus diesem Land. Sofort. Bevor irgendetwas offiziell zu Protokoll genommen wird und ihr Name im *System* landet.«

»Trauen Sie der hiesigen Polizei nicht?«

Hollis grinste. »Tun Sie's? Was, wenn die Sie für den Mörder halten? Können Sie dann Ihre Unschuld beweisen? Denn darauf läuft's hier hinaus, fürchte ich.«

»Sie könnten recht haben.«

»Ich hab ganz sicher recht.«

»Aber …«

Hinter sich hörte Cavelli eine Stimme. »Yes Sir, what can I do for you?«

Cavelli fuhr herum. Vor ihm stand der Chefrezeptionist, der vor Kompetenz nur so platzte und ihn erwartungsvoll ansah. Cavelli warf einen Blick zu Adrian Hollis, doch der kratzte sich am Ohr und sah scheinbar unbeteiligt in eine andere Richtung. Cavelli wandte sich zum Rezeptionisten. Die Worte kamen fast gegen seinen Willen aus seinem Mund: »Sorry, a misunderstanding. Everything is okay. Bye.« Er nickte dem überraschten Mann freundlich, aber bestimmt zu und ließ ihn stehen. Cavelli machte zwei Schritte auf Hollis zu. »Danke, Sie haben mir vielleicht das Leben gerettet. Oder zumindest die Freiheit.«

»Keine Ursache, haben Sie einen Wagen zur Verfügung?«

»Nein, ich nehme ein Taxi.«

»Ganz schlechte Idee. Die arbeiten inoffiziell alle für die Regierung. Ich fahre Sie.«

Erneut zögerte Cavelli. Das war zu einfach. Dieser Mann war einfach *zu* hilfsbereit. Unschlüssig sah er sich um und blickte in das Gesicht des Chefrezeptionisten, der ihn mit einer Mischung aus Neugier, Misstrauen und Diensteifrigkeit betrachtete. Cavelli traf eine Entscheidung. Er würde sich auf seine Menschenkenntnis verlassen und Adrian Hollis vertrauen. Er hatte ohnehin keine andere Wahl. »Okay. Danke!«

Hollis nickte, als wäre es völlig selbstverständlich. »Gut. Ich gehe vor. Besser, wir werden nicht zusammen gesehen. Kommen Sie in ein paar Minuten nach. Wir treffen uns in der Tiefgarage.«

LVIII

Cavelli sah auf seine Armbanduhr und wartete, bis Adrian Hollis den Lift betreten und sich die spiegelnden Messingtüren geschlossen hatten. Dann sah er sich in der Lobby um. Gab es irgendwelche Auffälligkeiten? Wurde er beobachtet? Nichts deutete darauf hin. Langsam machte er sich auf den Weg zum Treppenhaus. Er konnte förmlich spüren, wie sich die neugierigen Blicke des Rezeptionisten in seinen Rücken bohrten.

Einem plötzlichen Impuls folgend, änderte er seine Richtung und lief zum Business-Center des Hotels, wo sich vier Computer mit Internetanschluss für die Gäste befanden. Er betrat den fensterlosen Raum und registrierte zwei etwa fünfzehnjährige Mädchen, die kichernd etwas auf ihrem Bildschirm betrachteten. An der Decke flackerte eine Neonröhre. Cavelli setzte sich an den Computer, der am weitesten von ihnen entfernt war, und rief die Seite von Protonmail auf. Er würde eine kurze Mail an Monsignore Mattlin schicken. Nur ein Lebenszeichen und die dringende Bitte, sich mit den kubanischen Behörden in Verbindung zu setzen, falls er sich nicht innerhalb der nächsten vierundzwanzig Stunden wieder melden würde. Er überlegte kurz, ob er den Namen von Adrian Hollis erwähnen sollte, unterließ es dann aber. Möglicherweise lasen die Behörden aus Hotels versendete E-Mails mit, und er wollte den Mann nicht in Schwierigkeiten bringen. Eilig gab Cavelli das Passwort ein und rief seinen Account auf. Offenbar waren seit gestern neun Mails für ihn eingegangen, aber dafür war jetzt keine Zeit. Hastig schrieb er seine Nachricht und schickte sie inklusive aller Tippfehler ab. Nun fühlte er sich ein bisschen sicherer. Er wollte sich bereits ausloggen, als er beschloss, sicherheitshalber zumindest einen ganz kurzen Blick auf die Liste der eingegangenen E-Mails zu werfen. Gleich die erste Mail, eingegangen in der letzten Nacht um drei Uhr elf, traf ihn wie ein Schlag in die Magengrube. Der Absender sagte ihm nichts – GiovanniB.Salvi@Gmail.com, aber die Betreffzeile lautete »IOR«. Im nächsten Moment ging ihm auf, dass der Name wahrscheinlich fiktiv war. Giovanni Battista Salvi war ein berühmter Maler der Barockzeit gewesen. Mit einem Klick öffnete er die Mail:

Sehr geehrte Signora Volpi,
Sehr geehrter Signor Cavelli,

inzwischen hat mich ohne weiteres Zutun eine Nachricht erreicht, von der ich glaube, dass Sie diese dringend benötigen:

Der Name des Inhabers des bewussten Kontos in H. lautet DANTE ANISTASIDIS. (Wahrscheinlich ein Deckname.) Seine Adresse in H. ließ sich bislang nicht ausfindig machen, aber er besitzt eine Yacht namens »Che«. Sie liegt im Havanna Yacht Club, Avenida 5ta. Ich hoffe, Ihnen mit dieser Information gedient zu haben; ich hätte nicht mehr schlafen können, wenn ich sie Ihnen vorenthalten hätte.

Ihre sehr ergebene Freundin

P.S. Viel Glück und seien Sie sehr vorsichtig!
P.S.S. Antworten Sie nicht auf diese Mail. Ich habe diesen Account nur für diese Mail eingerichtet und werde ihn jetzt löschen. Bitte löschen Sie diese Mail umgehend nach Kenntnisnahme aus ihrem Posteingang und dem Papierkorb.

Verwirrt starrte Cavelli auf den Bildschirm. Die Mail war offensichtlich von Lukrezia Pesaro. Ihr Gewissen hatte sie offenbar nicht ruhen lassen. Er blickte auf den Namen in der Mail: *Dante Anistasidis.* Das sagte ihm nichts. Es spielte auch keine Rolle mehr. Die Mail war zu spät gekommen, das hieß, genau genommen hatte er sie zu spät entdeckt. Hätte er sie bereits am Morgen gelesen, hätte er mit Cecilia … Egal. Es spielte keine Rolle mehr, weil es ihn nichts mehr anging. Eilig kopierte er den Text der

Mail kommentarlos in eine Mail an Monsignore Mattlin, dann löschte er Pesaros Mail wie gewünscht aus dem Account und dem Papierkorb und loggte sich aus. Er stand auf und sah erneut auf seine Armbanduhr. Seit Adrian Hollis die Lobby verlassen hatte, waren sechs Minuten vergangen.

LIX

Mit einem beklommenen Gefühl stieg Cavelli die vier Betontreppen zur Tiefgarage hinunter und trat durch die schwere Metalltür. Die Tiefgarage. Der perfekte Ort für einen Anschlag. Cavelli atmete tief durch und blickte um sich. Ein leiser Pfiff ließ ihn sich umdrehen. Adrian Hollis stand neben einem weißen US-Straßenkreuzer aus den fünfziger Jahren – wahrscheinlich ein Mietwagen – und winkte ihn heran. Während Cavelli näher trat, öffnete er den Kofferraum. »Sicher ist sicher«, bemerkte Hollis mit einem Seufzer, und als er Cavellis Zögern sah: »Die Polizei ist hier sehr neugierig. Sie sehen ständig bei ihren Streifenfahrten in die anderen Autos hinein, aber wenn es nichts Verdächtiges zu sehen gibt, belassen sie es dabei.«

Cavelli fühlte sich hin- und hergerissen zwischen seinem Misstrauen und seiner Scham über dieses Misstrauen. Erneut beschloss er, Hollis zu vertrauen. Es spielte ohnehin keine Rolle. Falls Hollis zur Gegenseite gehörte, war er bestimmt bewaffnet und konnte ihn zwingen, seine Anweisungen auszuführen. Cavelli stieg in den Kofferraum, und Hollis schloss den Deckel. Nach ein paar Sekunden hörte Cavelli, wie die Fahrertür geschlossen und der Motor gestartet wurde. Jetzt konnte er nur noch abwarten. Was würde er zu sehen bekommen, wenn sich der Kofferraumdeckel wieder öffnete. Den Flughafen von Havanna? Den Innenhof eines Polizeireviers? Die Tiefgarage der russischen Botschaft? Oder einen abgelegenen Steinbruch, wo er ein schnelles Ende finden würde? Er versuchte eine Weile lang, sich an den Umgebungsgeräuschen, die zu ihm nach innen drangen, zu orientieren, aber gab es bald auf. Es war einfach nur ganz normaler Straßenlärm. Seine Gedanken wanderten zu Cecilia. Der Anblick ihrer toten Augen … Er kam sich wie ein Schwein vor. Man hatte auf sie geschossen, und er hatte sie im Stich gelassen. Er hätte etwas tun müssen, er hätte … Aber was? Und nun war es zu spät, etwas zu tun, Cecilia war tot. Ihre Leiche war verschwunden. Und wie hatte Adrian Hollis auf Cavellis Frage, ob er der Polizei hier vertraute, geantwortet: »Tun Sie's?« Die Antwort war: nicht genug, um sein Leben darauf zu verwetten. Cavelli verfiel in ein quälendes Grübeln, aus dem er erst durch die Fahrt durch ein Schlagloch gerissen wurde. Langsam machte sich die unbequeme Haltung mit den angezogenen Beinen deutlich bemerkbar, und er begann zu hoffen, dass diese Fahrt bald beendet sein würde. Doch es dauerte fast noch eine Dreiviertelstunde, bis er bemerkte, wie der Verkehr draußen immer leiser und der Wagen langsamer wurde. Schließlich kam er mit einem sanften Ruck zum Stehen. Die Fahrertür würde geöffnet, dann Schritte und im nächsten Moment wurde die Haube hochgeklappt. Cavelli kniff die Augen zusammen, als grelles Tageslicht in den Kofferraum strömte. Mit steifen Gelenken kletterte er hinaus und sah sich um. Sie standen auf dem Seitenstreifen der Autobahn, ein paar Meter vor der Flughafenauffahrt.

»Ich hab etwas früher angehalten«, erklärte Hollis, während er die Kofferraumhaube zuschmiss und sich wieder hinters Steuer klemmte. »Am Flughafen sind jede Menge Kameras und Polizei, ein Mann, der aus einem Kofferraum steigt, würde die nur auf dumme Gedanken bringen. Viel Glück! Der Eingang ist dort hinten.« Er wies mit einer lässigen Geste auf einen Punkt, der etwa hundert Meter entfernt war. Cavelli kam der Gedanke, dass dies nicht Hollis' erste Rettungsmission gewesen war.

»Ihnen auch und – danke!«

Adrian Hollis grinste schief. »Keine Ursache. Wir konterrevolutionären Kapitalistenschweine müssen doch zusammenhalten, oder?«

LX

Cavelli sah Hollis' Wagen noch einen Moment nach, dann betrat er das Flughafengebäude und studierte die große Anzeigetafel. Er konnte nicht wählerisch sein. Jeder Flug, der ihn in ein westliches Land brachte, war jetzt der richtige. Er zog sein Notizbuch und einen Stift hervor und notierte sich die Ziele und Flugnummern der ersten fünf in Frage kommenden Flüge: London, Frankfurt, Athen, Tel Aviv und Buenos Aires. Dann klapperte er die Schalter der Fluggesellschaften ab. Bei British Airways und Lufthansa waren die entsprechenden Flüge ausgebucht. Bei Aegean Airlines ergatterte er schließlich noch einen der letzten Plätze nach Athen. Er nahm gegen Aufpreis ein Ticket mit VIP-Status, das ihn dazu berechtigte, als einer der ersten das Flugzeug zu betreten. Je weniger Zeit er noch außerhalb des Sicherheitsbereichs und auf kubanischem Boden verbringen musste, desto besser. Bei der Passkontrolle musste er sich zwingen, ruhig zu bleiben. Was, wenn er bereits im System war? Was, wenn das Hotel Cecilias Tod an die Polizei gemeldet und die seinen Namen routinemäßig auf eine Befragungsliste gesetzt hatte? Wahrscheinlich war es so. Die Frage war nur, ob das bereits im Computer dieses Kontrollbeamten angekommen war. Die Prozedur schien sich ewig hinzuziehen. Erst studierte der Beamte gründlich das Diplomatenvisum, dann verglich er mehrmals Cavellis Gesicht mit seinem Passbild. Cavelli bemühte sich, harmlos auszusehen, ohne jedoch zu lächeln. Jemand hatte ihm mal gesagt, dass man sich durch Lächeln – zumindest bei Kontrollen in Russland – höchst verdächtig machte. Cavelli versuchte, im Gesicht des Mannes etwas abzulesen, doch es war ein absolutes Pokerface. Er hatte es noch bei keiner Grenzkontrolle anders erlebt. Offenbar wurden diese Leute speziell in Ausdruckslosigkeit geschult. Endlich war es so weit, der Beamte klappte den Pass zu und schob ihn Cavelli unter der Trennscheibe zurück. Cavelli bedankte sich und ging, die erste Hürde war geschafft, aber erst, als er auch den Sicherheitsbereich durchlaufen hatte, begann er, sich etwas ruhiger zu fühlen. Bis zu seinem Abflug waren es noch über vier Stunden. Er betrat ein Flughafenlokal, verzog sich in die hinterste Ecke und bestellte eine Ropa Vieja, einen kubanischen Rindfleischeintopf mit Gemüse. Es fühlte sich an, als hätte er seit Tagen nichts gegessen. Einige Stunden saß er einfach nur da, zählte die Minuten, bis er das Land verlassen haben würde, und beobachtete die Umgebung.

Es dämmerte schon, als er sich zu seinem Gate begab. Alle Sitzplätze dort waren bereits besetzt. Cavelli lehnte sich an eine Wand und schloss die Augen. Er war so ungeheuer müde. Für einige Momente kamen ihm die Ereignisse der letzten Stunden nicht real vor. Gift im Kaffee? Die russische Botschaft? Ein Angriff mit einer Mikrowellenwaffe? Russische Killer? Das klang nach einem billigen Kriminalroman. Normalerweise hätten sich für all das andere Erklärungen finden lassen. Aber Cecilia war tot. Das war eine Tatsache, die sich nicht verleugnen ließ. Und es war eine Tatsache, die seinen Verstand dazu zwang, auch all das andere zu akzeptieren, auch wenn sein Gefühl sich noch immer weigerte, dies zu tun. Dann kam ihm der Gedanke, dass er jetzt die Zeit hatte, Mattlin anzurufen und ihm ausführlich zu berichten. Der Vatikan musste erfahren, was passiert war. Cavelli ließ den Gedanken ziehen, er hatte jetzt nicht die Kraft, dieses Gespräch zu führen. Das würde er tun, wenn er wieder in Rom war. *Rom.* Sollte er überhaupt dahin zurückkehren? Oder würden ihn diese Leute weiter jagen? So lange, bis auch er tot war. Ihm wurde bewusst, dass es nun schon das zweite Mal innerhalb zweier Tage war, dass er ein Land fluchtartig ohne Gepäck verließ. Sah so seine Zukunft aus? Würde er sich für den Rest seines Lebens im Vatikan vergraben müssen? Dort war er verhältnismäßig sicher. Rein theoretisch war es machbar. Aber war das noch ein Leben? Er lächelte bitter, als ihm aufging, dass es das schon einmal gegeben hatte. Vom Ende des Kirchenstaates im Jahre 1870 bis zu den Lateranverträgen von 1929 hatten sich die amtierenden Päpste als »Gefangene im Vatikan« bezeichnet und ihn niemals verlassen. Kein Gläubiger außerhalb hatte sie je zu Gesicht bekommen. Aber Cavelli *war* kein Papst und er hatte definitiv nicht vor, wie einer zu leben. Er musste einen anderen Weg finden. Er würde sich weiterhin zur Wehr setzen, und wenn er alle Detekteien von ganz Rom engagieren musste. Es gab keine Alternative, wenn er sein altes Leben zurückhaben wollte. Er würde …

Dann sah er die beiden Polizisten. Cavelli wusste sofort, dass etwas nicht stimmte. Das waren keine Beamten, die routinemäßig für die Flughafensicherheit sorgten. Diese beiden waren auf der Suche nach jemandem und instinktiv spürte Cavelli, dass *er* es war, den sie suchten. Jetzt kamen sie auf ihn zu. Völlig entspannt. Sie hatten keine Eile, sie wussten, dass er nirgendwo hinkonnte. Nun blieben sie vor ihm stehen. Der Größere von den beiden trat einen kleinen Schritt vor. »Senor Cavelli?« Es war mehr eine Feststellung als eine Frage.

»Si.« Damit waren Cavellis Spanischkenntnisse aufgebraucht, so dass er von dem Redeschwall, der nun folgte, nichts verstand. Er versuchte, dies den beiden durch einige Gesten deutlich zu machen, doch sie ließen nicht erkennen, dass sie es begriffen oder auch nur wahrgenommen hatten. Als der Größere fertig war, sahen ihn beide nur an, dann machte der kleinere eine Geste Richtung Terminal. Cavelli schluckte. Was hatte das zu bedeuten? War er verhaftet? Wurde er nun doch verdächtigt, etwas mit Cecilias Tod zu tun zu haben? Im Grunde keine abwegige Idee für die Polizei. Besonders in einer Diktatur. Warum in einem Mordfall aufwändig gegen rechtschaffene einheimische Arbeiter ermitteln, wenn man einfach einen ausländischen Kapitalisten verhaften konnte? Fall abgeschlossen. Wie hatte Adrian Hollis gesagt? »Es läuft darauf hinaus, dass Sie Ihre Unschuld beweisen müssen.« Cavelli verspürte ein flaues Gefühl im Magen. Andererseits wirkten die beiden nicht besonders feindselig. Allerdings auch in keiner Weise freundlich. Aber was konnte er tun? Protestieren? Dazu fehlten ihm die Sprachkenntnisse. Er hielt seine Bordkarte hoch und deutete auf die Boardingtime auf der elektronischen Anzeigetafel. Der Kleinere schüttelte freundlich den Kopf. Fast so, als tue er Cavelli einen Gefallen, indem er ihn von der Strapaze entband, einen Interkontinentalflug anzutreten. Es half nichts, Cavelli würde mitkommen müssen. Möglichst in einer entspannten Art, die den beiden suggerierte, dass er nichts zu verbergen hatte. Natürlich ein naiver Gedanke, als wenn ihm das später etwas nützen würde, wenn er erstmal in einer Verhörzelle in die Mangel genommen würde. Hatte er hier überhaupt Recht auf einen Anwalt? Rein theoretisch wahrscheinlich schon, aber er fürchtete, dass die Praxis im Einzelfall ganz anders aussah. Während sie den Flughafen durchquerten, nahmen ihn die beiden in die Mitte. Immerhin hatten sie ihm keine Handschellen angelegt und sie hielten ihn auch nicht an den Armen fest. Das waren gute

Zeichen. Oder war es nur die übliche Vorgehensweise, um einen Verhafteten aus einem Flughafen zu bekommen, ohne dass es Aufsehen erregte? Immer noch schweigend traten sie durch einen Seiteneingang ins Freie. Dort wartete ein Polizeiwagen. Cavelli musste allein auf der Rückbank Platz nehmen. Der kleinere knallte die Tür zu.

Auch die Fahrt zum Revier verlief schweigend. Noch immer wirkten die beiden Polizisten völlig entspannt. Aber was hieß das schon? Dies war nicht Amerika, wo Polizisten permanent angegriffen wurden. Kuba war eine Diktatur und in solchen war die Polizei so gefürchtet, dass sie nur sehr selten mit Widerstand konfrontiert wurde. Vielleicht war es auch einfach nur die Hitze, die sie so entspannt wirken ließ. Cavelli sah aus dem Fenster. Die Fahrt schien kein Ende zu nehmen, und er hatte das Gefühl, dass es quer durch die ganze Stadt ging, was er beunruhigend fand. In der Stadt gab es unzählige stark verwitterte, aber dennoch wunderschöne Gebäude. Nun kam er schließlich doch noch zu einer Stadtrundfahrt mit Sightseeing, wenn auch unter den denkbar unerfreulichsten Bedingungen. Schließlich gelangten sie zu einem Bauwerk, das wie ein altes Fort aussah. War das ein Polizeirevier oder ein Gefängnis, oder beides auf einmal? Nachdem ein stählernes Tor geöffnet worden war, fuhr der Wagen auf einen quadratischen Innenhof und hielt vor einem länglichen flachen Gebäude. Die beiden Polizisten stiegen aus, und der kleinere öffnete Cavelli die

Wagentür. Während er ausstieg, sah er nach oben und fragte sich unwillkürlich, wie lange es dauern würde, bis er den Himmel wiedersehen würde. Möglicherweise nie mehr. Dann wurde er in das Gebäude geführt. Der größere wechselte mit einem Beamten hinter einem Schalter einige schnelle Worte, dann griff dieser zum Hörer und begann zu telefonieren, während man Cavelli einen Gang entlangführte und darauf eine Treppe ins Untergeschoss; das ließ nichts Gutes ahnen. In einem kleinen Raum, der bis auf vier Stühle an der Wand leer war, hieß man ihn warten. Dann wurde die Tür geschlossen. Er war allein. Cavelli atmete etwas auf; nach einer Verhaftung sah das nicht unbedingt aus. Er überlegte, ob er auf seine Vatikanische Staatsangehörigkeit und sein Diplomatenvisum hinweisen sollte, sobald wieder jemand auftauchte. Nein, besser nicht. Er wusste nicht, ob ihn das vielleicht noch verdächtiger machte. Das konnte er immer noch versuchen, wenn sich die Dinge schlecht entwickelten und er nichts mehr zu verlieren hatte.

LXI

Nach etwa fünfzig Minuten ging die Tür auf und ein Polizeioffizier, der, wie Cavelli an dessen Schulterabzeichen und dessen Auftreten erkannte, einen höheren Rang hatte als die beiden, die ihn hergebracht hatten, betrat den Raum. In seiner Begleitung befand sich ein Mann in einem blauen Nadelstreifenanzug, der wie ein Zivilist wirkte. Der Offizier fragte Cavelli etwas in sehr schnellem Spanisch, dann wandte sich ihm der andere zu und übersetzte das Gesagte: »Sie sind Dottore Cavelli?«

Cavelli zögerte. Er war kein Doktor. Allerdings Professor. War das nur eine Unachtsamkeit des Beamten, oder lag hier vielleicht eine Verwechslung vor und er war gar nicht die Person, die hier sein sollte? Er beschloss, es richtig zu stellen. »Mein Name ist Donato Cavelli. Ich bin Professor, aber kein Doktor.«

»Spielt keine Rolle«, lautete die nächste Übersetzung des Nadelstreifenträgers. »Hauptsache Sie sind hier. Kommen Sie bitte.« Sie führten ihn hinaus und über zwei weitere Gänge zu einer Metalltür mit einer Luke, die eindeutig zu einer Gefängniszelle gehörte. Der Offizier sagte in schnarrendem Tonfall etwas zu Cavelli, was der andere Mann mit »Sie haben dreißig Minuten« übersetzte. Ein Wärter drehte den Schlüssel und öffnete die schwere Tür. Mit einem unguten Gefühl betrat Cavelli die Zelle, und die Tür wurde hinter ihm geschlossen. Er hörte, wie der Schlüssel im Schloss gedreht wurde. Die Zelle war klein, dunkel und schäbig. Durch ein winziges vergittertes Fenster nahe der Decke fiel ein wenig Licht hinein. Cavelli hatte, abgesehen von einem touristischen Besuch auf Alcatraz, noch nie eine Gefängniszelle betreten, und normalerweise wäre es ein beklemmendes Gefühl gewesen, doch jetzt wurde seine ganze Aufmerksamkeit von etwas anderem in Anspruch genommen.

»Hallo, Don.«

LXII

Cavelli stand nur stumm da und starrte ungläubig auf die Person, die auf der schmalen Pritsche saß. Cecilia.

Cavelli hatte sie auf den ersten Blick gar nicht erkannt. Ihre Haare waren nun hochgesteckt. Zusammen mit einem veränderten Make-up wirkte die Veränderung so stark, dass sie eine andere Person zu sein schien.

»Du lebst?«

Sie zuckte die Achseln. »Offensichtlich.«

»Ich … ich dachte … ich war sicher, dass du …«

»Ja, Don, das solltest du auch denken.« Sie lächelte wie eine geduldige Grundschullehrerin, die einem Sechsjährigen das Alphabet erklärt. »Und der Rest der Welt sollte das auch denken. Ich hatte das Gefühl, dass ich nur sicher bin, wenn alle glauben, dass ich tot bin.«

»Du hast deinen Tod nur vorgetäuscht?« Cavellis Gehirn hatte Schwierigkeiten, sich auf die neue Situation einzustellen.

»Ja. Entschuldige bitte, Don.«

»Aber der Schuss, das Blut …«

»Alles nur Fake. Aber das erkläre ich dir später, jetzt brauch ich deine Hilfe.«

»Was? Wie sollte ich …?«

»Ich hab denen hier mein Diplomatenvisum gezeigt, aber das hat die nicht besonders interessiert. Dann hab ich behauptet, dass du mein Anwalt bist, sonst hätten sie dich wahrscheinlich nicht zu mir gelassen.«

»Was wirft man dir denn vor?«

»Ich glaub, das wissen die selbst noch nicht genau. Sie haben mich verhaftet, als ich an das Geld auf dem Konto wollte.«

Cavellis Verwirrung stieg mit jedem Moment. »Ich verstehe nicht, wie konntest du hoffen, an das Geld zu kommen?«

Cecilia seufzte resigniert. »Es ist ein anonymes Nummernkonto. Wer das Passwort kennt, kann darüber verfügen.«

»Wie bitte? Was? Woher willst du das Passwort …«

»Don, versteh doch: Es ist genauso, wie Dottore Diotallevi gesagt hat«, fiel ihm Cecilia ins Wort. »Mein Mann Aldo hat dieses Geld beiseitegeschafft. Er hat nichts gestohlen. Er hat nur Immobilien des Vatikan viel zu billig gekauft und dann zum tatsächlichen Marktwert wieder verkauft. Und das über zweiundzwanzig Jahre. Das war möglich, weil er der zuständige Mann für die Bewertung der Vatikanimmobilien war. Dabei achtete er darauf, dass alle Dokumente, die er unterschrieb, zwar innerhalb der Bank wie immer aussahen, aber dass ein Graphologe seine Unterschriften als Fälschungen entlarven würde.«

»Wie geht *das* denn?«, entfuhr es Cavelli.

»Indem er seine eigene Unterschrift fälschte. Er schrieb sie so gut er konnte mit der linken Hand. Ein einfacher Trick, aber wirkungsvoll. Am Ende waren es fast eins Komma vier Milliarden Euro.«

»Also doch« entfuhr es Cavelli entgeistert. »Ich kann es nicht fassen, dein Mann wirkte immer so ehrlich und gutmütig auf mich.«

Cecilia nickte gleichmütig. »Ja, er wusste, dass er so wirkte. Das war sein Kapital. Er amüsierte sich darüber. *Die Wege des Herrn sind unergründlich,* sagte er dann öfter. Damit meinte er sich selbst. Er blieb selbst als Verbrecher eben immer noch Katholik.« Sie lächelte entschuldigend.

»Äußerst witzig.« Cavelli war nicht zum Lachen zumute. »Aber ich verstehe immer noch nicht, wie hast du das Geld hierhergeschafft, und wer …?«

»Don, Don!«, unterbrach ihn Cecilia. »Beruhig dich, ich werde dir alles erzählen. Setz dich lieber hin.«

Cavelli setzte sich auf den am Boden befestigten Stuhl ihr gegenüber.

»Wir hatten all das viele Geld«, begann sie, »und konnten nichts davon ausgeben. Stattdessen mussten wir beide ganz normal weiterleben in unseren schäbigen kleinen Jobs. Das hat uns verrückt gemacht. Da haben wir uns etwas überlegt, wie wir uns absetzen konnten.

Wir wollten keinen Verdacht erregen. Also durfte Aldo bei der Vatikanbank nicht kündigen, sondern wir mussten einen anderen Weg finden. Dann hatte ich eine Idee. Bei mir im Krankenhaus werden gelegentlich auch Obdachlose eingeliefert, die dann versterben. Ich wartete auf einen, der etwa in Aldos Alter war und der an Herzinfarkt verstorben war. Statt seine Daten ins hauseigene System einzugeben, setzte ich ihn in einen Rollstuhl, brachte ihn aus dem Haus und in unsere Wohnung. Ich wusch und rasierte ihn und zog ihm Kleidung von Aldo an. Dann hievte ich ihn in einen Sessel und rief den Notarzt. Der konnte natürlich nur seinen Tod feststellen, und da er Aldo nicht kannte, hatte er auch keinen Anlass, an der Identität des Mannes zu zweifeln. Schon hatten wir einen amtlichen Todesschein für Aldo. Inzwischen hatten wir uns auch gefälschte Pässe zugelegt, es ist erstaunlich, wie leicht sowas geht, wenn Geld keine Rolle spielt. Und Aldo hat sich sogar Haar auf den kahlen Teil seines Kopfs verpflanzen lassen und sich einen Schnurrbart wachsen lassen. Er war kaum wiederzuerkennen. Dann transferierten wir über Umwege das Geld auf eine Bank in Havanna und Aldo reiste, um keine Spuren zu hinterlassen, über mehrere Stationen unter dem Namen Dante Anistasidis hierher. Ich sollte bald auf einer anderen Route nachkommen, doch dann fingen diese verdammten Kontrollen in der Vatikanbank an und plötzlich stand Aldo unter Verdacht. Zwar war er offiziell tot, aber wir konnten dennoch nicht riskieren, dass man uns auf die Spur kam. Also blieb ich vorerst in Rom und versuchte, den Verdacht von Aldo abzulenken. Zuerst nur, indem ich auf die gefälschten Unterschriften hinwies, aber das schien Dottore Diotallevi nicht sonderlich zu beeindrucken. Also …«

»Warte, mir schwirrt der Kopf, Cecilia!«, unterbrach Cavelli sie. »Soll das heißen, du und dein Mann, ihr steckt mit diesen Leuten unter einer Decke? Aber das ergibt keinen Sinn.«

»Mit was für Leuten, Don?«

»Mit den Leuten, die versuchen, uns umzubringen!«

»Don. Versteh doch: Es gibt keine *Leute*. Es gibt nur meinen Mann und mich, oder wie ich mich in Mails an meinen Mann zur Tarnung scherzeshalber genannt habe: Sektion 11.«

»Aber die sabotierten Bremsen an deinem Wagen, die …«

»Die waren nicht sabotiert, sondern völlig in Ordnung. Von Maria Bazoli wusste ich, dass du dich bei Diotallevi positiv über Aldo geäußert hattest. Da dachte ich mir, es wäre gut, wenn eine im Vatikan so einflussreiche Persönlichkeit wie du ein gutes Wort für Aldo und mich einlegen würde. Also musste ich dich überzeugen, dass irgendeine mächtige Organisation hinter den Kulissen die Fäden zog. Ich fertigte mit Photoshop eine Visitenkarte für den ominösen Dottore Acari vom Vatikan an und behauptete, er hätte versucht, mich einzuschüchtern. Das hat dich beeindruckt. Allerdings noch nicht genug.

Daher das mit den Bremsen. Ich bin eine ziemlich gute Fahrerin. Als wir den Berg runtergefahren sind, hab ich einfach nicht gebremst, aber keine Sorge, ich hatte alles im Griff, wenn nötig, *hätte* ich gebremst, aber es *war* nicht nötig. Um das Bild abzurunden, behauptete ich, dass man in meine Wohnung eingebrochen ist und dass sich im Krankenhaus ein Mann nach meinen Dienstzeiten erkundigt hatte. Dann hab ich leider einen Fehler gemacht. Ich dachte, um dich endgültig in die Sache reinzuziehen, müsstest du den Eindruck haben, dass du nun auch selbst bedroht wirst. Also wartete ich an der Straßenecke, bis du den Vatikan verlassen hattest, und bestellte dir eine Pizza. Mir war klar, dass du das als Mordversuch auffassen würdest. Allerdings hatte ich dich unterschätzt. Ich wollte nur, dass du Monsignore Mattlin versicherst, dass eine unbekannte Verbrecherorganisation in die Sache verwickelt ist. Ich hatte nicht vorausgesehen, dass du nun Eigeninitiative ergreifen würdest. Es war wie in diesem Märchen: Ich hatte den Geist aus der Flasche gelassen und kriegte ihn nun nicht wieder rein. Insofern war alles, was dann folgte, im Grunde deine Schuld, Don.«

»Wie bitte?«, fuhr Cavelli auf. »Ich hab nicht …«

»Du hast gesagt, du würdest nun selbst ermitteln, das konnte ich nicht zulassen. Um dich abzuwimmeln, behauptete ich, ich käme schon klar und dass ich schon ein oder zwei Ideen hätte. Als du dann wissen wolltest, was für welche, musste ich mir etwas ausdenken. Etwas, von dem ich hoffte, dass es dich dazu bringen würde, aufzugeben. Ich rief eine befreundete Krankenschwester an, die in Venedig im Ospedale San Camillo arbeitet und fragte sie, ob an diesem Morgen irgendwelche Männer zwischen vierzig und siebzig eingeliefert und an einer Gewalttat verstorben wären. Sie nannte mir einen Lamberto Chiozzi, der bei einem Raubüberfall niedergestochen und einige Minuten zuvor verstorben war. Ich googelte seine Adresse in Venedig und nannte dir seinen Namen, dann …«

»Moment, Moment, willst du etwa sagen, Lamberto Chiozzis Tod hat mit unserer Sache nicht das Geringste zu tun?«

»So ist es, Don.«

»Aber wir haben Dottore Diotallevis Visitenkarte unter seinen Sachen gefunden, das kann doch nicht …«

»*Ich* habe sie – ›gefunden‹, Don. Diotallevi hatte sie mir gegeben, als er mich in Rom aufsuchte, um mich über Aldo zu befragen. Als du nicht hingesehen hast, hab ich so getan, als wenn ich sie aus Chiozzis Brieftasche gezogen hätte. Dann bestandest du im Danieli zu meinem Entsetzen darauf, eine Wirtschaftsdetektei einzuschalten. Ich hab versucht, es dir auszureden, aber du hast nicht auf mich gehört. Also rief ich noch am selben Abend eine andere Detektei in Venedig an und bestellte sie ins Hotel. Ich sagte ihnen, dass ich am nächsten Morgen mit einem Mann aus dem Danieli kommen würde, also mit dir, Don, und dass ich wissen wollte, wohin du gehst, wenn wir uns trennen. Das brachte sie dazu, uns überallhin zu folgen. Auch in diesen baufälligen Palazzo. Die wollten dir nichts tun, Don, die sind dir nur gefolgt. Außerdem habe ich, um dir immer einen Schritt voraus sein zu können, am selben Morgen im Danieli einem Japaner sein Smartphone vom Frühstückstisch stibitzt. Es war noch entsperrt, ich hab's mir geschnappt und sofort das Passwort geändert. Lukrezia Pesaro hat mich in Panik versetzt. Sie war so zuversichtlich, dass sie sehr schnell etwas finden würde. Also lockte ich sie in den Markusdom und deponierte den Brief mit dem Backpulver. Das hatte genau die Wirkung, die ich mir erhofft hatte. Sie stieg aus. Doch leider gab sie dir noch den Hinweis mit dem Konto in Havanna, woraufhin du sofort herkommen wolltest. Auch das versuchte ich dir auszureden. Ohne Erfolg, also musste ich mit – um weiterhin die Kontrolle zu haben. Ich unternahm noch einen letzten Versuch am Flughafen von Venedig, um dich zum Aufgeben zu bringen, indem ich von dem gestohlenen Smartphone wieder meine Detektei anrief. Die schickten auch sofort zwei Männer, aber leider hast du sie ausgetrickst. Zum Glück hattest du Diplomatenvisa für uns besorgt, so wurde unser Gepäck bei der Einreise in Havanna nicht durchsucht und ich konnte mein Geld und das Smartphone ohne Probleme und von dir unentdeckt einführen.«

Cavelli hatte immer mehr Mühe zu folgen. »Von was für Geld sprichst du?«

Cecilia lächelte entwaffnend. »Es war sehr lieb von dir, Don, dass du alles für uns beide bezahlt hast, aber Aldo hatte mir hunderttausend Euro in bar dagelassen, für nötige Unkosten, bis ich nachkommen könnte. Von diesem Geld hab ich auch die Detektive bezahlt.«

Cavelli war blass geworden und blickte sie fassungslos an.

»Ich habe immer wieder versucht, dich zum Aufgeben zu bringen, Don«, beteuerte sie, »aber du wolltest ja nicht hören. Als wir in Havanna angekommen waren, kam mitten in der Nacht eine Mail von Lukrezia Pesaro …«

»Die hab ich inzwischen auch gelesen.«

Cecilia stockte für einen Moment irritiert. »Na, jedenfalls hatte sie Aldo aufgespürt. Immerhin hatte sie seine Tarnexistenz als Dante Anistasidis nicht durchschaut. Und auch die Villa am Meer, die er gemietet hatte, war ihr unbekannt, sie hatte nur einen Liegeplatz im Yachthafen ausfindig gemacht. Das war mir nun wieder neu. Ich bin ganz früh am Morgen hin, da sah ich ihn. Auf dieser Yacht. Mit einer jungen Frau im Arm. Wahrscheinlich irgendein Flittchen von hier.« Sie schwieg und schien den Augenblick ein zweites Mal zu durchleben. Zornesröte stieg ihr ins Gesicht. »Dieses miese Schwein, wir sind seit dreiundzwanzig Jahren verheiratet, wir haben alles gemeinsam geplant und durchgeführt, und dann betrügt er mich mit der erstbesten Schlampe! Er glaubte wohl, ein neues Leben ohne mich anfangen zu können.« Cecilias

Stimme zitterte vor Wut. »Mein erster Impuls war, mich auf ihn zu stürzen und ihn umzubringen, aber ich konnte mich gerade noch beherrschen. Aber nicht genug, um nicht ein paar Bilder von den beiden und der Yacht zu machen und sie sofort anonym an Dottore Diotallevi zu mailen. Zusammen mit Informationen über Aldos gegenwärtigen Namen und seinen Aufenthaltsort. Kaum hatte ich das getan, ging mir auf, dass ich einen riesigen Fehler gemacht hatte. In meiner Wut hatte ich nicht bedacht, dass ich noch an das Konto ranmusste, und das ging am besten, wenn man keine schlafenden Hunde weckte. Aber nun war es zu spät, noch etwas zu ändern, und ich würde das Beste draus machen müssen. Ich kehrte also noch vor dem Frühstück ins Hotel zurück. Dort unternahm ich einen weiteren Versuch, dich zum Aufgeben zu bringen, und schüttete etwas Putzmittel, das ich im Flur von einem der Wagen der Zimmermädchen geklaut hatte, in unsere Kaffees und machte dich auf den Geruch aufmerksam. Auch das beeindruckte dich nicht sonderlich. Du wolltest zur Bank, aber ich überredete dich, erst einzukaufen. Außerdem wollte ich verhindern, dass du deinen Mailaccount checkst und die Mail von Lukrezia Pesaro entdeckst. Als wir zufällig an der russischen Botschaft vorbeiliefen und gerade ein älterer Herr herauskam, hatte ich eine brillante Idee: Ich behauptete, dass es sich um Dottore Acari handelte …«

»… der aber sowieso nicht existiert«, warf Cavelli sarkastisch ein.

»Ganz recht, Don.« Sie lächelte entschuldigend. »Nachdem dich das Putzmittel im Kaffee nicht abgeschreckt hatte, kam mir eine bessere Idee. Im Flugzeug hatte ich einige Artikel über das Havanna-Syndrom gelesen und dass die betroffenen Personen unter anderem auch alle Kopfschmerzen hatten. Mir war schon vorher klar geworden, wieviel Espresso du jeden Tag trinkst und wie hoch der Koffeinlevel in deinem Körper sein musste. Also setzte ich dich auf Entzug. Ich holte neuen Kaffee vom Büffet und brachte dir ohne dein Wissen koffeinfreien. Auch der, den ich dir fürs Zimmer gekauft hatte, war koffeinfrei, ich hab die Tüten umgefüllt und wieder zugeklebt, damit du es nicht merkst. Wie üblich bei Koffeinentzug bekamst du Kopfschmerzen. Nachdem ich dich von meinem Zimmer angerufen und nichts gesagt hatte und dir kurz darauf erklärte, ebenfalls einen solchen ominösen Anruf bekommen zu haben, behauptete ich, ebenfalls Kopfschmerzen zu haben, und zwar, bevor wir über *deine* Kopfschmerzen gesprochen hatten. Aber auch das überzeugte dich nicht wirklich. Erst als ich dir in meinem Zimmer eine Cola gab und das darin enthaltene Koffein deine Entzugssymptome beendete, wurdest du ein bisschen nachdenklich.«

Cavelli machte ein fassungsloses Gesicht. »Du hast mich auf Koffeinentzug gesetzt, damit ich Kopfschmerzen bekomme? Was sind das für hinterhältige Methoden?«

»Was beklagst du dich? Ich bin nun mal Krankenschwester. Ist ja nicht so, als ob ich dich vergiftet hätte. Im Gegenteil: Ich hab dich *ent*giftet.«

»Danke bestens«, erwiderte Cavelli bitter.

»Und auf dem Hotelsims hab ich dir das Leben gerettet.«

»Ohne deine Tricks und Lügen wäre das gar nicht nötig gewesen.«

»Na, dann sind wir ja quitt.« Sie lächelte unsicher.

Cavelli verkniff sich einen Kommentar dazu. »Und wer hat versucht auf uns zu schießen?«

»Niemand. Als ich am Flughafen in Venedig eingekauft habe, gab es an der Kasse so einen Schlüsselanhänger mit einem Laserpointer. Ich hatte da noch keinen richtigen Plan, aber so ein Gefühl, dass ich ihn vielleicht noch gut brauchen könnte, also hab ich ihn gekauft. Ich hatte den Pointer in der Hand verborgen und hab mir das Laserlicht selbst auf den Körper projiziert. Dann hab ich mir mit einer Rasierklinge die Stirn geritzt, und schon gab's jede Menge Blut. Dann musste ich nur noch umfallen. Ich kann gut tot spielen, man darf nur nicht blinzeln.« Sie lächelte ihn an wie ein Kind, das um Verzeihung bittet.

Cavelli biss die Zähne zusammen und versuchte, seinen Zorn hinunterzuschlucken.

Cecilia tat so, als ob sie es nicht bemerkte. »Auf die Idee mit dem Blutfleck bin ich besonders stolz. Als du weg warst, hab ich etwas Blut auf den Teppich getropft und es dann mit dem Taschentuch verrieben. So als habe jemand versucht, es zu entfernen, hätte aber nicht genug Zeit gehabt.«

Cavelli antwortete nicht. Er erinnerte sich gut an das Blut auf dem Teppichboden und wie sich ihm bei dessen Anblick der Magen umgedreht hatte.

Cecilia fuhr ungerührt fort. »Dann bin ich zur Bank, um das Geld abzuheben. Es schien auch alles glatt zu gehen, aber dem Bankdirektor kam das Ganze wohl nicht koscher vor oder er hatte Angst, etwas falsch zu machen und er hat die Polizei verständigt. Wahrscheinlich war es ein Fehler, dass ich Aldos Foto zusammen mit seinem Decknamen schon Stunden zuvor an den Vatikan gemailt hatte. Ich hätte warten sollen, bis ich das Geld habe. Jetzt sitze ich hier, und an das Geld komme ich auch nicht ran, weil der Vatikan bereits Besitzansprüche geltend gemacht hat und das Konto nun bis auf weiteres gesperrt ist.« Sie seufzte und blickte Cavelli an, als warte sie demütig auf sein Urteil.

LXIII

In der Zelle war es still. Cavelli saß wie erschlagen da und versuchte mühsam, das Gehörte zu verarbeiten.

»Du … du hast da ein riesiges Lügengebäude errichtet, um mich …«

»Nein, Don, es war nichts von mir geplant. Ich hab immer nur auf das reagiert, was du gesagt und getan hast. Es war … Improtheater. Ich hab dir doch in Rom gesagt, dass ich das mache.«

»Improtheater?« Cavellis Stimme klang bitter. »Ich würde das eher Betrug nennen. Und was schlimmer ist: Vertrauensbruch. Absoluten Vertrauensbruch!«

»Einigen wir uns auf Notlügen, Don«, schlug Cecilia zaghaft vor. »Das hätte alles nicht sein müssen, wenn du die Sache nicht immer weiter vorangetrieben hättest. Sieh es doch mal so: Niemand hat uns verfolgt, niemand ist verletzt oder getötet worden. Es bestand nie eine Gefahr für uns.«

»Immerhin wurdest du von der kubanischen Polizei verhaftet. Das dürfte eine ziemlich ernste Sache sein, denke ich.« Er machte eine Pause und schluckte. »Soll ich dir einen Anwalt besorgen?«

»Das würdest du tun, Don?« Sie sah ihn überrascht an.

Cavelli nickte widerwillig. »Du verdienst es zwar nicht, aber ja, würde ich.«

»Danke. Aber ich brauche keinen Anwalt. Ich möchte, dass du etwas anderes für mich erledigst.«

Cavelli verzog misstrauisch das Gesicht. »Und das wäre?«

»Bitte nimm Kontakt zu Monsignore Mattlin auf. Erkläre ihm, dass die Vatikanbank ihr Geld zurückhaben kann. Die ganzen eins Komma vier Milliarden. Abzüglich ein paar Millionen, die wir ausgeben mussten, um bis hierher zu kommen.«

»Du willst es zurückgeben?«, fragte er mit unüberhörbarem Zweifel in der Stimme. »Einfach so?«

Cecilia schüttelte den Kopf. »Nein, nicht einfach so. Im Gegenzug erhebt der Vatikan keine Anklage gegen mich und erklärt, dass ich das Konto im Auftrag des Vatikan auflösen wollte. Dann dürfte es für die kubanischen Behörden keinen Grund mehr geben, mich festzuhalten.«

»Ich glaube, du stellst dir das alles ein bisschen zu leicht vor, meine Liebe.«

»Das denke ich nicht. Nicht nur ich brauche den Vatikan, der Vatikan braucht auch mich. Vergiss nicht, Don, das Konto lautet auf meinen und Aldos Namen. Wenn ich nicht erkläre, dass es das Geld der Kirche ist, wird der Vatikan es sehr schwer haben, seinen Besitzanspruch geltend zu machen. Da könnte ja sonst jeder kommen und sagen, das Geld auf einem fremden Konto gehört eigentlich mir.«

»Und du meinst, dann ist alles vergeben und vergessen?«, erkundigte sich Cavelli sarkastisch.

»Meine ich. Im Grunde kann der Vatikan doch froh sein. Ohne Aldo hätte das IOR doch seine Immobilien noch ewig weiter viel zu billig veräußert. Nun erhält es das entgangene Geld aus Hunderten miserablen, aber legalen Geschäften als Bonus. Geld, auf dass es normalerweise gar keinen Anspruch hätte. Und für die Zukunft hat das IOR etwas gelernt. Der Heilige Vater müsste mir und Aldo im Grunde einen Orden verleihen.« Sie blickte ihn mit aufrichtigen Augen an, als sei alles ganz simpel und logisch.

»Von dem Orden sag ich lieber nichts«, beschied Cavelli missmutig. »Den Rest werde ich an Mattlin weitergeben. Rückgabe des Geldes gegen Immunität für dich.«

»Ganz genau.« Sie lächelte ihn an.

Dann kam Cavelli noch ein Gedanke. »Und was ist mit Aldo?«

Cecilia zuckte die Achseln. »Keine Ahnung. Ich hoffe, sie kriegen ihn. Meinetwegen kann er im Knast verrotten!«

LXIV

Drei Wochen später saß Cavelli erneut mit Monsignore Mattlin im Ristorante Velando. Wie immer hing der Geruch köstlicher Gerichte in der Luft, aber Cavelli verspürte nur wenig Appetit. Seit er Mattlin von Havanna aus angerufen hatte, um ihn über Cecilia Volpis Angebot zu unterrichten, hatten sie noch nicht wieder miteinander gesprochen. Cavelli hatte keine Ahnung, was inzwischen passiert war, und bis jetzt hatte er sich erfolgreich gesagt, dass es ihn einen Dreck interessierte. Ja, er hatte sich sogar eingeredet, dass er einfach nur wieder einmal mit seinem alten Freund Mittagessen wollte und dass er alles, was mit dem Ehepaar Volpi zu tun hatte, nicht erwähnen würde. Dieser fromme Vorsatz hatte sich dann sehr schnell als nicht erfüllbar erwiesen: Nachdem Monsignore Mattlin eine Weile über Dottore Diotallevis zeitraubende Untersuchungen in der Vatikanbank geklagt hatte, die nach wie vor weit davon entfernt waren, abgeschlossen zu sein, und die sich, wie er befürchtete, noch über Jahre hinziehen konnten, war er ganz von selbst auf die jüngsten Ereignisse zu sprechen gekommen. Für Cavellis Geschmack hatte sich sein Freund nach einem guten Schluck Vigne Surrau etwas zu feierlich den Mund abgewischt und Cavelli im Namen des Heiligen Vaters gedankt. Cavelli hatte unwirsch abgewinkt. »Dafür besteht keine Veranlassung, ich habe nichts getan.«

Monsignore Mattlin lächelte. »Ich versteh schon, warum Sie das so sehen, aber wir haben uns ausführlich mit Cecilia Volpi unterhalten. Wenn Sie, Don, Cecilia Volpi nicht nach Havanna gebracht hätten, wäre unser Geld wohl noch immer dort und wir wüssten von nichts.«

»Mag sein.« Cavelli schnappte sich etwas Weißbrot aus dem Korb und biss lustlos hinein. »Ein blindes Huhn findet auch mal ein Korn.«

»Ein Korn oder eins Komma vier Milliarden Euro. Abzüglich fünfzig Millionen für die kubanische Regierung.«

Cavelli sah überrascht auf. »Was? Wofür *das* denn?«

Mattlin zuckte die Schultern. »Wir haben uns mit denen auf den Begriff *Verwaltungsgebühren* geeinigt. Im Grunde natürlich pure Erpressung. Ohne diese Summe hätten die das Geld einfach nicht rausgerückt. Wir haben im Grunde noch Glück, dass sie es überhaupt getan haben. Wenn sie sich geweigert hätten, wäre es sehr schwierig geworden. Langwierige internationale Prozesse … und selbst dann gibt es keine Garantie … Aber dieses Geld ist zu verschmerzen; was uns mehr Sorge bereitet, ist, dass die Kubaner das publicitymäßig ausschlachten könnten. Ich sehe schon die Schlagzeilen: Papst spendet kubanischen Kommunisten fünfzig Millionen.«

Cavelli pfiff durch die Zähne. »Verstehe.«

»Und noch etwas haben Sie getan, Don«, fuhr Mattlin fort. »Ihre Bemühungen haben letztlich dazu geführt, dass wir Aldo Volpis habhaft werden konnten.«

»Sie haben ihn? Hier im Vatikan?«

»Ja, er sitzt bei uns im Gefängnis.«

Cavelli unterdrückte ein spöttisches Lächeln. Das Vatikanische »Gefängnis« bestand aus einer einzigen Zelle im Justizpalast, die mangels Belegung jahrelang als Kopierraum Verwendung gefunden hatte. »Hat der Vatikan auch einen Deal mit ihm gemacht? So wie mit seiner Frau?«, erkundigte er sich.

»Nein. Ganz und gar nicht«, antworte Mattlin. »Er kam nicht freiwillig. Seine Frau hat ihn auffliegen lassen, aus persönlichen Gründen. Der Mann war ein Ehebrecher. Sie hat ihn aus Rache an uns verraten. Der Heilige Vater hat sich dann direkt an Präsident Biden gewandt und ihn gebeten, uns behilflich zu sein, Aldo Volpi in Havanna zu ergreifen. Die Amerikaner haben ja dort Leute vor Ort. Und diesem Ersuchen ist Biden nachgekommen, die Amerikaner haben Volpi dingfest gemacht. Soweit ich weiß, durch das FBI. Das hatte ihn wohl ohnehin schon im Visier, ihn aber dann wieder aus den Augen verloren. Ich kenne nicht alle Details. Irgendwie hat man Aldo Volpi wohl dazu gebracht, mit seiner Yacht so weit rauszufahren, dass er sich in internationalen Gewässern befand. Dort wurde er von Special Ops verhaftet und …«

»Special was?«

»Special Ops. Kurzform für Special Operations. Elitekommandos. Keine Bildungslücke, Don, ich kannte den Begriff bis vor kurzem ebenfalls nicht. Die haben ihn dann nach Guantanamo gebracht und nach ein paar Tagen, in denen sie ihn selbst verhört haben, an uns überstellt, was ziemlich großzügig ist, da der Vatikan ja mit keinem Staat der Welt ein Auslieferungsabkommen unterhält. Wir haben Glück mit Joe Biden. Er ist Katholik. Bisher gab es außer John F. Kennedy keinen einzigen katholischen US-Präsidenten.« Mattlin nippte an seinem Wein, bevor er fortfuhr: »Jedenfalls ist Volpi nun bei uns und wird seitdem verhört. Dottore Diotallevi hat mir versichert, dass seine Aussagen überaus hilfreich sind, die bankinternen Vorgänge zu durchleuchten. Am Ende müssen wir fast froh sein, dass Volpi das IOR betrogen hat. Ohne ihn hätte die Bank bis zum Jüngsten Tag so weitergemacht und wir hätten Milliarden bei schlechten Immobiliengeschäften verloren.«

Cavelli nickte grimmig. »Cecilia Volpi hat fast das Gleiche gesagt: Der Vatikan müsste ihrem Mann dankbar sein.«

»Sie hat recht. Das Geld, das wir dabei verloren haben, war Lehrgeld.«

»Schön, dass es der Vatikan so locker nimmt«, bemerkte Cavelli sarkastisch. »Signora Volpi wird also nicht angeklagt?«

»Das war die Vereinbarung, Don. Rückgabe des gesamten Geldes gegen Immunität. Im Grunde war sie ja ohnehin nur Mitwisserin ihres Mannes, während er die treibende Kraft war. Soweit ich weiß, hat sie ihr altes Leben wieder aufgenommen und arbeitet weiterhin als Krankenschwester. Man könnte fast sagen: Ende gut, alles gut.«

Mattlin griff zur Dessertkarte und betrachte zufrieden die angebotenen Nachtischoptionen.

LXV

Cavelli wusste nicht, ob er lachen oder weinen sollte. Cecilia Volpi mochte die beste Improschauspielerin der Welt sein, aber für ihn war sie nur der verlogenste Mensch, mit dem er es je zu tun gehabt hatte. Monsignore Mattlin und der Vatikan schienen hingegen fast schon mit Wohlgefallen auf sie zu blicken. War das christliche Nächstenliebe oder hatte es damit zu tun, dass sie von ihr ohne große Probleme über eine Milliarde Euro bekommen hatten?

Oder sah er das alles zu schwarz? Im Grunde hatte sie recht gehabt: Aldo Volpi hatte nur die Geschäfte gemacht, welche das IOR aus Inkompetenz nicht gemacht hatte. Es war niemand geschädigt worden. Und dann hatte das Ehepaar Volpi lediglich versucht, das Geld zu behalten. Mehr war eigentlich nicht passiert.

Nein, das war Blödsinn. Es *war* mehr passiert. Viel mehr!

Womit hatte Mattlin seinen guten Zustand kürzlich noch begründet? Dehnungsübungen und Gottvertrauen? Cavelli hatte damals dabei innerlich etwas gelächelt. Nicht wegen der Dehnungsübungen. Wegen des Gottvertrauens. Aber jetzt sah er es anders. Vielleicht war es an der Zeit, es selbst einmal mit Gottvertrauen zu versuchen. Er wusste nicht, ob ihm das auch helfen würde, aber eines wusste er sicher: Es würde lange dauern, bis er wieder einem *Menschen* vertrauen würde …

Epilog

I

Sechs Wochen später

Es war natürlich eine Farce gewesen. Aber zur Abwechslung mal eine angenehme. Vor gerade mal einer halben Stunde war Barnabas Cole vom Sektionschef der FBI-Dienststelle Anchorage eher geschäftsmäßig als feierlich die vom Hauptquartier in Washington übersandte FBI-Medaille für besondere Verdienste überreicht worden. Eine Auszeichnung, die seiner weiteren Karriere zweifellos noch förderlich sein würde. Normalerweise wurden die Orden des FBI in einer besonderen Feierstunde vor Publikum überreicht. In Coles Fall hatte die ganze Zeremonie nicht mal fünfundvierzig Sekunden gedauert, und sein Chef hatte dabei die ganze Zeit ein etwas ratloses Gesicht gemacht. Zu Recht, wie Cole selbst gefunden hatte.

Während er in seinem Büro an den Wänden nach einem Platz suchte, wo die zur Medaille gehörige Urkunde wirkungsvoll zur Geltung kommen würde, dachte er über die Fragwürdigkeit dieser Ehrung nach. Die entscheidende Leistung hatte die junge FBI-Agentin aus dem Büro in Miami erbracht, das er um Amtshilfe vor Ort gebeten hatte. Cole war ihr Name entfallen, aber er hatte sie in seinem Abschlussbericht ausdrücklich lobend erwähnt. Sie hatte die Freundin der Zielperson – auch der Name der Freundin war Cole entfallen – bearbeitet und innerhalb von nur einer Stunde umgedreht. Das war eine rekordverdächtige Spitzenleistung gewesen und die zentrale Leistung für die gesamte Operation. Die Festnahme des Mannes durch die Delta Force hingegen war nach allem, was Cole gehörte hatte, so einfach wie Blumenpflücken gewesen. Der US-Konsul in Havanna hatte die Freundin der Zielperson dann am nächsten Tag in einen Flieger nach Miami gesetzt. Erster Klasse. In solchen Fällen ließ sich Uncle Sam nicht lumpen. Als Coles Flugzeug endlich nach gefühlten hundert Stunden auf der Guantanamo Bay Navel Base gelandet war, hatte sich der Mann schon nicht mehr dort befunden. Offenbar hatte man ihn erst nach Washington und kurz darauf nach Rom ausgeflogen, wo er an den Vatikan übergeben worden war. Warum auch immer; das war offenbar top secret. Entscheidend waren nur zwei Dinge: Erstens, dass der Mann, um den es bei dieser Aktion gegangen war, offenbar eine große Nummer darstellte, und zweitens, dass er, Cole, der offizielle Leiter dieser Operation gewesen war – auch wenn er keine der beteiligten Personen je zu Gesicht bekommen hatte und nicht mal entfernt wusste, um was es eigentlich dabei gegangen war. Er wusste nur eins: Was immer dieser Italiener verbrochen hatte, Cole hatte allen Anlass, ihm dankbar zu sein.

II

Zwei Jahre später

Jennifer passte nicht wirklich hierher. Key West, dieser bekannte, aber erstaunlich kleine Ort, etwa hundertsechzig Meilen entfernt von Miami, war nur über die legendäre Brücke, die sieben Meilen lang über Wasser führte, zu erreichen und – zumindest für Amerikaner – so etwas wie das Ende der Welt. Am Ufer des Golf von Mexiko hatte man einen wuchtigen Betonklotz aufgestellt, der den *most southern point* markierte, den südlichsten Punkt der USA. Abgesehen von dieser Attraktion war dieser Ort nur für eine einzige weitere Sache bekannt: Ernest Hemingway hatte hier – nur ein Steinwurf vom most southern point – ein Haus mit Garten besessen, das inzwischen zu einer beliebten Touristenattraktion geworden war. Der Höhepunkt der Saison war der alljährlich stattfindende Ernest-Hemingway-Ähnlichkeits-Wettbewerb. Wer das nicht wusste, begann sich nach spätestens einer Stunde Aufenthalt in Key West zu wundern, warum hier so unglaublich viele alte, dicke Männer mit weißen Haaren und weißem Vollbart herumliefen. Es war ein Wettbewerb ganz nach dem Geschmack der Einwohner, da man, außer gut zu essen und aufs Rasieren zu verzichten, sonst nichts dafür tun musste.

Am dreiundzwanzigsten April 1982 um 12:00 mittags proklamierte Key West, dass es von nun an eine unabhängige Republik sei, und erklärte Amerika den Krieg. Allerdings nur, um 12:01 bedingungslos zu kapitulieren und Wiederaufbauhilfen in Höhe von einer Milliarde Dollar zu beantragen. Das Lebensgefühl hier war wohl das Gemütlichste in den gesamten USA, und das Motto seiner Bürger lautete: »Warum sitzen, wenn man liegen kann?«

Jennifer kam eindeutig nicht von hier. Sie schuftete sieben Tage die Woche von morgens bis abends in dem Café direkt am Meer und war bei Einheimischen und Touristen gleichermaßen beliebt. Dass ihr das Café auch gehörte, wussten die wenigsten. Aufgrund ihrer südamerikanischen Gesichtszüge hielten sie die meisten für eine Einwanderin aus Mexiko. Ein Irrtum, den sie nie richtigstellte. Ihr war es sehr recht, dass niemand ahnte, dass sie für einige Wochen mit einem kriminellen Milliardär liiert gewesen war. Sie hatte nicht gewusst, dass er ein Verbrecher war, erst das FBI hatte ihr dies anhand entsprechender Dokumente und Fotos nachgewiesen. Doch dies war nicht der Grund gewesen, warum sie ihn verraten hatte.

Es war etwas anderes, das den Ausschlag geben hatte. Das FBI hatte ihr bewiesen, dass ihr Freund Dante, der Mann, der versprochen hatte, sie zu heiraten, bereits in Italien verheiratet war. Das war unverzeihlich. Und auch ihr Verrat war unverzeihlich gewesen. Die Beichte in der Kirche hatte ihr geholfen, aber sie hatte dennoch fast ein Jahr gebraucht, um wieder einigermaßen zu sich zu finden. Über die Rolle des FBI machte sie sich bei alldem keine Illusionen. Die hatten auf ihre Gefühle keine Rücksicht genommen und sie eiskalt benutzt. Aber sie hatten ihre Versprechungen gehalten. Jennifer hatte nicht nur die Belohnung erhalten, die auf die Ergreifung dieses Verbrechers ausgesetzt war – für einen kleinen Teil davon hatte sie das Café erworben – sondern auch die Greencard, die sie berechtigte, in den USA zu leben – ein Traum hunderttausender Kubaner, der für die meisten jedoch nie in Erfüllung gehen würde – sowie eine neue Identität mit allen dazugehörigen Dokumenten.

Sie hatte sich sogar ihren neuen amerikanischen Vornamen aussuchen dürfen, er war nicht ganz so schön wie ihr echter, aber er klang zumindest so ähnlich. Sie hatte nur selten Heimweh. Wenn es sie doch überkam, sah sie aufs Meer hinaus. An besonders klaren Tagen glaubte sie, Havanna sehen zu können.

Dichtung und Wahrheit

Wie immer ist die Handlung frei erfunden. Umberto Cavelli und die Cavelli-Dynastie haben nie existiert. Die Inhalte von Cavellis Vorlesungen sind jedoch, wie immer, historisch korrekt. Alles, was über Rom, den Vatikan und die Vatikanbank gesagt wird (mit Ausnahme des geschilderten Falls), ist wahr.

Die Stadt Whittier in Alaska existiert und entspricht der Beschreibung. Das Gleiche gilt für Musha Cay and the Islands of Copperfield Bay, dem Privatresort für Superreiche des Illusionisten David Copperfield.

Auch Ristorante Velando, das man schon fast das offizielle Lokal der Kurie nennen kann, ist real.

Das Ristorante Lo Scoglio auf der Klippe existiert leider nicht. (Oder vielleicht auch zum Glück!)

Das ausschlaggebende Eingreifen von Johannes XXIII. in die Kubakrise ist historisch dokumentiert.

Das (schönste) Treppenhaus (der Welt) des Hotel Danieli am Canale Grande ist auf jeden Fall einige staunende Blick wert, wenn auch vom Personal nicht gern gesehen, deshalb wurde dort vor dem Treppenaufgang extra ein Wachmann postiert. Sagen Sie bloß nicht, dass *ich* Sie geschickt habe. Am besten trinken Sie einen Kaffee oder Tee in dem ebenso luxuriösen Café neben der Rezeption, von dort haben Sie alles bestens im Blick.

Der Viagra-Effekt und seine fatale Wirkung auf das brasilianische Rentensystem ist Realität.

Das sogenannte Havanna-Syndrom existiert genau wie im Roman beschrieben, und zurzeit (Sommer 2021) sind dessen Urheber noch immer nicht sicher ermittelt.

Alle Angaben zur amerikanischen Spezialeinheit Delta Force – so unwahrscheinlich sie auch klingen mögen – sind korrekt.

Alle Informationen über Key West sind wahr.

Dieser Roman wurde zwei Monate vor dem Beginn der Proteste in Kuba begonnen.

D. C.